U0933547

民调局异闻录

2 麒麟地宫

耳东水寿 著

华龄出版社
HUALING PRESS

责任编辑：潘笑竹

责任印制：李未圻

图书在版编目（CIP）数据

麒麟地宫 / 耳东水寿著 . -- 北京 : 华龄出版社 , 2020.9

ISBN 978-7-5169-1678-0

Ⅰ . ①麒… Ⅱ . ①耳… Ⅲ . ①长篇小说 – 中国 – 当代 Ⅳ . ① I247.5

中国版本图书馆 CIP 数据核字（2020）第 104023 号

书　　名：麒麟地宫

作　　者：耳东水寿

出 版 人：胡福君

出版发行：华龄出版社

地　　址：北京市东城区安定门外大街甲 57 号　邮　　编：100011

电　　话：（010）58122246　传　　真：（010）84049572

网　　址：http://www.hualingpress.com

印　　刷：三河市金泰源印务有限公司

版　　次：2020 年 9 月第 1 版　2020 年 9 月第 1 次印刷

开　　本：710mm × 1000mm　1/16　印　　张：20

字　　数：256 千字

定　　价：39.00 元

目录

第一章　河底洞坑

为了满足孙胖子的好奇心，我也只能在老家多待一天。当天，爷爷、三叔他们忙了一整天，为明天水坝关闸做好了准备。

当天夜里无话，第二天上午八点钟，等我和孙胖子到达河边时，水坝已经开始关闸。随着河流逐渐变窄，半个小时后，河水终于放干，原本终日隐藏在水下的河床终于见到了阳光。

河床两边的岸上，早就被姓沈的同族围住。等到水流一干，露出河底满是青苔的礁石，还有那些没有来得及随水流游走的鱼虾，在几处浅水沟里一蹦一蹦的。百十来个人跳下河床，沿着河道开始一路向下搜索。也就是几分钟的工夫，就有了成果。

“有了，镜的（金的）！”不远处，我的一个远房表哥已经喊岔了声，他手里托着一个金灿灿的元宝。周围的人看着他，一下子都躁动了起来。

有他做样板，其他的人都弯着腰，在河床上进行地毯式的搜查。

“我这儿也有一个！”

“我这儿也有！”

“爸，前面好几个……妈的，可惜是银的。”

元宝越来越多，这些人的神经已经兴奋到了极点。

我站在河岸上，看着眼前的这个场景，开始觉得有点不对劲儿了。不过让我感到更不对劲儿的是孙胖子的反常行为。和前天晚上一样，他看见满地的元宝，竟然全无兴趣。这不像是我认识的孙大圣嘛。

“大圣，你不下去看看？”我开始引导起孙胖子来。哪知道他撇了撇嘴，说出一番道理来：“这里要是只有咱们两个，说什么我也要下去捡点。可现在上百号人……”说到这儿，孙胖子顿了一下，看了我一眼说道，“辣子，不是我说，你爷爷可是个精明的人。提前已经说好了，元宝捡上来后，要重新分配，最后还不知道是谁的呢。那我还下去干吗？”

“今天就算了，前天晚上那么好的机会，满地的元宝，也没见你动手。”

“你别提了，都是欧阳偏左那个老东西害的。没事吓唬我玩。”孙胖子说着掏出香烟，分给了我一根，他自己也点上一根，“在民调局的时候，欧阳偏左给我讲过各种鬼怪迷人的方法。其中就有一条就是恶鬼半夜送人金子银子的，不过天亮之后，那些金元宝、银元宝就变成了烧给死人用的纸元宝了。我当时想起欧阳偏左的鬼故事了，怕那些元宝天亮之后就变纸的了。唉……可惜了，就算分一半也有不少……”

我俩正在有一搭没一搭地说笑时，河床那边出了状况。那些人一路捡拾元宝，开始还只是零星地捡到几个，随着向下游走得越远，捡到的元宝就越多，直到一个大水坑的附近，那些元宝出现的概率也达到了顶峰。原本走几十步才能看见一个元宝，现在在这个水坑的周围，密密麻麻的有上千个。而且基本上都是金元宝，少有几个银元宝混杂在其中。

现场上百号人的眼睛都直了，今天算来对了，把这些元宝分了，下辈子就算躺着花都花不完。

元宝虽多，可也架不住“狼”多，十几分钟的时间，这些元宝就被瓜分得干干净净。再向下走，那些元宝就像绝迹了一样，无影无踪，再也找不出一个半个。

众人还不死心，在河床上来回又走了几趟，还是一无所获。最后众人又回到了发现金元宝最多的地方——那个大水坑周围来碰碰运气。

这个水坑的直径大约有十米，坑里面的积水黑乎乎的深不见底。人群中忽然有人说道：“这个大坑里会不会还有金货？”有这个想法的不止他一个人。自打刚才在这里捡到那么多的金元宝，甚至有人想过，这些元宝是不是从这个大水坑里冒出来的？

我爹和我爷爷商量了一下，喊我拿出来一根撑船用的竹篙。我和孙胖子将竹篙拿到他们眼前，我爹接过了竹篙，将竹篙一头扎进大水坑里，然后一点一点地往水坑里送。直到七八米长的竹篙还剩下不到半米，也没有探到水坑的深度。

我爹还想试试水坑里的底，又将手中的竹篙向水底捅了捅。突然，我爹的身子一侧歪，就要往水坑里掉。还好我手疾眼快，在我爹的身子失去重心的瞬间将他拉了回来。

爷爷看着惊魂未定的大儿子说道：“老大，你怎么搞的？没事吧？”

“下面有东西……”我爹的冷汗已经冒出来了，“他和我抢竹篙，差点把我拉进水里。”

爷爷听了一皱眉，“你胡说八道什么？不是你没站稳吗？”

我爹将他两只血淋淋的手掌翻了过来：“要不是水底下有东西和我抢，我的手能被竹篙划成这样？对了，那根竹篙呢？”

周围的人这才注意到，按道理那根竹篙应该漂在水坑里露个头的，可现在水坑里空空如也，什么都没有。

就在众人上百双眼睛盯着水坑的时候，突然“咕嘟”一声响，水坑的底部泛上来一朵大水花，有百十来个金元宝裹在水花中翻滚。紧接着，第二朵、第三朵水花都翻了出来，每一朵水花中都卷裹着相当数量的金元宝。

水里面有金子！众人的眼睛又亮了起来。这时，水坑里水花出现的频率越来越快，随着一连串“咕嘟咕嘟”的声音，水坑里的水突然以极快的速度向下流去，就像水底下有一个强力的抽水机，将这些水瞬间抽走。

眼看水没有了，众人走到坑边伸头向坑里看去。第一个伸头的是老道萧和尚，他刚一伸头就大喊一声：“不好！快退！”边喊边把身后的人向后推去。他身后的人不知道怎么回事，被他吓了一跳，接着就见坑里猛地冒出一股黑烟。因为有萧和尚的警告，大家都有了防备，也没出什么事情。

“都往后退！快！快退！”萧和尚又是连喊了几声。众人纷纷向后退去。一会儿的工夫，坑里又冒出来三四股黑烟。又等了二十多分钟，再也没有黑烟冒出来。

“这下边是什么东西？”爷爷往前走，要去坑口那儿看看，被我爹和三叔一把拦住：“你就别去添乱了。”好说歹说，他们才把爷爷劝住。

坑口那边，老道萧和尚坐在了地上，他脸色刷白，道袍的前襟已经被汗水浸透，低着头，呼呼地喘着粗气。周围的人都纷纷后退，不敢靠前，又舍不得走。

“来来来，都让让了。”我和孙胖子左推右挤走到坑口，站在上面向下看去，黑洞洞的看不到底。我们已经听不到坑里还有流水的声音，可能里面的水是某处地下水的分支，随着被放干的河水一起流走了。

孙胖子看看坑底又看看我：“辣子，能看出什么吗？”我摇摇头：“挺正常的，看不出有什么不对。”

“你们俩，过来扶我一下……我站不起来了。”萧和尚哼哼唧唧地说道。

孙胖子可能天生和他相克，看到他气喘吁吁的样子，顿时有些幸灾乐祸：“老道，这就脚软了？我说你怎么能坚持在第一线的，原来是走不了……”

萧和尚瞪了他一眼，又无可奈何。要孙胖子去扶他，基本是不可能了。最后还是我过去把萧和尚扶了起来："老萧，刚才你看见什么了？前天晚上唱鬼戏你都没这样。不会就是几股黑烟吧？"

萧和尚喘了口粗气："别提了，下面是冤孽。"再问时，他就一个劲儿地摇头，连一个字都不肯说了。

这时，爷爷带着一帮人迎了过来，爷爷亲手扶住了萧和尚："老萧，你没事吧？"

"还死不了。"萧和尚冲爷爷苦笑了一下，"先别扯了，赶快通知水坝管理员，让他们赶快开闸放水，我们办了件错事，这大清河干不得。"

爷爷还想问几句，萧和尚这时候已经急赤白脸了："什么话以后再说！老沈头，要是晚了，别说你们村了，就连乡里、县里都要遭殃！要是真出了事，死不了一半人，我就跟你姓沈！"

虽然不知道到底是怎么回事，但从萧和尚的表情上就能看出这事非同小可。爷爷让我爹打电话联系水坝管理员，让他们开闸放水。

等我们所有人都回到岸上，开始等着水坝放水的时候，我爹的电话也打完了，不过传过来的不是什么好消息。还没等开闸，水坝的配电室烧了，现在正在抢修，有一些配件要去县里拿，这一来一回加上维修的时间，怎么也要一天的时间。

萧和尚听了就蔫了，瞪着河床上大坑的方向直发呆。我和孙胖子也在观察那个大坑。除了那几团黑烟之外，也没有什么不对的地方。开始我们还以为冒出来的是尸气，但马上又否定了。尸气我和孙胖子见得多了，和刚才的黑烟完全不是一码事。

再问萧和尚，他就是一个劲儿地摇头，问得急了，他就冒出一句："冤孽，下面的是冤孽。"

"老沈大叔，你这儿完事了？我听说你让水坝上要放水了？"村长一听说水坝要放水，就急忙赶过来。他没想到就这么一会儿工夫就把河床上的元宝捡干净了，还以为是出了什么岔子。

“别提了，出事了……”爷爷指着远处河床上那个大坑，把刚才的事说了一遍。

“还能有这事？萧大叔说里面是冤孽？”看周围人的表情不像是在撒谎，村长也挠头了，“这还真出事了。没什么法子解决这事吗？”

“老萧说了，”爷爷指了指还在瞪着大坑的萧和尚，“只能等大坝上把水再放下来，等水灌进大坑里面，可能就没事了。”

村长听了爷爷的话后也不言语了，他知道了大坝上机器出故障的事。过了一阵，村长想出了个主意：“反正大坝上的机器得一阵才能修好，这样吧，大家都回去，把河里捡上来的东西归拢一下。那个地方我派几个民兵守着，不让人靠近。等大坝开闸放了水，应该就没问题了吧？”

这也算个办法。爷爷劝了一阵子萧和尚，半推半劝地把萧老道拉回了我爷爷家。回去的路上，孙胖子和我商量了一下，我老家这里的事已经开始有不受控制的趋势了，应该向民调局报告了。

第二章　特别案件处理办公室

电话打得不是时候，局里六位主任都不在家，接电话的是破军。我把事情和他说了一遍，看看他能不能找到郝文明报告一下。

回了爷爷家没有耽搁，将众人在河床上捡到的元宝都收集起来，扣除了分给村里和族里的部分，剩下的分给了全村每家派来捡金子的代表（还真让孙胖子猜对了）。差不多每家都分到九金二十银，二十九个元宝。

众人拿到元宝后一哄而散，爷爷在后面还千叮万嘱，财不可露白，千万不能让村子里以外的人看见。

自打进了爷爷家，萧和尚一直都愁眉不展，在低着头想事，就连他捡的半袋子金元宝都没兴趣拿，还是三叔替他拿出来的。

"老萧，别想太多了，一会儿大坝的机器修好了，开闸放上水，淹了那个大坑就什么事都没有了。你还是你的凌云观影视娱乐公司的董事长，现在你有了金子，也去拍几集电视剧去。咱们就找明星拍，谁有名找谁。没有名的找上门爬上炕都没用……"爷爷和他几十年的朋友，知道这老货平时好什么，一个劲儿地劝慰他。

没想到萧和尚还是不停地叹气，这在以前只要开个头，他就能说个没完没了的话题，现在对他已经完全没有吸引力。

爷爷还想说点什么，院子里的大门突然打开，我们村里的民兵小队长冲了进来：“爷爷（村里姓沈的年轻人几乎都喊他爷爷），出大事了，我们的人没看住，有人下到大坑里去了！”

事情倒霉就倒霉在刚才分了元宝的一个人身上，论起来我还得管他叫三表叔（不算太远，是我爹没出五服的表弟）。他回家时正赶上他住在邻村的小舅子来他家喝酒，其实酒都不用喝，刚才分到元宝时，他就已经醉了。

见到他小舅子时，一口酒没喝，已经是满口的醉话了。当着小舅子的面，我这位三表叔将他今天的劳动所得一股脑儿地倒在酒桌上：“你姐夫我有钱了！”

满桌子的金银元宝，他的那位小舅子一下子就傻了眼，一个劲地向他姐夫刨根问底，加上我的三表婶在旁边掺和，我这位三表叔一点都没隐瞒，将在河床上见到元宝的事情说了一遍，临了还加了一句自己的演义：“你别看河里的元宝没有了，可是在河里有个大深坑，里面有的是金元宝，我看得真真的，数都数不清。”

他小舅子一听，酒也不喝了，穿上衣服就回了邻村家中，左邻右里找了七八个和他关系不错的小伙子，带上家伙就往河边赶。他们村子在下游，沿着河道一直向上走，没多久就看见了那个大坑，远远地看见还有两个民兵在看守着。

这七八个小伙子也不客气，直奔大坑冲过去。看坑的民兵还拦了一下，他俩说是叫民兵，一人手里也就是一根棍子，对上七八个大小伙子，没过一会儿就被打趴在地上。两个民兵还劝了几句：“别下去，这坑里有妖怪。”不过，这个时候，已经没人听他俩的话了。

这些小伙子绑好绳子，一个胆大的拿着手电筒先从绳子上滑了下去。

没多久就听见他喊道："下边都是金子！下来！都下来拿！"

有了他这一句话，剩下的小伙子一个接一个都顺着绳子滑了下去，结果却没有一个人上来。上面两个民兵看出事情不好，互相搀扶着起来，给村长和爷爷来报信。

真是怕什么来什么，爷爷的头都大了，对我爹吼了一声："快跟坝上说，机器修好了也别放水！"回头披上衣服就往外面跑，跑到门口想起来萧和尚还在，又回头对萧老道说道："老萧，你不去看看吗？"

没想到，到了这时候，萧老道突然镇定下来，刚才他脸上还剩下的一点惶恐不安也消失得无影无踪："你先去吧，我去观里拿点东西。小辣子和孙厅长跟我走一趟，帮我搭把手。"

爷爷这时也顾不上他了："那你快点。"说完转身向河边跑去。

看着爷爷越走越远，萧和尚这才起身说道："走吧，跟我去拿点东西。"

"拿东西？老道，你不是想溜吧？"孙胖子皮笑肉不笑地说道。

萧和尚也不生气，只是慢悠悠地看着我和孙胖子，看着看着突然来了一句："你们那儿现在谁主事？是高亮还是肖三达？"

我和孙胖子被萧和尚这句话吓了一跳。孙胖子眨巴眨巴眼睛问了一句："肖三达是谁？"

萧老道看了孙胖子一眼，他眼中的光芒有些暗淡了："你们不知道肖三达？看来做主的是高亮了。对了，现在应该不叫'特别案件处理办公室'了吧？当初高亮就主张是要改名字的。"萧和尚说这句话的时候，若有似无地笑了一下，好像在回味当年的时光。

眼前的这个邋遢老道，我从小就认识他，差点就做了他的徒弟，还是他教我用黑狗血洗头来遮住天眼的。一直以来，我都以为他就是一个好财好色的邋遢老道士，没想到他好像还和民调局有着相当深的渊源。

我说道："现在叫民俗事务调查研究局了，我和大圣都是一室的人。"

“呵呵！”萧和尚一阵轻笑，“我就知道你们俩不是什么厅长、处长的。还是当初‘特别办’的老法子，也没见高亮有什么高招。”

萧和尚没有动的意思。看着爷爷已经去了河床那边，我待不住了：“高亮怎么想的，以后你去问他吧。你在坑里到底看见什么了？现在能说了吧？”

终于，萧和尚把怀旧的思绪收了回来，看着我又笑了一下：“坑里是什么东西，一会儿你就知道了。好了，不说了，跟我去拿家伙吧。”说着不再理会我和孙胖子，转身离开了爷爷家的院子。

我和孙胖子互相看了一眼，这老道士和民调局那几个主任一个毛病，说完话拔腿就走，不带理会其他人的。没办法，我们俩只得跟在他后面。

孙胖子问我：“辣子，看不出来这花老道还不简单，他说的‘特别案件处理办公室’是什么？还有那个肖三达，你听说过吗？”

郝文明以前讲过民调局的历史，孙胖子不感兴趣，根本就没往心里记，不过我对民调局的由来还是很感兴趣的。“‘特别案件处理办公室’好像是民调局的前身，民调局是八几年才改的名字。至于那个肖三达嘛，我也没听说过有这么一个人，可能是以前‘特别案件处理办公室’的老人吧。”

萧和尚的凌云观影视娱乐有限公司就在村子的边上。小时候我还来玩过几次，现在看起来，除了观前的招牌变了，剩下的也没有多大的变化。

萧和尚直接把我们俩带进了大殿，在元始天尊的塑像下面翻出了一个大皮箱子。萧和尚倒也不避讳我和孙胖子，当着我们的面打开了箱子。

箱子里的东西我和孙胖子看着就眼熟，各式各样的老式证件，几千斤全国粮票（没有现金，应该是已经被萧和尚花光了），一把黑漆漆的匕首；几个油布包，包的是手枪零件和子弹，还有几捆符咒。

萧老道很熟练地将手枪组装好，别在了后腰上。我看得清楚，是一把军用的五四式手枪，枪身上面也雕刻着和我腰间手枪一样的符文。最后，萧老道将箱子里能用的东西都揣到了怀里，突然转头对我说道：“当初你要是拜我为师，这些东西就都是你的。”

孙胖子挤眉弄眼地扒拉着箱子里的全国粮票：“辣子，你赔大发了，这能换多少副手套……”

等我们赶到河边时，大坑的周围已经挤满了人。不光我们小清河村，就连下游几个村子都来了人。就这么一会儿工夫，几个村子都得到了消息，这个大坑里有金元宝，小清河村的人派了民兵看着不让别的村子的人去捡。

这几个村子都不干了，派了人马过来，等爷爷赶到时，几百人里三层外三层将大坑围了好几层。场面已经有些失控，几个村长已经开始互相推搡起来。外围几个村的村民已经抄上了家伙，铁锹、镐把、爬犁都举了起来，眼看着就是一场械斗。

爷爷连说带吓唬，说得满脸通红，可惜现场除了我们村自己人外，再没有一个人听他的。要是平时，爷爷说句话，这些人立马就得住手。可现在听说这个大坑下面有金子，别说我爷爷了，就连玉皇大帝来了都不见得好使。

就在这时，“砰”的一声枪响，众人吓了一哆嗦。熊所长带着派出所的几名警察和联防队员赶过来了。熊跛赶来时，外围已经有人动手了，熊跛的人根本拉扯不开，眼看着事态就要恶化，熊所长无奈之下，只好鸣枪示警。

“熊跛！你敢开枪！你这就是明向着他们小清河村了。”下游的那几个村长不干了。熊所长和我们村长关系铁不是什么秘密，他们俩除了媳妇不能一起用之外，剩下的不分彼此，要不然前天晚上，熊所长也不能几句话就被我们村长劝走。

“刚才是谁说我向着小清河村的？”熊跛咬牙一笑。他是小地方作风，做事简单粗暴，话不投机当场就打。但越是这种工作方式在我老家这种小地方越好用，起码他这句话现在没有人敢回答。

熊所长瞪着眼环顾了一圈，和他目光对视的人都不由自主地把头低了下去。看到再没有人出头，熊所长才走到我爷爷身边：“老沈头，你这是又整的什么？你不把我折腾死你是不罢休啊！”

我爷爷苦笑了一声在熊所长的耳边将刚才的事说了，等说到已经有人下坑的时候，熊跋眼睛就瞪了起来，“什么时候的事了？人上来没有？”旁边我们村长说道：“老熊，人多，你小声点。”

熊所长不顾交情，瞪了他一眼，随后对着聚集的人群喊道：“散了，散了，你们几个村长留下来，剩下看热闹的都散了。”这帮人还惦记着坑里的金元宝，不舍得走。熊跋最后急眼了，大吼一声，“再不走就算你们扰乱治安，老子派出所今年的任务还没完成，你们谁想凑个数！”

他这声吼就像晴天打了个霹雳，胆子小的都能吓得一个哆嗦。熊所长惹不起，众人扛着自己的家伙，不情不愿地离开了河道这一片。

外围的人都散了，我、孙胖子和萧和尚这才能走到大坑的边上。熊跋感到又有人过来，一瞪眼就要骂人，等刚张开嘴时才看清是我们三个走过来。他有点尴尬地笑了一下：“两位领导，还惊动你们了，我们这儿出了一点小事。几个村子……争水。事情已经解决了。”

孙胖子看了一圈光秃秃的河道：“你管这个叫争水？怎么不说叫争空气？”萧老道笑了一声：“老熊，算了吧，两位领导都知道了，这瞒不了人。”

第三章　下坑

熊所长脸上的表情有点难看，我无所谓地一笑："刚才我和孙厅长都看见了，没事，你处理得很得当，不就是鸣枪示警嘛，没什么大不了的，我和孙厅长都是证人。"

"几位领导，先说说我们的事吧。我妹夫他们六个人都下坑里了，这都半个多小时了，活不见人，死不见那什么的。你们是不是派人下去看看？"我那位三表叔凑了过来。

"三炮（三表叔的小名），你还有脸过来！这都是你惹的祸！"爷爷对着他表侄就是一记窝心脚。三表叔一闪身跑得老远："他们自己要来，不关我的事。"三表叔边跑边喊道。

爷爷还不解气，脱下脚上的鞋对着他后脑勺扔了过去："你不说，他们谁知道！你个败家玩意儿。"我爹和我二叔、三叔在后边拦着，明显在拉偏架。

旁边等着的那几位村长劝了劝，将我爷爷拉开。其中一位村长走了过来，对着我爷爷说道："老沈大叔，三炮说的也对，先不管下面到底有什么，那几人到现在都没有动静，我们也得下去看看吧。”

“下去？晚了！”萧和尚在一旁冷冷地说道。刚才爷爷在追打三炮的时候，他就站在大坑边，向下面看了一会儿，听见有人说要下去，他才冷冷地说了一句。

下坑里的几个人都是那个村长的邻居，其中一个还是他外甥。他听萧和尚这么说，心里有点不痛快：“萧老道，你胡说八道什么，什么晚了？不下去看看你知道什么？别整天装神弄鬼的。”

“你想看看？行，不用下去。”萧和尚说着，从怀里掏出一把烧纸，换了个位置又掏出一张符纸，将这张符纸夹在烧纸里面。他将烧纸伸到大坑上方，当场烧了起来。就见这烧纸好像受了潮，火势不大，却烧出滚滚浓烟。

这烟虽然大却不呛人，突然那个村长指着烟雾叫道：“王庆，王茂！”烟雾中现出两个人的容貌，一个瞪眼吐出了舌头，一个一脸死灰，这两个都不是活人样。紧接着，烟雾里陆续又现出来几个人脸，不过一眼看过去，就知道这几个已经不是活人了。

那位村长一屁股坐在地上，看着一脸漠然的萧和尚：“他们真的……死了？”

萧和尚点点头：“你不是都看见了吗？这是他们的劫数，命该如此，谁也跑不了。”说完，萧老道回头看着我爷爷说道：“老家伙，我这辈子就和你投缘，本来还想和你再处几年，唉，这也是我的命啊。小辣子、孙厅长，一会儿要和我下去看看，但愿没事吧……”

他还没说完，爷爷便打断了他的话：“你不能一个人去吗？”

爷爷的回答让萧和尚很无语，几十年的老哥们儿到底还是不如自己的亲孙子。爷爷也很委屈，老沈家多少辈就出了这么一个处长，用不着跟你下坑送死吧？（后来爷爷讲了他真实的想法，其实他是想让孙德胜厅长陪萧和尚一起下去的。）

“我跟你几十年的交情，你就不能把你孙子借我用用？再说了，有我在，你有什么不放心的？”萧和尚气鼓鼓地说道。

爷爷也是满脸通红：“有你在？你都说遗言了，在不在有什么用？”

“我那是客气！谁知道你跟我一点不客气！”

说到最后，爷爷说急眼了，说要跟萧老道一块下去，周围的人听了都傻眼了。孙胖子不分场合来了一句：“风萧萧兮易水寒，老哥俩下坑兮不复还。”气得我在后面狠踹了这死胖子一脚。

最后，萧和尚指天发誓，说坑下面没有什么，他一只手就能对付，用我只是想借我的天眼用用，孙胖子下去是为了借他的官威。爷爷这才同意我们下去。本来三叔主动要和我们下去，萧和尚却摇了摇头：“你的八字太冲，下去了对你对我们都没有好处，还是算了吧。”

“那也不能就你们三个人下去呀，太不安全了。”听说我们要下到坑里，熊所长连连摇头，两个领导一起在他的地头出事，这个责任他可承担不起。

“是啊，我们三个下去是有点不妥。”萧和尚直勾勾地看着熊所长说道，看得熊所长心里直发毛：“老道，你什么意思直说，别这么瞪着我看！”

萧和尚将熊跋拉到了一边：“老熊，你看，两位领导跟着我下去，的确不太合适，要不……你跟着一块下去？别的不说，有你老熊跟着踏实，老沈头他们在上面也放心。再说了，一会儿甘县长他们来了，听说两位领导下坑里了，你这个派出所所长倒在上面待着，甘大叶的心里会怎么想？你这个所长还干不干了？”

熊跋听了直皱眉头：“萧老道，你交一个实底儿，下面到底有什么？刚才那几个小子是不是都死了？”

萧和尚眨巴眨巴眼睛说道：“说实话，他们死没死我不知道，刚才就是一个小把戏，省得那几个村长一直纠缠不休。那几个小鬼可能在下面打起来了，分赃不均吧。”

熊所长看着坑口犹豫了一下，最后一咬牙：“行，我下去！萧老道，你要是敢骗我，在下面我就把你的黄给你挤出来！”

萧和尚笑得有些僵硬：“怎么会呢？我不是也一道下去吗？你疑心病真重。对了，老熊，除了你的六四小炮，再整些硬点的家伙吧。”

熊跋一听就有问题：“你问这个干吗？下面到底有什么？你说清楚。”

“不都和你说了吗？我也不清楚。我是怕下面要是有个蛇蟒野兽什么的，你的六四小炮也不好用不是？有备无患嘛。”

熊跋想了想也没什么话，便打了个电话，让派出所里留守的人员送来了两支双筒猎枪和几十发猎枪子弹（上个月村民上交的）。一切准备停当，终于要下坑了。

爷爷安排人在坑口下了几个桩子，又把村子里水井的滑轮拆了，绑在了桩子上，找了几根麻绳拧成一股拴在滑轮上，在绳子上套了一个柳条筐。

三叔试了试没有问题之后，指着柳条筐说道：“你们谁先下？”他话音刚落，六双眼睛就一起盯着萧和尚。

“都看我干吗？”萧老道呸了一声，“我六十多，望七的人了。你们几个大小伙子好意思让我先下去？”

“老道，你看着也就四十来岁嘛，老当益壮；再说了，你影视娱乐公司也开了，这辈子的心愿差不多也了了。你先下，我看就没问题。”孙胖子笑嘻嘻地说道。

看着萧和尚的样子，我心有不忍，他毕竟是看着我长大的，小七十岁的人了，难道还真让他先下去？我正想说我要先下时，爷爷突然古怪地咳嗽了一声，我看向他时，他正在向我打眼色——他还是不放心我这个长孙。

就在我一愣神的工夫，熊所长发话了："我先下吧。你们警醒着点，一有不对马上拉绳子。那谁，你把手电给我。"说着，熊所长已经蹲到柳条筐里，他把手电绑在猎枪上，一手抓枪，一手抓住绳子，说道，"好了，放吧，慢一点……"

六个大小伙子在坑口一点一点地放着绳子，将熊所长往坑底放。开始还能听见熊跛在喊："慢一点。""你们着什么急，再慢一点，你们放得太快我头晕。"不过他的声音越来越小，最后不站到坑口，都听不见熊所长在说什么。

大约五分钟的时间，熊所长终于到了坑底："再送一个下来。"

第二个是我，过程和熊跛雷同，不必叙述。到了坑底之后，就感到一股刺骨的寒气吹过来。老熊就站在坑底的边上，他冻得直在原地转圈："沈处长，这下面冷得邪乎……"我活动了一下四肢，说道："可能因为是河下面的关系吧。"随后向上面喊了几句，让带几件厚实的衣服下来。

用手电照了一下周围的环境，墙壁和地都是黑漆漆的，哪有什么金元宝？也看不见之前下坑的那几个小子。前面倒是有个大洞，里面好像还有条路。

第三个下来的是孙胖子，他倒是拿下来几件衣服，可惜都是薄的（现从上面村民身上扒下来的）。有总比没有强，我和熊所长一人套了几件，感觉才稍微好一点。

萧老道第四个下来，他背着猎枪（本来是孙胖子拿，他抢了过去，说在下面可以当拐棍用）颤颤巍巍地从柳条筐里出来。

孙胖子冷得直搓手，哈出来的气都是白雾："老道，这里怎么这么冷？"

"是阴气。"萧和尚围着坑底转了一圈，转身向我说道，"小辣子，你能看出点什么吗？"

我摇摇头说道："没有感觉。你说是阴气，也不像啊，唱鬼戏的时候，阴气凝结成雾，我还能看见。可这里什么也没有，就是冷，你凭什么说这里有阴气？"

萧和尚搓了搓手，说道："鬼戏时看见的阴气是鬼魂之气，属于有形的，现在的阴气属于自然界的极阴之地散发出来的，属于无形的。就是你的天眼全开，也只能感受得到，看不见一丝半毫。"

一旁的熊所长越听越不对头："萧老道，你们在说什么？什么阴气鬼魂的，你到底还有什么瞒我的？"

看到熊所长急眼了，萧和尚倒是一笑："我们在说为什么会这么冷。你也说了，我是老道，说话当然带一些阴阳五行、阳世阴鬼的话了。你别瞎捉摸了。我下来前，正好赶上甘大叶甘县长到现场了，他还问了这里谁负责。我当场挑大拇哥说是熊所长，他听说有人民群众失踪了，就亲自下坑前来营救。甘县长听了，还一个劲儿地夸你。"

"说得跟真事儿似的。也不知道你说的是真的假的，我看你八成是在糊弄我。"熊所长嘴上说不信，脸上的表情却是信了八成，"萧老道，现在怎么办？往前走？前边就是一个大洞了。"

"你着什么急？还有个小工序，做完了再走。"萧老道说着，不紧不慢地从他的道袍里往外倒腾东西，一个小酒盅，几枚铜钱，还有一根三寸来长的香。当着我们的面，萧和尚用手电照着，在地面上画了一个圆圈，在圈外规规矩矩地摆了四枚铜钱，在每一枚铜钱的周围都画了几个歪七扭八的咒文。最后，把那根短香插在圆圈的中央。

我看得眼熟："老萧，是拜四方阵？你也先礼后兵？是不是拜晚了？我记得是在上面摆的，下来了还好用吗？"

"哼！"萧和尚冷笑了一声，"四方阵？还拜？高亮教你们的？先礼后兵？老道从来不来那一套！看着，学着点，这叫炽阴阵，是专门用来破阴气的。”说着又从怀里抽出一把匕首，看了看我，犹豫了一下，还是把匕首藏在身后，转头对着孙胖子说道：“小胖子，你过来一下，帮我个忙。”

哪知道孙胖子看了他一眼：“呸！你当我眼瞎？你分明是想给我放血，把我的血当引子，用来摆阵。我没吃过猪肉，还没见过猪跑啊？民调局里玩你这一套的多了！”

“不来就算了，辣子，要不——你躲什么？一点血就够了，你们二十大几，血气方刚的不在乎那点血。”看见我也躲了，萧老道又看向熊跋。刚想说话，熊所长一瞪眼，萧和尚没敢说，又把话咽了回去。

万般无奈，萧和尚只好对自己下手了。他用刀尖刺破了自己的大拇指，挤了几滴鲜血在酒盅里，然后他又将酒盅摆在香的前面，最后掏出火机将那根香点着。

香着了之后，诡异的一幕发生了。萧和尚将徐徐升起的烟雾随手一扇，那股烟没有散不说，还变了方向，不再向上升起，而是一条线一样，横着向那个洞口里面飘去……

第四章　兵打事?

过了两三分钟后，那股白烟又从洞内飘了回来。再回来时白烟好像有了灵性，先是围着我们每个人转了一圈，转到萧和尚身边时，萧老道用他还在流着血的大拇指，将白烟引到他摆的阵法里面。

白烟没理会那四枚铜钱，直接飘到酒盅里。我在旁边看得清楚，酒盅里萧和尚那几滴鲜血越来越少，眼看酒盅里的鲜血就要完全消失，萧和尚突然将酒盅扣在地上，外面的白烟瞬间消散。

酒盅在地面上抖动个不停，萧和尚压住酒盅，将摆在阵法外围的铜钱逐一摆在了酒瓶的底口。开始酒盅还能轻微地抖动几下，等第四枚铜钱摆上后，酒盅才彻底地安静下来。

我和孙胖子在民调局里看过太多类似的场景，对这样的阵法已经开始麻木了。不过熊所长就完全接受不了了："萧老道，你这是变什么魔术？"

"你就当是在变魔术吧。"萧和尚龇牙一笑，"这个戏法一般人想看还看不到，是吧，两位领导？"

我和孙胖子同时哼了一声。萧和尚这套阵法应该是拜四方阵的变种，只是不知道最后为什么要扣起酒盅。它里面到底压制了什么东西？我用天眼都看不清白烟里面到底掺杂着什么东西。

看着萧和尚扬扬自得的表情，好像是在等我和孙胖子主动去问他。问他？我心里一阵冷笑，民调局资料室里几十万本资料书籍，我不会……去问欧阳偏左？

孙胖子对阵法这样的事提不起精神："老道，整完了吗？整完了就向前走啊。"

"你们不想知道刚才是怎么回事吗？"戏法表演得很成功，却没有换来观众的叫好，现在萧和尚就是这样一种纠结的心态。

"没兴趣。我说老萧，你还走不走了？"我皱着眉头对他说道。看他有些失落的样子，我心里暗笑，叫你不主动说。

倒是熊所长对刚才的"戏法"很感兴趣："老道，你刚才是怎么整的？教我两手，我回家好逗孩子玩。"萧和尚没好气地看了他一眼："你是来学戏法还是下来救人的？你有没有主次之分？都别愣着了，往前走啊！"说着起身不管不顾向前面走去。

熊跋被萧和尚弄愣了："老东西吃了火药了？刚才还好好的，他这是抽的什么疯？"

前面只有洞口一条路，我们四人走出洞口，再往前走是一条甬路。越往前走就觉得越冷。孙胖子走在我旁边突然说道："辣子，像不像？"他这句没头没尾的话把我弄愣了："什么像不像？"孙胖子说道："我们第一次见面，在水帘洞里面的那条路，和现在这条路像不像？"

孙胖子指的是进了水帘洞到鬼脸墙之间的那条路。经他这么一提醒，我才感觉倒真的有几分相似："都差不多，地下路嘛，都一个德行。"

孙胖子还想说点什么，冷不防走在前面的萧和尚突然停住脚步，孙胖子差点撞到他身上。

“你……”孙胖子刚想骂人，就看见萧和尚的手电光照出前面的景象——甬路的尽头是一个宽大的内洞，里面散落着成堆的元宝，有几个人倒在了洞内不同的角落。有一个高大得离谱的人坐在洞中央，萧和尚的手电照在他的脸上，我看得清楚，这个人的瞳孔已经浑浊，分明死了多时了。

看清了这人脸上的相貌，萧和尚的手电竟然颤抖起来：“冰……冰大尸……”

“什么兵打事？”孙胖子没有听清楚，“老道，你手别哆嗦，晃得我眼花！”说着，孙胖子越过了萧和尚，想走近点看清楚。却被萧和尚一把拦住：“别过去！回来，快点！”说着，连拉带推把孙胖子拽了回来。

“老道，你干什么？我就看一眼，不动地上的金子，都是你的，行了吧？”孙胖子对萧老道很是不满。

“你以为我还有心思惦记金子？”萧和尚嘴上喃喃说道，眼睛却在盯着那具巨大的尸体。

我也走过去，有没有手电的光亮对我来说作用不大。我仔仔细细看了一圈，除了那个巨大的尸体外，再没有看见什么不干净的东西。“老萧，我没看见有什么不对。到底怎么了？”我说道。

这时，萧和尚回头看了我一眼。“小辣子，你什么都没看见？”说着他手指向那具巨大的尸体有些惊讶地说道，“你看不出来这具尸体有不寻常的地方吗？”

我又看了几眼：“就是大得离谱，再没什么了。”熊跋也凑了过来，他用手电筒照着看了半天，“这还是人吗？坐着就这么高，站起来能有三四米了吧？”

“你以为它还是‘人’？”萧和尚的嘴角抽动了一下，不再理熊所长，还是对我说道：“你真的什么都看不见？”

“你自己看不见吗？”

“你以为谁都跟你一样，天生的天眼说来就来，我找你下来不就是图个省事吗？”萧和尚说完，双眼一动不动地盯着那具巨大的尸体。过了好一阵，他才长出一口气，自己自言自语道：“真的什么都没有，真是邪了门了，这到底是不是冰大尸？一点尸气都没有。”

孙胖子听得糊涂：“老道，你说的冰大尸到底是什么？我在民调局都没有听说过。辣子，你呢？在资料室见过这个什么冰大尸的资料吗？”“没有。”我摇摇头，回答道。

“等等，你们说的民调局是什么单位？我怎么没有听说过公安系统还有这么一个部门。”熊所长听出不对了。不过孙胖子根本没把这个小所长放在眼里：“公安系统里你没听过的部门多了，你一个小所长插什么嘴？老道你说，这个什么冰大尸到底是怎么回事。”

“冰大尸，是无数死尸、冤魂的合体。它本身并不算一个生物，一出现就是死的。这是以前朝鲜高丽王朝时的一种邪术，将无数冻死人的尸体施法后放置在一个极阴的地点，用巫术禁锢它们的灵魂，不让它们的灵魂脱离自己的身体。最后在它们的身上施展一种‘嗜术’，让它们相互啃食，通常一个尸体会将另外一具尸体啃食得干干净净。然后再找其他尸体啃食，到最后，只有一个尸体能‘存活’下去，这时它的身体会变得很大，从里到外都散发出来极阴极寒的死气。这个就是冰大尸了。”

听萧和尚说完冰大尸的来历，我还是觉得有点不对：“你说这个什么冰大尸散发着死气？我怎么感觉不到？大圣，你说呢？”

孙胖子向我翻了翻白眼：“辣子，你骂谁呢？你什么时候见过我会用天眼的？”

萧和尚低着头，眉头紧蹙，时不时地抬头看冰大尸几眼：“不可能啊？这是冰大尸没错，怎么一点也看不见他的死气？”

后面熊所长不干了，他下来得最早，现在早就被冻透了，正在原地跺脚："萧老道，到底能不能进去？给句痛快话，能进就进去，看看里面那几个要钱不要命的小王八蛋怎么样了。要是不行也给句话，咱们掉头回去，上去再考虑以后怎么办。快点，别磨叽！"

萧老道不再犹豫，一顿脚："就这一锤子买卖了！你们三个进去看看。"

孙胖子气得乐了："呵呵，老道，你倒是打得好算盘，一锤子买卖，我们进去？你呢？"

"你懂个屁！"萧和尚边骂边从衣服里又翻出几样东西，一个小八卦镜，一把铜钱，一捆红绳，一小截香，几张符纸。"没有我，你们进去也是送死。"说着就用这几样东西摆了个阵法，八卦镜的镜面对着冰大尸的方向，"你们进去，我在这里守阵，只要一有风吹草动，我就让你们回来，保险一点。"

孙胖子将信将疑，眼瞅着萧老道说："真的假的？一有动静，你不会先跑了吧？""我是那样的人吗？""我怎么知道，和你又不熟。"

我把孙胖子拉了过来，怕他就这么说下去就没完没了了。熊所长也跟了过来，萧老道说的话他完全不相信，一个神棍而已，还什么冰大尸的，不就是一具尸体吗？只是碍着我和孙胖子的面子，他才没有出口呵斥。

我们三个进入了内洞之中，没敢靠冰大尸太近。在洞内转了一圈，地上躺着的几个人正是之前下坑的那六个人。这六个人早已经死透了，他们脸上的表情正是萧和尚在坑口烧纸露出来的那几副遗容。

我故意靠近了冰大尸几步，离得近了还是感觉不到它有什么不对的地方。就在我们三个准备把这六具尸体抬出去的时候，洞里面突然开始剧烈地震动起来。开始我还以为是冰大尸有了什么异动，但马上就看见萧和尚连滚带爬地冲进了洞内："塌方了！"

外面洞口突然掉落下一堆大石头，把洞口堵得严严实实。幸好萧和尚够机警，觉得不对马上就冲进了洞内。

“妈的，老子命大，这都没死成！都过来搬石头，不在这儿待了，出去再说！”萧和尚大声对我们喊道。

孙胖子看了看洞口的乱石堆：“老道，你怎么整的？能把石头整下来，还没砸着你。老天没眼……”

我正向洞口走去的时候，突然头皮一麻，瞬间有种强烈的感觉，有人在暗处盯着我们。就在这时，熊所长回头要对我说话，却突然愣住了，手指着我身后的方向说不出话来。我回头一看，后面的冰大尸脸上的表情已经变了，正笑眯眯地看着我们。刹那间，一股冲天的死气在洞中弥漫开来。

“它……笑了！”熊所长手指着冰大尸不知道说什么好了。我一把把他拉了过来：“我他妈的看见了！老萧！现在怎么办？”

萧和尚用实际行动回答了我，他抄起背后的猎枪对着冰大尸就是两枪。“砰、砰”，冰大尸晃了一下，随即找到了攻击的目标。

“嗷”，冰大尸狂呼一声，龇着牙就向萧和尚扑去。我和孙胖子掏出手枪对着冰大尸的头部就是几枪。子弹打在它的头上效果并不大，只是弹头的咒文在冰大尸的头上燃起一缕白烟。冰大尸好像连疼痛的感觉都没有，根本不理会我们，只是一味地追赶着萧和尚。

别看萧老道奔七十的人了，身形步法还是相当的利落，比起一般二十多岁的小伙子都要强得多。他利用洞内的地形，闪展腾挪，冰大尸离他七八米的距离，就是奈何不了他。

萧老道边跑边气喘吁吁地喊道：“别……干看着！你们……倒是干点什么！”

熊所长没见过这阵势，听了萧和尚的话才反应过来，一把抄起背后的猎枪走了几步对着冰大尸的头部就是一枪。“砰”的一声，他离得近，这一枪打得冰大尸一侧歪，回头看向熊跋时，熊所长的第二枪又响了。这一枪正好打在冰大尸的面门，打得冰大尸后退了几步。

这两枪把冰大尸打出了火，它缓了一会儿，眼睛一动不动地瞪着熊所长。就在熊跋掰开枪管要换子弹时，冰大尸突然张嘴，一股白色的气体喷向熊跋。

第五章　财鼠

熊所长没想到冰大尸会来这一手，再想躲闪已经来不及，白色的气体喷在他的身上，形成了一团白雾将他笼罩住。随即，这团白雾顺着他全身的毛孔钻进了熊所长的身体里。熊所长双眼一翻，栽倒在地。

“老萧，老熊怎么了？有没有救！”我大声地向萧和尚喊道。

萧和尚趁着熊所长给他争取的这点时间，已经跑到了洞内的另一头：“老熊中了冰大尸的死气。快点把冰大尸收拾了，时间短的话，老熊还有得救。”

孙胖子说道：“你说得轻巧，能收拾早收拾了。”

我和孙胖子对着冰大尸的面门继续开枪，不过还是只能打出一缕缕的白烟，除此以外，没有任何作用。

“没用，冰大尸的皮肤本身就是一个冰壳，你们的子弹根本打不进去，再想别的办法！”萧老道已经换好了猎枪子弹，不过刚才那一幕他也心有余悸，犹豫了一下，还是不敢轻易惹怒冰大尸。

我试着将几发子弹打在冰大尸面门的同一点上，不过它的身体坚硬的程度超出我的想象，连续几发子弹的冲击力竟然还是打不穿它表层的皮肤。好在冰大尸因为刚才喷出的那口死气消耗了点精力，还没有缓过来。

转眼之间，弹夹打空。我换弹夹的时候，摸到了三叔几天之前给我的那把短剑。脑子里突然闪出了三叔给我讲过的那个画面，吴仁荻一刀豁开了怪物的身体……

我一咬牙，把短剑拔了出来。旁边的孙胖子吓了一跳："辣子，你想干什么？手刃它？子弹都不管用，你那把匕首能干吗？别乱来，我可都指望你了。"

我没空和孙胖子扯淡，趁着冰大尸还没有缓过来，我想试试能不能在它身上来一刀，不敢奢望能一刀捅进去，最好能划个口子什么的，我的子弹好向里边打。

我猫着腰刚走了几步，正准备下一步动作，突然冰大尸的脑袋转向了我这边，它浑浊的瞳孔正直勾勾地盯着我手里的短剑。它突然张嘴，对着我又喷出一股死气。

和它的距离实在太近，这一口死气我是避无可避。完了！当时我全身冰凉，双手下意识地挡在头前。想不到的一幕发生了，我手中的短剑剑刃竟然将那股死气一分为二，被划开的两股死气瞬间消散。

现场不光是我、孙胖子和萧老道，就连冰大尸也惊呆了。它后退了几步，突然鼻子猛地一吸，刚才钻进熊跋身体里的死气又冒了出来，被冰大尸吸进了身体里。

"辣子，你等菜啊，捅它！"孙胖子也看出来便宜，对我大喊道。

"小辣子，你看着它，别让它乱动，我去看看老熊。"萧和尚三步并作两步蹿到熊所长的身边，测了测他的脉搏，马上开始给熊跋做起心脏复苏术。也不知道他是在哪儿学的，几下心脏按压术做得有模有样。不过，这一个流程下来，也没见熊所长有苏醒的意思。最后，萧和尚一咬牙，嘴对嘴给熊跋做起人工呼吸来。

我扫了一眼熊所长的情况，对萧和尚说道：“老熊还有救吗？”

萧老道借着人工呼吸的间歇说道：“老熊的死活不用你操心，你安心对付冰大尸就行了。”

冰大尸对我手中的短剑相当忌惮，就连我刚才和萧和尚说话的时候，它都没敢上来偷袭。

它只是不停地向后退去，直至退到洞内的一个角落。它不冲过来，我也不敢轻易上去给它一刀，我们距离七八米，就这么一直僵持着。

萧老道那边传来熊跋有些虚弱的声音：“我靠，刚才……怎么回事？老道！你亲我干什么！”

听到熊所长醒了，我不由自主地向他的方向看了一眼。就这么一走神的工夫，可能是感到熊跋的苏醒对它不是一个好苗头，冰大尸动了。

就是这样，冰大尸还是不敢向我冲过来，而是嗷的一声对着孙胖子冲了过去。我再想阻拦已经来不及，当时也来不及多想，一甩手，短剑就向着冰大尸的后背飞了过去。

飞刀虽然不是我的强项，但是距离这么近，目标又这么庞大，我实在没有理由失手。可惜，有些事情往往就是事与愿违。

在我短剑出手的一刹那，冰大尸就好像有了预感一样，突然猛地向上跳起。别看它身形巨大，动作却相当迅猛，短剑从它的脚底下滑过，向着孙胖子的方向飞去。

孙胖子发出啊的一声叫，我还没来得及看清他是否中剑，冰大尸已经落了下来。它全身小一千斤的重量，落在地面时轰的一声，脚下的地面坍塌，露出一个直径三四米的大洞，冰大尸顺势跌落进了洞里面。

“沈辣！你是不是报复我沙漠那次！”孙胖子的脸都吓白了。刚才也算是他反应快，冰大尸跳起来时，孙胖子就看见一道白光向自己飞来。他当时来不及多想，一侧头，短剑贴着他的双层下巴，钉进了他后面的元宝堆中。

孙胖子没事，我悬着的心总算放了下来。看他急赤白脸的样子，我忍不住调侃了几句："要报复你早就报复了，还用等到今天？好了，一人一次，互不相欠。"

我边说边向短剑落下的方向寻找，在元宝堆里找了半天，最后在元宝堆后面十多米的地面上，找到了那把短剑。

这把短剑竟然从元宝堆中穿了出去，我再看剑锋，还是跟一汪水似的，没有一点划痕。

我收好短剑，走到萧和尚的身边："老萧，熊所长没事吧？"这时，熊跋已经站了起来，揪着萧和尚的衣服领子骂骂咧咧的。虽然是刚刚苏醒，不过看起来龙精虎猛，萧老道这样的，随便打死三五十个都没有问题。

萧老道认真和熊跋解释，不过好像是说不清楚了："你看他像有事的吗？老熊，你撒手，我不是说了吗？我是救你，不是占你便宜。"

"好了好了，有什么话出去再说。"我拉开两人，"回去的路堵死了，想想怎么办吧。上面水坝的存水要是满了，都不用开闸，一样灌进来，到时候谁都跑不了。"

孙胖子走过来时没好气地看了我一眼："还能怎么办？把石头搬开呗。"

这似乎是现在唯一的出路了，熊跋终于也放开了萧老道，我们四人开始清理甬道上面掉落的石头。搬了没几块，忽然发现有一只肥大得离谱的大耗子从石头堆里钻了出来。我看着纳闷，这只耗子肥成这个样子，那些掉落的石块怎么没砸着它？

更奇怪的是，这只肥耗子还不怕人，好像看着孙胖子特别顺眼，一扭一扭地爬到孙胖子的脚面，看架势是要顺着裤腿爬到孙胖子的身上。

爬到裤腿时，孙胖子才发觉，“耗子！”他在地上蹦了几下，把肥耗子摔到地上。

“辣子，你帮我弄死它！”耗子是孙胖子的死穴，据他说，他只要一看见耗子就浑身发颤。

“别弄死它。”萧和尚看见这只肥耗子时，眼睛已经发亮，“这是财鼠。”

萧老道掐着肥耗子脖子后面的肥肉将它提了起来：“呵呵，有了这个宝贝，这趟就算没白下来。”不过肥耗子对萧老道相当的抗拒，扭动着它的脑袋不停地挣扎。

孙胖子对耗子心有余悸，后退了一步，怕它挣脱了萧老道，又跑过来骚扰自己：“老道，你拿个耗子显摆什么？小心传染鼠疫黑死病什么的。不是我说，你直接摔死它不行吗？”

“我弄死你都不带弄死它的。”萧老道看着手里的肥耗子呵呵笑着，“这宝贝比冰大尸还要稀奇得多。”

熊所长看了一眼大耗子：“什么菜鼠肉鼠的，我教你个乖，这个叫龙猫，我侄女养过一只，和这只一模一样。”

萧和尚翻着眼皮，似笑非笑地说道：“龙猫？你说的那种龙猫头顶上有这样的金元宝吗？”说着，他扒开了肥耗子脑门上的棕毛。果然，在它脑门的肉皮上有一个黄色的元宝印记，看着像胎记又像疤痕。

我看得稀奇，想要伸手摸摸这只“财鼠”的脑门，没想到财鼠突然狂躁起来。它身子剧烈地扭动着，龇着两颗鼠牙吱吱直叫，看架势要是我敢动手摸它，它就敢张嘴咬我。

这只财鼠扭动得急了，萧老道一个没抓住，从他手中挣脱，掉在地上打了个滚，重新爬起来，一扭一扭地冲进了对面的元宝堆里。

进了元宝堆的财鼠显得特别兴奋，在里面横冲直撞，还时不时地把鼠头露出来，冲着孙胖子的方向一阵抖动。那表情就像是爷爷家养的来福看爷爷时的样子，骨子里都透着讨好的神情。

我笑嘻嘻地说道："大圣，它在向你卖萌，怎么它就对你这么好？你们俩上辈子八成是两口子，今天他来寻夫了。"

孙胖子本来也是觉得惊奇，听了我的调侃之后，他回嘴道："少来，它和你才是缘定三生，你们俩这辈子就一起过吧。"他说了一半，又把脸扭向萧和尚那边："老道，这个什么财鼠是奔着这些金元宝来的？不是我说，你能不能别这么嬉皮笑脸的？"萧和尚看着孙胖子一直在笑，笑得孙胖子浑身不自在。

萧老道打了个哈哈，说道："你猜的倒是没错，财鼠又叫金鼠，数量稀少，生性喜金喜玉，它生来就对金器和玉石有一种病态的痴迷。最难得的是财鼠的嗅觉异常的灵敏，能嗅出地下五百米的金脉。你们民调局里的资料应该有记录。宋元之前，抓到财鼠是要作为祥瑞上贡朝廷的。宋律有记载，私藏祥瑞不报者，杖六十，流放三千里。元律分了几个等级，南人私藏祥瑞者立斩，元人褫夺家财，流放三千里。不过就这样，到了明清两朝时，已经剩不了一两只了。之后民国直到新中国成立，再没听说过哪里出现财鼠的踪迹，想不到今天能让我遇上。"

说着，萧和尚有一种想要狂笑的冲动，不过被孙胖子一句话给憋了回去，"谁说是你遇到的？它明明是来投奔我的。"萧和尚听了浑身直颤："明明是我发现它的！刚才你还要弄死它的，现在又是投奔你的？"

孙胖子一耸肩膀："那你叫它，看它答不答应？"

萧和尚气得没话说，孙胖子做了个鬼脸："你不叫？那我叫了。"说着，孙胖子蹲下身子，伸出右手做出喂食的模样："啧啧，咪咪，呸！忘了是耗子了。小东西，过来，这有好东西，过来过来，到哥哥这儿来。"

就见财鼠先是从元宝堆里露出了小脑袋，对着孙胖子一阵欢叫。看见孙胖子蹲下来，它慢慢地从元宝堆里爬了出来（如果按萧和尚说的那样，财鼠真的对金器玉器有着病态的痴迷，那它对孙胖子的态度就已经超过了对金器的痴迷），一路朝孙胖子爬了过来。

孙胖子强忍着对啮齿类动物的恐惧，任由财鼠在他的脚面上蹭来蹭去。最后财鼠竟沿着孙胖子的裤管爬到了他的肩头，蹲在那里吱吱地叫个不停，就好像有话要跟孙胖子说一般。

萧和尚对这一人一鼠的感情也感到惊讶，他还要说点什么，被我拦住了："老萧，先别管什么龙猫、财鼠的了，出去要紧。出去之后，这个什么财鼠，我帮你要回来，现在就先让孙德胜高兴一回，出去后我帮你。"

萧和尚也没别的办法，只能点头。我还没喊让孙胖子过来，他就先颤颤巍巍地对我说道："辣子，帮我把它弄下来，我受不了了。"

我伸手想要抓住财鼠，没想到刚才它还好好的，见我伸手，它立马翻了脸，对我龇牙咧嘴的一脸凶相。"大圣，我帮不了你，你老婆冰清玉洁，不让别的男人碰。大圣，你好福气啊！"

孙胖子也无可奈何了，本来萧和尚提出来由他"暂时"看管财鼠，等出去了再还给孙胖子。

孙胖子死活不干，只能咬牙硬挺着。最后，我想了一个办法，用几块金元宝一路引诱着，将财鼠引到了孙胖子的上衣兜里。孙厅长的制服口袋不小，财鼠进去后还能露出一个小脑袋，时不时地叫一声，好像是在提醒孙胖子它的存在。

我们三个人回到洞口，重新开始搬运石块。石头越搬越多，就好像无穷无尽似的，而且我们在下面搬几块，上面的洞顶就掉下来几块，马上补齐了刚才的缺口。我们四个人搬了半个多小时，竟然连五米大小的甬路都没清理出来。

"不搬了，没用。我们搬多少，上面就掉多少石块下来，没搬几块石头，就差点让掉下来的石头砸开瓢。"孙胖子坐在内洞的地上，喘着粗气说道。

孙胖子说的没错，我们几个人的心里都明白。熊所长擦了一把头上的汗水说道：“那就得等外面的人想办法进来了。”萧老道摇了摇头说道：“指望外面的人？他们也得从坑里下来。我们进来时好歹还有条甬路，现在甬路还不知道塌成什么样了，弄不好连坑口都塌了。”萧和尚一语说完，洞里的这几个人不说话了。刚才塌方时声音不小，弄不好，外面塌方的程度还真的和萧和尚说的一样。

第六章 走魂灯

我心里突然一动，说道：“这个洞里还有个出口。”

熊所长和萧老道都愣了一下，熊所长先说道：“有出口？在哪儿？”萧老道已经开始四下看了一遍。

倒是孙胖子，他看了我一眼，说道：“冰大尸跳下去的那个坑？那倒是算条路，问题是谁敢下去？”

我走到那个坑口面前说道：“刚才冰大尸跳下去的时候，我听得清楚，它是一路跑下去的，下面有条路，那条路应该是条水道。而且刚才在上面发现那个大坑的时候，满满的一坑水，一会儿工夫就没了，应该是随着这条水道流走的。我们只要沿着这条水道走，应该就能走到下游的出口。”

听了我这话，孙胖子走过来，朝坑里面望了几眼：“辣子，有把握吗？冰大尸可在下面等着呢。”

我说道：“照刚才的情形看，就算在下面遇到了，跑的那个也应该是它冰大尸。我打头阵，应该没问题。”

熊所长和萧和尚也走了过来。他们犹豫了一下，倒是没有反对。熊所长还和我争了一下，要第一个下去，被我这个“处长”严词拒绝了。

孙胖子在那几具死尸的身上找到了一截绳子，用绳子绑着手电在洞里转了几圈，没发现有冰大尸埋伏的迹象，我便抽出短剑，翻身跳进了洞里。下去之后，我借着天眼，在黑暗处也看得十分清楚。下面是一条一米多宽的小路，周围全是水渍，和我猜想的一样，这里八成就是抽走大坑积水的水道。

“下来吧，没事。”我向上喊了一嗓子。孙胖子先跳了下来，接着是萧老道，最后熊所长也跳了下来。

我带头，朝地势低的地方走去。由于还有一个潜在的危险，我们四个人都没有说话，只是警惕地向前行进。

大约走了五分钟，前面突然有了闪烁的光亮，熊所长激动地喊了出来：“有亮儿！到出口了，我们出去了。”不过激动的只有他自己，我、孙胖子和萧老道都是一言不发，冷冷地盯着前面。

熊所长看出不对：“怎么了？你们看见什么了？”说着，他端起猎枪，却又找不到射击的目标。

我看得清楚，前面不是什么太阳的光亮，那一闪一闪的，是点燃的几盏油灯。这种鬼地方，是谁点的油灯？

油灯还不算，刚下来时还好一点，现在向油灯处走得越近，越能感到这里的墙壁四周慢慢渗出一缕缕阴气……

除了阴气之外，我再感觉不到其他什么东西，不敢再贸然前进。我回头看了他们仨一眼：“往前走吗？”孙胖子也开始犹豫起来。没想到萧老道盯着那几盏油灯的光亮，眼都直了。

萧和尚突然毫无征兆地向油灯闪烁的地方跑了过去。他奔七的人了，跑起来却异常的敏捷。经过我身边时，我竟然没能拦住他。“老萧，你要干吗？”我在他后面喊了数声，萧和尚就像没听见一样，一溜烟跑了过去。

萧和尚已经这样了，我们只能在后面紧跟着。跑了没多久，就看见墙壁两侧悬挂着两排油灯，越往里走，油灯越密集。

终于，萧老道不跑了，他前面是一个死胡同，墙上密密麻麻的全是油灯，把这里照得亮如白昼一般。

这一路跑的路程不短，我和熊所长还好，孙胖子已经累得腰都直不起来了，呼哧呼哧直喘气。“我说，老道……你这样……看见什么了，有什么话……提前说一声不行吗？”没想到萧老道根本不搭理他。

萧和尚走到尽头，挨个地查看墙上油灯的底座。我看出来点门道，问：“老萧，灯上有机关？什么样的机关？我帮你找。”说着伸手向离我最近的一盏油灯摸去。

“别动！”萧和尚突然大喝一声，把我吓了一哆嗦，“这不是普通的灯，这是走魂灯。上面点的是阴火，是给死人照亮的，你弄灭一盏灯，回不了阴界的冤鬼就会找你报复。那时你就别想再回去了。”

听了他的话，我赶紧缩回了手，看着还在寻找“机关”的萧和尚，说道：“老萧，不让我动，你在干吗？”萧和尚斜了我一眼：“你知道个屁，这个走魂阵是我们特别办首创的，这里有我的熟人来过。”

说着，萧老道在一盏油灯的灯座上找到什么东西，他小心翼翼地取了下来。我在旁边看得清楚，是一块黄铜牌，牌子的正面刻着一组相对复杂的符咒。萧和尚对符咒不感兴趣，直接翻了过来，背面用朱砂写着一个“达”字。

看见了这个“达”字，萧和尚的手有些轻微地颤抖。他突然对着空气喊道：“三达，肖三达！是你吗？”

肖三达，之前听萧和尚说起过这个名字，还问过民调局是谁做主，是高亮还是这个“肖三达”。从时间来推算，萧老道、高亮和这个肖三达以前都应该是民调局前身——特别案件处理办公室的成员，最起码他们三人相熟，肖三达还有和高老大争夺民调局局长的实力。

萧老道喊了几声，也不见有人答应，便有点索然，看着墙上的走魂灯直发呆。我和孙胖子一左一右架住了他，怕他失手打翻了墙上的走魂灯。

“算了，”萧和尚叹了口气，“看来这辈子我们是见……”他话说了一半，突然听到一声巨响。我吓了一跳，还以为是冰大尸在附近，刚想有所动作，就见距离我们二十米以外的墙壁上出现了一个一人大小的入口。

萧和尚看见入口，又来了情绪：“肖三达！是你干的吗？你是让我们进去？”萧和尚又是一通嚷嚷，还不见有什么回应。他还想继续把“肖三达”叫喊出来，被我和熊所长拦住：“老萧，你先消停一会儿，那个什么肖三达给你留门了，就是让我们进去。有什么话进去再说。”

一边的孙胖子也附和道：“就是。不是我说，你还指望有八抬大轿来请啊，给你指条路就算不错了，你还等什么？一会儿人家急眼了，再把路给你堵上，你就傻眼吧。”正说着，他口袋里的财鼠露出个鼠头，向着那道门内吱吱直叫显得很是兴奋。嗯？这财鼠连孙胖子都不管了，看来门内的东西比孙胖子还要吸引它的注意。

萧老道点点头：“进去吧，但愿里面有一个老朋友在等我。”等我们走到门口，熊所长已经早一步过去了。他手里握着猎枪，正在伸脖子向门内张望。

“熊所长，”我走到他身边说道，“看见什么了吗？”

熊跋摇摇头又点点头，说道：“刚才我过来时，感觉里面好像有‘人’看我。你们过来之后，我才没了这种感觉。”

熊所长倒是提醒了我，我在门口向里面看了几眼，看不出来有什么不对的。萧和尚倒是没有犹豫，第一个大踏步走了进去。我来不及多看，和孙胖子、熊跋跟在萧和尚后面。

里面还是一条路，和外面上下两条路不一样。这条路并不长，在路口进来的位置摆放了一个小小的八卦镜，和萧老道用来照冰大尸的那个镜子一模一样。萧老道看见，底气显得更足了。

走到了这条路的尽头，前面竟然有两个出口，我们四人都愣了一下。

看刚才主动开门的意思，应该是让我们几个进来，现在又多了两个出口，照常识来说，这两个出口一个是生门，一个是死门，连个提示都没有，这个肖三达到底想我们怎么样？

直接问当事人吧。“老萧，你以前和你们那个肖三达有没有暗号标记什么的？”

萧和尚围着这两个出口来回走了几趟，又沉思了半晌，最后指着左边的出口说道：“男左女右，按肖三达的脾气，应该走这道门。”说着他就往里面走。

“你等一下，不是这道门。”孙胖子突然在门口拦住了萧和尚。

萧老道愣住了：“小胖子，你凭什么这么说？”

孙胖子给了他一个很合理的回答：“我就是觉得应该是右边的出口。”我在一旁帮腔道：“老萧，你最好信孙德胜的，他选的路从来没有错的时候。”

萧和尚对孙胖子的运气不以为然，仍然坚持走左边的出口，孙胖子死活不进去。最后我们兵分两路，我和孙胖子一路，熊所长和萧和尚一路，分别走了左右两个出口。

“大圣，你这次靠谱吗？”走进去后，我看着一条曲曲弯弯的小路，向孙胖子问道。

孙胖子一撇嘴：“辣子，我还有不靠谱的时候吗？”

“也就是偶尔一两次。”我笑着说道。

走了没多久，孙胖子的脸色开始变差，又过了一会儿，他捂着肚子对我说：“辣子，你等我一会儿，我方便方便。那什么，你别离太远，我自己心里没底。”

我很郁闷地等着孙胖子方便。十多分钟后，这胖货才提着裤子走出来。虽然我故意走出二十多米远，可这里毕竟是封闭的，一股氨气的味道充斥着整条路。

“大圣，你吃什么了？韭菜萝卜炒黄豆？”我捂着鼻子说道。

孙胖子觍着脸一笑：“你至于吗？再说了，咱俩吃的一样。你吃的什么，我就吃的什么。想开点，吃喝拉撒，自然规律。”

我屏住呼吸，还想和他瞎扯几句时，看见他的衣服口袋没了动静：“大圣，你老婆呢？没动静了，不是跟人跑了吧？”

“这儿就咱俩，跟人跑就是跟你跑了。”孙胖子说着，从口袋里把财鼠掏了出来。这小家伙有点萎靡，看来八成是被孙胖子熏晕了。透了会儿气之后，小财鼠才好了一点，不过再看见孙胖子时，已经没有当初亲昵的表情，龇着牙对着孙胖子一阵叫。

“大圣，你老婆也受不了你了，蜜月期这么快就过了？”看着开始有点暴躁的财鼠，我有点幸灾乐祸地说道。

“没事，可能是刚才在我兜里憋着了，有点缺氧。”孙胖子逗了一会儿财鼠，看它不像刚才那么萎靡了，又把它扔回了自己的口袋里。

突然，我看着孙胖子，越看他越别扭，总感觉他有问题，但具体是什么问题我又说不出来。

我和孙胖子一左一右地向前走着，孙胖子还是和平常一样，时不时说些不着四六的话。我嘴上应承着，心里还是感觉孙胖子出了什么问题。

就在这时，那只小财鼠在孙胖子的口袋里闹了起来，在里面又抓又咬的。孙胖子惨叫连连，打开口袋，掐着财鼠脖子后面的肥肉，将它揪了出来：“小东西，你这是抽的什么疯？啊，咬出血了！”

孙胖子什么时候敢抓耗子了？我猛地反应过来，刚才他亲手把财鼠抓来抓去的，我就应该看出来。孙胖子忌鼠，之前明知道这是财鼠，都不敢碰它。这才过了多久，他就敢伸手抓了？

“大圣，你老婆我替你拿着，你先看看伤口。”我没动声色，还是笑呵呵地说道。

孙胖子将财鼠交到了我的手上，财鼠在我手上安静了许多，还伸出它的小爪子朝孙胖子的方向吱吱直叫——好像在告诉我什么事情。

孙胖子扒开衣服看着财鼠在自己身上留下的伤口："呀，咬破了好几个地方，我这是招你惹你了？"

我看着还在指着孙胖子直叫的财鼠，呵呵笑道："打是亲骂是爱，它这是爱你的表现。对了，大圣，你还记得我们第一次见面时，我们队长老王吗？他前几天给我打电话，提到你了，还说你有女人缘，要给你介绍对象。你见不见？"

孙胖子重新穿好衣服，嘿嘿笑道："见啊，干吗不见？闲时置，忙时用——辣子，你这是什么意思？"

孙胖子抬头就看见我已经掏出了手枪，指着他的脑袋说道："老王当时死在水帘洞了，你亲眼看见的。说吧，你是谁？别告诉我你是孙胖子的孪生兄弟。"

"呵呵呵呵……"孙胖子看着我突然笑了起来。他的笑容我看得有些发怵。他笑着说道："你是怎么看出来的？我对我这点本事还是有点自信的。还以为和你回了民调局也不会有人发现，没想到还不到十分钟就被看穿了，我到底有什么破绽？告诉我，我下次会注意。"孙胖子说得言辞恳切，我一时都不明白，他是在戏耍我，还是真的向我请教。

"还有下次，你以为我不敢开枪？"我把枪口调高了一寸，对准了他的太阳穴，"要不要试试？"

第七章　又见杨枭

本来最后一句话就是吓唬吓唬他，其作用和那一句“你吃了吗”差不了多少。想不到的是，孙胖子听了我的话，笑意更浓了：“好啊，开枪吧，看看我还有没有下次。快点，你又不是没向我开过枪。”

这个人我认识！在我的记忆中，开枪打不死的就这么一个人了，我垂下了枪口，看着他说道：“杨枭！”

“好说了。”“孙胖子”全身的肌肉开始不停地抖动，就几秒钟的工夫，他一身的肥肉抖掉了，个头也高了将近十厘米，面容变成了几天前在麒麟市遇到的小警察——杨枭。

我把手枪重新别在后腰上，这把手枪虽然是民调局特制的，可在杨枭的面前就是摆设：“吴仁荻放了你，你还敢冲我们来？吴主任知道了，看看你还有没有下次？”

提到了吴仁荻，杨枭脸上的表情有些不自然，他冷笑一声，说道：“把心放好，我没兴趣把你和那个胖子怎么样，只是借你们俩用用，和你们吴主任换一样东西。那样东西到手，我们就各奔东西，你们俩一根毫毛都不会少。”

他说完之后，我无奈地笑了一下：“你太抬举我们俩了，你以为就凭吴仁荻的秉性，他会为了我们俩就范？以他的脾气来说，他会等你撕票之后，再来干掉你，为我们俩报仇，这么干才是我们吴主任的脾气秉性。”

我一边说着，杨枭在旁边一边笑着，一直等我说完，他才说道：“别那么小看自己，那个胖子怎么样，我不好说，不过要是有你在我手里，你们吴主任一定会拿我要的东西来换你。”

我对杨枭的话不屑一顾：“凭什么？我又不是他儿子，他凭什么要拿东西换我？杨枭，你还是别做这个梦了，孙胖子你给藏哪儿了，赶快给放回来。你放心，这事我们就当没有发生过，不会跟吴主任提的。还有，你老婆的事我负责帮你催，保证你们两口子二十年后再续前缘，怎么样？杨枭，老杨，你可要考虑清楚。”

杨枭看着我，一直到我说完，他才说道：“我说了吴仁荻会拿东西来换你。”看着我不以为然的表情，他终于说到了重点，“因为我们——你、我、吴仁荻，我们三人都是一样的体质。”

我听不懂他话里的意思，什么一样的体质？我实在看不出来我和这两个怪物有什么一样的地方，便道：“你别那么客气，我能有什么地方和你们一样？你这么说，太抬举我了。”

杨枭又笑了一下：“信不信由你。如果我猜得没错，吴仁荻过一阵子就会找你。我们这样体质的人，他是不会放过的。”

“以后的事以后再说，我说老杨，你也穿帮了，是不是把孙大圣交出来？反正都这样了，也不差他一个人了。”

杨枭点点头，也不说话，伸手朝孙胖子刚才方便的地方一指，嘴里念出一串生涩的音符。就见空气中凭空出现了一个孙胖子，他身上就穿了一个大裤衩子，眼睛紧闭，蹲在地上就像睡着了一样。

杨枭看着他又是一阵笑："呵呵，别装了，术是我施的，你醒没醒我自然知道。"

杨枭话音刚落，孙胖子就睁开了眼睛，看见杨枭时，孙胖子愣了一下，估计他被迷晕时也不知道是杨枭的手笔："杨枭，你还敢来？吴仁……"

杨枭没等他说完，一摆手打断了他的话："住口！沈辣刚才说过一遍了，你不用提吴仁荻了。"听得出来，杨枭说这话时很郁闷，吴仁荻是他的死穴，连听都不想听。

"大圣，你过来……"我话说了一半，就觉得手上一空。刚才孙胖子一出现，财鼠就显得特别的兴奋，现在听到孙胖子说话的声音，这耗子等不及了，挣脱了我的手，几步跑到了孙胖子的面前，又沿着孙胖子的大腿，跑到了他的肩头。可怜的孙胖子，浑身颤抖着，想要把财鼠弄下来，又舍不得它的财气。

看着孙胖子怕极了的样子，杨枭明白过来："你怕耗子？"

孙胖子看了他一眼："怕耗子犯法吗？人这一辈子，谁还没有点怕的东西？辣子，别看了，把它给我弄下来，轻点，别吓着它，下辈子吃干还是喝稀，就看它的了。"

杨枭把这身厅长制服脱下来扔给了孙胖子，换上了自己的衣服。他穿上衣服，我帮着又把财鼠放进了孙胖子的上衣口袋里面。

"走吧……"看着孙胖子换好衣服，杨枭说道。

"往哪儿走？"孙胖子问了一句。杨枭说道："开始怎么走，现在还怎么走。上面的路已经封死了，除了眼前这条路，再没有路可以走了……"

他这么一说，我突然想起一件事："老杨，下面这个局不是你设的吧？费了那么多的元宝，就是为了把我们俩骗进来？"没想到杨枭说道："设局？我哪有这个闲工夫。"

杨枭说道："不过设这个局的人也不简单，我进来的时候，他试探过我，要不是我还有点道行，就吃了他的亏。"

"试探过你？"我回忆了一下，我们四个人进来就遇到个冰大尸，萧和尚说过冰大尸的稀有程度，这个应该不算是试探。最后还给我们指了条路，现在看来八成是看在萧和尚的面子上，再联系那个有签名的走魂灯，这个设局的人应该就是萧和尚口中的肖三达了。

孙胖子恢复自由后，话一直不多，他听了一会儿后，眨巴眨巴眼睛看着杨枭："你怎么知道我们会选这条路？"

杨枭说道："这是生死路，一生一死，要是连这个都看不出来，你们俩对我也没什么用了，起码吴仁荻不会糟蹋那个东西来换你们。"

还真是生死路，我和孙胖子对视了一眼，萧和尚和熊跛悬了，不能见死不救。几乎同时，我们俩朝刚进来的地方跑去。

"晚了，这么长的时间，他俩死几个来回了。"杨枭看出来我和孙胖子的目的，不紧不慢地说道。

我和孙胖子没理他，还没跑到入口，就见有两人气喘吁吁地从入口处进来，正是杨枭嘴里应该"死了几个来回"的萧和尚和熊所长。他俩的猎枪已经不知道丢到哪儿去了，熊所长手里拿着他的配枪，萧和尚手里拿的是我见过的那把五四。

"小辣子，你们这里没事吧？我算是倒了——怎么还有个人？"萧和尚话没说完就看见了我们身后的杨枭。

杨枭见他俩安然无恙地进来，同样很是不解，只是没说话，歪着头在想着什么事。

"他……算是我们的熟人吧，听说我和孙大圣下坑……怕我们出事，跟下来看看。"我勉强给杨枭编了个身份和下来的理由。

"不对啊！"熊所长不愧是老警察，马上听出了我话里的纰漏，"上面都被石头堵住了，你这位熟人是怎么下来的？”

“老熊，你废什么话，”萧和尚这么多年的咸盐不是白吃的，他看出来杨枭不是一般人，便回头对着熊跋说道，“都说了是熟人了，你还磨叽什么？”

“老萧，你们俩这是怎么了？”趁熊跋没有明白过来，我赶紧转移了话题。

“别提了，我看走眼了。我们选的是死路，刚进去的时候还好，看不出来有什么不对的地方，可走了没有几分钟，路就变了，越走越模糊。老道我也有点见识，一眼就认出来，那条路变成了阴司鬼路，是直通地府的。还好发现得早，我和老熊马上往回跑时，有恶鬼出来拦路，猎枪不顶事儿，我是托了这老家伙的福。”说着，萧和尚掂量了掂量手中的五四，又说道，“开了几枪，我才带着老熊跑出来的。”

“你可拉倒吧，”熊所长对他是被萧和尚“带”出来这句话十分不屑，“最后是我背着你跑出来的好不好？当时，你开枪了是不假，我也承认你的手枪是不一般，一枪能把几个鬼都穿了葫芦，可是也架不住鬼多啊。你子弹打光了（我这才注意到，他的手枪滑膛已经大开，能看见弹仓里空空如也），那些鬼还要向上冲，当时我听见有人在路的尽头喊了句什么，那些鬼就冲你去了，当时你都吓瘫了。有了这个空当，我才能把你背出来。”

“有人喊了一句？”杨枭听着来了精神，“喊的什么？你听清了没有？”

熊所长摇了摇头：“听不出来，不过感觉那人喊的不像是人话。”

“哦！”杨枭点了点头，不再说话。

看着惊魂未定的萧和尚，我说道：“老萧，现在怎么办？前面指不定还有什么。继续往前走，还是原路返回？你拿个主意吧。”

萧和尚开始犹豫了，不再像之前那般自信了，看来走了小半条死路真的吓着他了。“你们谁有烟？给一根，我那包刚才跑掉了。”萧和尚说。接过了熊所长递给他的中南海，萧和尚点着了，低头猛抽了几口，才又说道，

“都走到这儿了，还是往前走吧。再说了，这条是生路，走出去应该不会有问题。”

萧和尚说的也有几分道理。反正也走到这儿了，可能前面就是出口，再说就算前面真的有什么人，八成也是那个肖三达，凭着萧和尚的面子，他不会为难我们。这么一想还是继续前行有利。我们休息了一会儿，继续向前走去。

再向前行时，杨枭低着头一言不发，默默地跟在最后面。萧和尚开始还主动和他没话找话说，不过杨枭来来回回就是那么几句“嗯，哦，是，我不知道”来打发萧和尚，聊了没几句，萧和尚对杨枭也没话了。

走了二十多分钟，正当我们感觉这条路没完没了的时候，前面又出现了一点光亮。这次，就连熊所长都没有出声，而是掏出了手枪，紧张地盯着前面的亮点。

我们越走越近，光亮的面积也越来越大。三分多钟后，出口终于出现在我们的面前。

见到了出口，我们五个人反而越走越慢，最后在距离出口十多米远的地方停住了。我刚想说，我过去探探，没想到出口的外面突然有人说道：“到了门口就进来吧，不是要我出去请吧？”

萧和尚听见这人说话的声音身子就是一颤：“是……是三达吗？是肖三达吗？”他说话的声音带出了哭腔，他已经控制不了自己的情绪。

“唉！”那人叹了口气，再说话时带着一丝落寞，“不是肖三达还能是谁？和尚，也难为你了，能一直找到这里。”

这时，萧和尚再也控制不住，几步跑到了出口外面，我们几个跟在他的后面。在出口的外面，是一个二十多米左右的石洞，一个浑身几乎赤裸的大胡子男子正坐在石洞当中。萧和尚看见他愣了一下，那个大胡子男子倒是哈哈一笑，道：“和尚，才三十年不见，就不认识肖三达了吗？”

第八章　肖三达

萧和尚跑过去一把抱住了大胡子，笑中带泣道："三达，三十年了，一直都没有你的音讯。我还以为……"

大胡子肖三达又是哈哈一笑："我且死不了呢。"他们老哥儿俩边说边笑，边笑边哭，看得人好不动情。

我围着这间石洞转了一圈，墙上拉了几十条绳子，上面密密麻麻挂的全都是鱼干。没有阳光，洞里又潮，这些鱼干大部分已经腐败，石洞里弥漫着一股腥臭之气。除了这些鱼干，这洞里再也找不到能吃的东西。看来这个肖三达就是靠这些"鱼干"活了三十多年。

这时，孙胖子口袋里的财鼠一阵闹腾，从里面翻了出来，窜到地上，就向石洞墙壁爬去。爬到墙边，它支棱着两只前爪对着墙壁一挠一挠的。

"呵呵，小东西有些本事，财鼠就是财鼠。"肖三达也看见了财鼠的举动，呵呵地笑道。他走过去在墙上摸索了一阵，也没见他触动了什么机关，就听嘎巴嘎巴一串声音响起，洞中三道石墙同时向上升起，原本钉在墙上的几十根绳子失去了着力点，都掉了下来，鱼干撒了一地。

不过这时没有人会在意几条臭鱼干。石墙升起，露出来藏在里面密密麻麻的金元宝。墙里的空间有几百米，这石洞就像是一座巨大的金库。

“三达，你就守着这些金元宝过了三十年？”这几天我冷眼观看，萧和尚算是一个爱财的人，可现在他说这句话的时候，语气中竟充满了惊讶。

“你以为我想啊？”肖三达叹了口气，马上就转移了话题，“你带来的这些小朋友，不介绍介绍？”

萧和尚笑着点点头，熊所长一句话带过，介绍我和孙胖子说是民调局的人时，肖三达并不是很惊讶，还笑呵呵地说道：“我也算是你们的半个前辈了，对了，你们局长是高亮？这老东西还没死吧？”

我也学着他的样子，笑了一下，说道：“应该还没死吧，好像活得还不错。”孙胖子也接口道：“心宽体胖，能吃能睡的，比我还胖。”肖三达笑了一下，没有再问高亮和有关民调局的事。

等介绍到杨枭时，萧和尚犯了难，因为他根本不知道杨枭是何许人也。还是杨枭主动说道：“杨逍，就是一个跑腿的，为几位领导服务。”肖三达深看了他一眼，没有说话，回头对萧和尚说道：“和尚，本来我想在这里了此残生的。既然你亲自找来，我就给你这个面子，和你们一起上去吧。走吧，到上面晒晒太阳去。”

说着，肖三达抬腿就要向外走。没想到，杨枭身子一晃拦在他的前面，冷冷地说道：“别着急走吧，这里的禁阵我可没本事破，你自己被禁三十年了，应该比我清楚吧。”

禁阵！我心里转了一圈，这俩字在资料室里见过，是禁锢用的阵法。不过在我的印象当中，禁阵不算是什么多了不起的阵法，只要有一些术法的基础，破解禁阵应该不算是什么难事。不过，听杨枭说他破不了这个禁阵，我一时有点摸不着头脑。

肖三达眼角的肌肉抽动了几下：“你叫什么来着？”“杨逍。”

“杨道……哪个道？”肖三达盯着杨枭看了半天后问了一句。杨枭冷冷地答道：“逍遥的道。”肖三达又看了杨枭一眼，好像是松了口气，却再没有说话。

本来还兴冲冲的萧和尚这时也已经愣住了：“禁阵……三达，是……一人阵？”

肖三达脸上的笑容消失得无影无踪，也不理会萧和尚，只是冷冷地盯着杨枭：“在上面，和我作对的那个人是你？”

杨枭冷笑几声说道：“不知道是你小看了我，还是我高看了你。那点小伎俩——没有难度。”这话说得嚣张之极，颇有几分吴仁荻的风骨。

他俩说话的工夫，萧和尚咬破了自己左手的食指，将鲜血甩向洞口。只见那几滴鲜血就要飞出洞外时，突然在中途诡异地变向，地面上的吸引力好像霎时变强，几滴鲜血掉落在洞口前的地面上。

“真是一人阵！”萧和尚喊出来的声音已经岔了音。

一人阵算是禁阵里面的变异阵法，它本来是古代皇陵之中的一个阵中阵——皇帝驾崩入土之后，陵寝之中会留下一个道士（或和尚），引领大行皇帝的魂魄至紫微星归位。为了防止这个道士（或和尚）逃出皇陵或毁坏陵寝之内的陪葬品，会在他活动的范围之内设定一个禁阵。这个阵法是针对道士和和尚的，任你法术通天也无法逃出这个禁阵，因为这个禁阵内只禁锢一个人，所以又称“一人阵”。

一人阵在民调局的档案资料中还真有记载，我也看过资料上面还写着破解的方法——无。

我突然想到了一个问题：“不对啊？这不像是一人阵。一人阵只能禁锢一个人，我们这么多人都进来了，那怎么算？”

杨枭听了我的话，嘿嘿一阵冷笑，下巴朝着肖三达一扬，说道：“一人阵是没错，只不过被他在里面加了个变化。”杨枭顿了一下，继续说道，

“他也算是有些本事，把一人阵不许进不许出的特性，变成了只要有一人做胆，其余的人都能出入。不过，看来这么多年，我们算是第一批进来的人了。”

孙胖子这时候已经走了过来，他衣服口袋里满满当当装满了金元宝，杨枭的话，他是听懂了：“那我们进来了，肖三达把谁变成那个胆了？”

杨枭指了指自己的鼻子：“我。”

肖三达也是浪催的，竟然走了眼，真把杨枭当成跑腿的了。他暗中给杨枭下了阵胆的禁制，别人感觉不到，杨枭却发现了自己身上被人下了禁制，加上他不是一般的聪明，第一时间就明白了到底是怎么回事。

“这里面有误会，是吧，三达？”萧和尚过来打了个圆场。

肖三达还是冷冷地看着杨枭，一言不发。他心里也在暗苦，多年前，他在当年的特别案件处理办公室的资料中得知，当年金国被蒙古所灭之前，金国末代皇帝完颜承麟看出亡国气数已定，下令将国库之内的全部金银隐藏到一个隐蔽的地方。藏匿宝藏的地图绘制在一张绢帕上，由太子收藏，以备金国灭亡之后，复国之用。可惜后来，金京被破，完颜承麟和太子都死在乱军之中，那张绢帕也再没了下落。

这个宝藏他一直念念不忘，后来，他、萧和尚和高亮闹翻，肖三达一气之下离开了特别案件处理办公室。本来他想就这样离开大陆，去香港或者是南洋一带发展，就凭他的本事，在哪儿都能混上一碗饭吃。

就在他坐上船开始偷渡的时候，可能是觉得花花世界就在眼前，他的警戒心已经放松。同船有一个人拿出了一张绢布，捧着绢布边看边乐。肖三达扫了一眼，当时就看出来上面描绘的是一幅地图，里面用来记录地图位置的文字，是八百年前的金文。左下角是一方红色的印记。肖三达看得清楚，盖上这印记的是金国皇帝的玉玺。

有种预感就在肖三达的嗓子眼里呼之欲出，肖三达施法迷晕了那个人，抢过地图仔细看了一遍，果然就是八百年前，描绘了金国宝藏的藏宝图。

肖三达欣喜若狂，马上要求蛇头返航。遭到拒绝后，肖三达索性一不做二不休，施法将这一船六十三个人全部杀死，将尸体丢在海中喂了鲨鱼。只留下了一个船长，将他送回了大陆。上岸的第一件事，肖三达灭了船长的口。

按照地图上的指示，肖三达来到了我老家大清河的河边。当年，金人将金银埋在地下后，就将上游的河水改道，引到了宝藏的上面。之后，才有的大清河。

肖三达也是真有本事，带着工具，一个猛子扎到了河底，到了那个大坑的底部。根据绢帕上的记载，肖三达找到了机关，很顺利地进了坑下的第二层。当他从生门出来，见到了满是黄金白银的内洞时，肖三达有些得意忘形了，没有怎么查看，就进了内洞。就在他踏入内洞的一刹那，一人阵的阵法发动了，等肖三达明白过来，发现无论如何，他都出不去了。

五个月后，肖三达辟谷已经到了极限，饿得快发疯的肖三达开始准备持久战了。他人虽然出不去，但还是运用了御鬼戏神之法。加上之前金人留下的机关、阵法，给这里做了一点改造。先是通过原本的机关，改变了坑里水流的方向，再就是施法控制了死门之内的恶鬼，通过它们来抓鱼，以解辟谷之后的饥饿之苦。

就这样，肖三达在河水下面待了三十年。在几年前，肖三达无意中发现了一人阵中的一个小纰漏，破阵是没有可能的，但是可以把阵法稍做改动。可以把外面的人引进来，代替自己守在这个一人阵里。阵里只要有一个人，不管他是谁，一人阵都分辨不出来。

可惜办法有了，却实施不了。他在死门中招鬼的时候，无意中把一只冰大尸招了过来。肖三达对这个冰大尸也是很头疼，不过总算还好，冰大尸对他也是很忌惮，于是一人一尸做了邻居倒也互不侵扰。

前几天，肖三达感觉到河岸上面人山人海，他觉得时机到了，便遣了上百只鬼，到了河岸上制造事端。只是他当时还不知道，他三十年前的老朋友萧和尚也在现场。

之后，就是唱戏时接二连三地死人。说实话，死的三个人和肖三达本人没有什么关系，是那些恶鬼嫉妒阳世之人，私自生了事端。没想到错有错招，在萧老道的怂恿之下，鬼戏开锣了。

这次肖三达抓住了时机，他遣鬼将大量的金银扔到船上，诱人贪念。之后的事情就和肖三达算好的一样，水坝关闸，众人到河床上捡拾金银。他把众人引诱到了大坑边上，开动机关，放干了坑内的积水。等到坑中的黑气散尽，肖三达利用自己的魂魄来窥视众人，没想到和萧和尚打了个对脸。萧和尚在大惊之下大失常态，以为肖三达死了，魂魄来找他报丧。

等邻村那六个人下了坑，没想到冰大尸不知道怎么闻到了生人的气味，它从地下跑了上来，将那六个要钱不要命的杀死。肖三达在地下知道后，气得牙根直痒痒。后来就是我们四人下了坑，肖三达也认出了萧和尚，当时他拼命地压制冰大尸，冰大尸开始才会那么老实。可惜后来冰大尸还是发狂，却被我的一把短刀逼回了地下。

萧和尚和熊所长在死门时，也是肖三达用御鬼术才保住了他们。他做的所有事几乎都是向着他的预期发展，只是他没想到，最后一个杨枭打乱了他的全盘计划。

肖三达在一人阵里待了三十年，早已经到了极限，现在眼看就要走出去，最后一步却被人堵上了。肖三达生性阴沉，属于喜怒不形于色的那一类人，心里明明想把杨枭千刀万剐，脸上却没有露出一丝一毫。

杨枭什么样的实力，肖三达不清楚。可杨枭一眼就能辨认出来一人阵被动了手脚，这份见识就让肖三达很是忌惮。

冷场了一会儿，肖三达终于先开了口。他看着杨枭说道：“你说我把你变成了阵胆，那你就走出去试试，如果能走出去，就说明你走了眼。有什么话，我们上去再说。”

第九章　一人阵

“三达，我试了，这里明明就是一人……”萧和尚刚说了一半，就被肖三达呵斥住了，“闭嘴！你看错了，那是独阳禁阵，是用来防止有死阵的阴魂过来捣乱的！你不会说话就闭上嘴！”萧和尚被他说愣了，脸色有点发白，愣愣地看着肖三达，却一个字都说不出来。

“还是你闭上嘴吧！”杨枭冷冷地说道，“你还算有点本事，就这么一会儿的工夫，就撤了我的阵胆，把阵胆转到了……”他向我一扬下巴，“他的身上。”

我靠，我当时就是一身的冷汗。听杨枭的意思，这个阵胆在谁身上，谁就要在这个洞里待一辈子。一辈子！这可不是开玩笑，我他妈招谁惹谁了！

“老杨，真的假的？阵胆真在我身上？”见他两眼死死地盯着肖三达，我又对着萧老道说道：“老萧，你不管管……”

这时，孙胖子也走了过来，杨枭的话他也听明白了：“辣子，没事，我给你送吃的喝的下来，你在这里好好看着这些金子，最多两三个月。我上去就联系卡车，不行，还得是货柜车保险点……”

“孙胖子，你大爷的，还两三个月……”我话说了一半，突然掏出了手枪。孙胖子好像和我有了心灵感应，几乎同时，也掏出了手枪。两把手枪一起对准了肖三达的脑袋，同时说道：“把阵胆给我（他）解开！”

萧和尚赶忙走过来，拦住了我的枪口，说道：“小辣子，你们把枪收起来，不管怎么说，肖三达以前也是……”

“他是个屁！”我说道，“老萧，你是老花眼了，在生死门外面那两排走魂灯，是操纵鬼魂的吧？走魂灯我没见过，可是原理我知道，灯嘴向哪儿，鬼魂就往哪里去。你看看灯嘴是向里还是向外？前几天唱船戏，怎么会无缘无故就阴气结雾？还接二连三地死了那么多的人？不是他干的还有谁？”

我几句话说完，萧和尚的脸色更白了。刚才见了走魂灯他就已经看出来有些不对头了，只是他没有往那方面想，现在听我说完，萧和尚沉默不语。他看了肖三达一眼，犹豫了一下，还是说了一句：“三达，上面的事是你干的吗？”

肖三达本来还是面无表情地看着杨枭，就连我和孙胖子两把手枪对着他的脑袋，他都面不改色，不过被萧和尚这一句话问出来，他的脸色当时就变了，转过头对着萧和尚冷冷地说道：“我害神害鬼，害过你吗？要不是我，你在特别办死了多少次了，你还有机会在这里……”

本来我和孙胖子都以为他这是开骂了，没想到肖三达话说了一半，突然转身张口对着杨枭喷出来一个火球。这个过程看着眼熟，刚才我和孙胖子就来了这么一次——都快成民调局（特别办）的特色了。

要是我和孙胖子，这么近的距离，火球来得又猛，八成就交待了。不过杨枭就是杨枭，当初在麒麟十五层大楼上，我和孙胖子两把手枪都没有偷袭成功，他好像时时刻刻都在防备别人偷袭似的。

火球朝杨枭的面门飞去，他就像算好了一样，突然伸手，一拳打在火球上。顿时，火球四分五裂，分散成几十个小火球，在地上滚了一会儿后，就熄灭化灰了。

“就这么点本事？我有点失望了。”杨枭冷笑着说道。

我听得有些耳熟，好像听谁说过类似这样的话：“大圣，你听没听过谁说过这句话？”

“辣子，你听不出来谁说过？”孙胖子看了我一眼，斩钉截铁地说道，“吴仁荻！”这俩哥们儿就像是一个模子里扣出来似的。

“失望？”肖三达微微一笑，“刚才是小菜，这才是大餐！出来吧！冰大尸！”随着肖三达一声吼，洞外面突然冲进来一个高大得离谱的“人”。它一进来就直接抱住杨枭，将他举了起来，一手抓胳膊，一手抓脚，看架势是要活劈了杨枭。这个“人”不是刚才见过的冰大尸还能是谁？

见杨枭被冰大尸制住，肖三达怪笑了几声：“你们慢慢玩。我先走了，哈哈……”

肖三达刚才在和杨枭磨叽的时候，就用御鬼术找到了冰大尸，随后耗费了自己的元气，把冰大尸引到了这里。他怕杨枭听到冰大尸的声音，还喷了个火球制造音效，来混淆视听。最后杨枭果然被冰大尸一击即中。

“你笑得早了！走？在这儿待着吧！”我说着就要扣扳机，身后孙胖子喊道：“别打要害！打腿！”我明白孙胖子的意思，是怕我一枪打死肖三达，我身上下的阵胆破解不了，就真的一辈子待在这儿了。

“啪”，子弹结结实实地打在肖三达的腿上，没想到他就是晃了一晃，一咬牙，冲到了洞外，头都不回地消失在生门通道里。

我本来想开第二枪的，没防着被冰大尸举在半空中的杨枭，他大喝了一句：“别管他了，先过来，帮我下来。”就这么一愣神的工夫，就再也看不见肖三达了。

我追到洞口，还没等跨出洞口，就被洞口一道无形的墙给挡回去——真的出不去了。

杨枭又说道：“都别追了，你们追到也没有用。快过来，帮我打死它。”冰大尸把他举起来的时候，就想活劈了杨枭。无奈杨枭的身体坚硬异常，冰大尸动不了分毫。

我和孙胖子对视了一眼，救他下来，没问题。可他的目的是要绑架我和孙胖子，要是他和冰大尸两败俱伤，对我和孙胖子来说，就是最好的大结局了。

“我下来才能把你们带出去，快点！”杨枭使出了撒手锏。没办法，我深吸了一口气，朝着冰大尸的身后走了过去，边走边拔出那把短剑。

冰大尸的眼睛一直盯着我手中的短剑，见我过来，突然将杨枭向我扔过来。我急忙闪身，躲过去了。杨枭就惨了点，身子摔在成堆的金元宝上，打了个滚，才重新站起身。

我拿着短剑向冰大尸走去，冰大尸看着我的短剑，脸上开始露出恐惧的表情，还一声一声地号叫。

“你们一边待着！对付它用不着你。”杨枭冷着脸走过来，瞄了一眼我手中的短剑，冷笑了一声，“看不出来，你还有点好东西。”说着将我一把推开，走到了冰大尸的面前。

看得出来，杨枭对刚才我见死不救有些恼火，不过毕竟立场不同，加上我和孙胖子对他还有些利用价值，他一时之间也做不出什么来。

不过冰大尸就不同了，它被肖三达控制，偷袭得手制住了杨枭。要知道杨枭也是玩弄纵鬼术的行家，今天一时大意，反被一具尸体制住，深以为是奇耻大辱。今天就算放跑了肖三达，他也一定要将冰大尸形神俱灭。

冰大尸也看出来杨枭不善，不过它最忌讳的那把短剑已经不在眼前，暂时对它没有威胁。面前这一个杨枭也不是没有一拼的可能。

冰大尸向着杨枭低吼几声。还没等它怎么样，杨枭就已经动了。他右手在空中虚抓了一下，就见火花一闪，杨枭右手的掌心弹出来五个乒乓球大小的火球。他伸出左手食指轻轻一弹，将其中一个火球对准冰大尸的身体弹射了过去。

这里的空间太小，冰大尸不能像之前那样跳起闪避，加上火球的速度实在太快，正好打在冰大尸的左肩上。和我想象的不一样（杨枭的火球实在太小，还忽明忽暗，看着好像一口气就能吹灭的样子），火球打在冰大尸的身上，直往肉里面钻，只是眨眼的工夫，就将冰大尸的左肩烧出了一个透明窟窿。这还不算，窟窿里还带着一圈火苗，范围在不停地向外扩大。

冰大尸一声惨叫，后退了几步，咬牙拼命地拍打伤口的火苗。邪门的是冰大尸越拍打，那火苗的火势越大，直到将它的左手手臂齐根烧断，火苗才缓缓熄灭。

冰大尸的噩梦才刚刚开始，马上，杨枭的第二个火球又弹了过来。他这次是连发的，紧接着是第三个、第四个。几个火球分别打在冰大尸剩下的三肢上。几秒钟后，冰大尸的身体只剩下它那个硕大的青色脑袋。

我在后面看得一身冷汗，回想起在十五层大楼的天台，还向杨枭开了几枪，现在光是想想都害怕。在吴仁荻的光环下，根本感觉不到杨枭的厉害。我甚至有种错觉，有吴仁荻的那把短剑在我手上，未尝没有和杨枭一拼的可能。现在才知道，自己就是井底之蛙，幸亏那天杨枭没有还手。

冰大尸躺在地上，晃着一个孤零零的大脑袋一个劲儿地惨叫着。杨枭冷冷看着它，嘴角上扬，还露出一丝不易察觉的笑意。他的恶趣味让我有点接受不了。

最后还是孙胖子说道：“那什么，差不多就弄死它得了，我听了都瘆得慌。不是我说，你不是把肖三达忘了吧？不把他弄回来，辣子这一辈子也出不去。你要挟吴仁荻的交货地点就要安排在这里了。”

孙胖子说完，杨枭的眼角一缩，将最后一个火球打在冰大尸的脑袋上。任凭它在上面烧着，然后一转身蹿出了洞口，朝肖三达跑出去的方向追了过去。

熊所长自打进来就被眼前的这一幕幕惊呆了，直到杨枭的背影消失在了黑暗中，他才缓过来，转头问萧和尚："萧老道，这到底是怎么回事？"萧和尚叹了口气说道："别打听了，知道得多了就是病。"

我看着有点愣神的萧和尚说道："老萧，我怎么办？肖三达一辈子抓不着，我就要在这里关一辈子？"

我的话刚说完，就听见墙壁里面，元宝堆里有人冷笑道："抓我？下辈子吧！"

回头一看，不是肖三达是谁？我们还在洞内的四人都是一哆嗦。还是萧和尚先反应过来："三达，刚才是幻术？"肖三达冷冷地看了他一眼，眼里再没有刚才三十年后再次见面的喜悦，而是一丝淡淡的杀气。

"幻术？"肖三达皮笑肉不笑地讥讽道，"你在特别办那几十年算是白活了。是不是幻术分辨不出来？"萧和尚还要说什么，被我和孙胖子拉着后退了几步。

我手握在枪把上，冷冷地说道："肖三达，现在回来干什么？良心发现？想撤了我身上的阵胆？"孙胖子在旁边帮腔道："要撤阵胆就快点。不是我说，杨枭在外面找不着你，早晚要回来。要撤阵胆，最好快点，争取个好态度……"

孙胖子的话还没等说完，肖三达突然"呵呵呵"一阵狂笑，打断了孙胖子的话："杨枭，他能保住命再说吧。你还以为一出去就是生路？"萧和尚猛地反应过来："你颠倒了生死路的路径？你怎么做到的？"

肖三达笑着点了点头："现在才看出来？当初这里为什么要设一个'一人阵'？你不会以为只是为了安排一个人看守黄金的吧？"

肖三达说着，从金元宝堆里扒拉出一具干尸来："来，认识一下，这个就是'一人阵'的第一个守阵人，也是大金王朝的最后一任国师，全真教的弃徒王化一。他才是真正看守周围阵法的人。"

说着，他将干尸扔到我们面前："说了你们或许不信，我刚进来时，这个'一人阵'还处于休眠的状态。这具八百年前的尸首竟然还有生命体征，他身上还有一卷绢纸的卷轴。上面满满当当画的全是王化一生前对道术玄学的心得和感悟，还有就是对阵法的研究。外面的生死路本来就是王化一摆的，要变个阵路并不是多复杂的事情。"

看着肖三达侃侃而谈，我心里有种不祥的预感，虽然不相信杨枭就这么完了，但手指还是习惯性地拨开了手枪的保险。偷眼看了一眼孙胖子，他背着手，已经掏出了手枪。

"这些都是小意思，我在卷轴里还看到了一个更有意思的术法，是以生魂来滋养生人的。"说到这儿，肖三达顿了一下，环顾了一眼我们四个人，最后把目光停在熊跋的身上，"他们和我或多或少都有点关系，好像就你一个局外人，那就不用考虑了，从你开始吧。"

熊跋这所长也不是白干的，虽然不知道眼前这个大胡子老头具体要干吗，但是自打下坑之后，稀奇诡异的事就没断过，还陪萧和尚走了半条死路。听了肖三达的话，熊所长心里明白，他八成是要自己的生魂来滋养他这个生人。那就讲不了说不起了。熊所长已经拔出了他的六四小砸炮，都不用警告，直接一梭子连发打进了肖三达的脑袋里。

等子弹打完，肖三达早已经倒在地上，鲜红的血液混杂着一摊白花花的东西流了出来。肖三达死了！

这有点搞笑了，我们四人都有点搞不清状况了。本来，我还以为肖三达会有什么超乎常人的行为，比如刀枪不入什么的，怎么说也是特别办的老人了，不应该没什么后招的。甚至刚才在熊跋再开枪的时候，我还有种错觉，出事的人应该是熊跋，他开枪时都有种风萧萧兮易水寒的架势。没想到现在躺在地上的是肖三达，他这算是什么意思？自杀？

孙胖子也是看不明白，便对着萧和尚说道："老道，他这么干算是什么意思？不是我说，明明都跑出去了，还巴巴回来死一次。他在这里待了这三十年待傻了？"

萧和尚的眼睛本来已经红了，听了孙胖子的话就是一怔："小胖子，你说什么？再说一次！"孙胖子还以为萧和尚因为老朋友的死，有点情绪失常，便安慰道："老道，想开点，已经这样了，不是我说……"

"你先别说！听我说！"萧和尚突然咆哮道，吓得孙胖子一哆嗦。萧和尚揪着他的衣服领子说道，"把你刚才的话再说一次！""我说什么了？"孙胖子努力地回忆着，"明明都跑出去了，还巴巴回来死一次。他在这里待了这三十年待傻了？"

"就是这句！还巴巴回来死一次！"萧和尚突然之间，什么都明白过来了，转过身来冲着熊所长喊道："熊跋，离开那儿！快过来！"

萧和尚大急之下，话说得不是那么清楚。熊跋皱了皱眉头："萧老道，你慢点……"他话只说了一半，脸上和额头突然之间多了几个小孔，鲜血掺杂着脑汁喷溅了一地。熊所长轰然栽倒，在地上抽搐了几下后，气绝身亡。

我被眼前的景象惊呆了。从我的经验看，熊跋是受了枪击身亡的，不过子弹像是从里面射出来的，说不通啊……

"肖三达，起来吧，你别装死了。"萧和尚无力地对着肖三达的"尸体"说道，"不用装神弄鬼了。七五年的那个事件我也参与了，你再装，我就让你真死一次。"

"咯咯咯咯……"倒在地上的肖三达的"尸体"突然发出了一阵不像是人的笑声。紧接着，尸体动了，从地上站了起来，原本脸上的弹孔已经消失得干干净净，本来还是花白的胡子竟然变黑了不少。他看着萧和尚怪笑道："我忘了，当年的事，你也参与了，还以为刚才我干得神不知鬼不觉呢。"

第十章　逢魔必诛

“那年的案子是你主办的，以你的性格，把那套本事学了也没什么奇怪的。”萧和尚的语气很慢，但是坚定不移，“你不该用它杀人的，你……已经回不了头了。”说到这儿，萧和尚对着我和孙胖子说道：“小心点，肖三达已经不算是人了，算是你们民调局的工作对象了。”肖三达听了也不反驳，只是继续咯咯地怪笑。

我猜到了萧和尚要说什么，但还是又问了一句：“那么现在怎么办？”

萧和尚没有丝毫犹豫，斩钉截铁地说道：“杀掉他。记住，要他死只有一种方法——砍了他的头！”

“咯咯……”肖三达又是一阵怪笑，他也不说话，只是看着我们三个怪笑。我向孙胖子使了个眼色，一左一右，萧和尚站在后面，我们呈品字形挡在肖三达的面前。

萧和尚等了一会儿，看我和孙胖子都没有动手的意思，他喊了一声：“小辣子，你摆姿势呢？倒是动手啊！”

我撇了撇嘴，说道：“老萧，敌不动我不动，你没听说过？再说了，又没拦着你，动手你先——大圣动手！”手字出口，我的枪口已经对准了肖三达的脑袋。旁边的孙胖子和我做着同样的动作，就像排练了许多次一样。

“砰砰砰砰”两支手枪同时扣动了扳机。这么近的距离，别说是我了，就连孙胖子的枪法，也应该是百发百中。

就在我们开枪的同时，肖三达的身体突然扭曲了一下。等我们俩的枪声停止，他的身子才又恢复正常。见肖三达仍好端端地站在原地，我有点拿不准了。我和孙胖子这十几枪到底有没有打中？自从参军开了第一枪到现在，我还从来没有这么质疑过自己。

“没用，子弹对他没用！你们枪弹的原型是他搞出来的，他知道怎么躲避！”萧和尚这才反应过来，在后面叫嚷着。

你不早说！我气急了，扔了手枪，抽出甩棍，向着肖三达的头顶劈了过去。偷袭转眼之间变成了斗殴。孙胖子也收了手枪，抽出甩棍，冲了过来，他还没忘向萧和尚喊了一句：“老道，子弹打完了你才喊，你到底哪边的？”

萧和尚也从后背抽出来一根黑色的棒子，看材质，和我、孙胖子手上的甩棍也差不了多少。他犹豫了一下，还是没敢过来，只是在后面喊道：“他的脑袋是弱点，照头上打！”

那也得打得着！我心里已经着了火，肖三达的身上就像有一层和甩棍相排斥的磁场一样，甩棍每次眼看就要打上肖三达时，都会莫名其妙地弹开。再看孙胖子，和我一样，他的攻击也是徒劳而返。

肖三达没有还手的意思，还是一脸怪笑地看着我和孙胖子，就像在看两只表演杂技的猴子。

我心中一发狠，右手的甩棍虚晃了一下，左手握成拳头，结结实实地打在肖三达的鼻子上。两道殷红的鼻血马上就流了下来。肖三达动都没动，就像不是打在他鼻子上一样。

我本来还想打第二拳的，不过看着肖三达无动于衷的表情，我还是犹豫了一下。就在这时，肖三达终于说话了，他用手背擦了一把鼻血，看着我说道："太弱了，特别办真是一代不如一代，哦，现在叫民调局了？"

他刚说完，突然伸手，一巴掌打向我的脑袋。我本能地用胳膊挡了一下，就这样，还是把我打得双脚离地，摔到不远处的元宝堆里。我还喊了一句："大圣，撤！"倒地的瞬间，看见孙胖子已经跑到了萧和尚的身边，看架势，他俩准备是要跑了。我忽然想起来，他俩能跑，我是阵胆，我怎么办？

肖三达看着我倒地的样子，脸上突然多了一种异样的表情，转过头看着已经到了洞口的萧和尚："和尚，现在像不像七零年大岭山那次。我被赤霄打倒在地上，你和高胖子正准备逃。要不是大个他们赶来了，我差不多在那时就交待了。"

他顿了一下，继续说道："现在和那时几乎一模一样，你还是你，还有一个胖子，一个不知天高地厚的小子躺在地上。只不过我变成了赤霄。多可笑，咯咯，多可笑！"

"三达，"萧和尚向前走了一步，"回头吧，我们……去找高亮，民调局他经手了这么多年，一定有办法把你的……变回来的。"

"你闭嘴！你刚才说了，我已经不能回头了。还记得当初是谁提出的逢魔必诛吗？是我！真是笑话，我诛我自己，多可笑。再说我为什么还要回头？我多辛苦才走到这一步！"

肖三达越说越激动，看着还躺在地上装死的我，说道："小子，别装了，当初我也像你这样，躺在地上装死，不过还是被赤霄看了出来。当年有人救我，现在谁会救你？算了，早死早投胎吧。"说着，肖三达抬起右脚，对着我的脑袋踹了下来。

在他下脚的瞬间，我猛地翻起了身，一把明晃晃的短剑握在手中，剑尖向着肖三达落下的脚掌捅了过去。

无声无息，剑尖没有遇到任何的阻挡，直接刺穿了肖三达的脚掌。我没想到会这么轻松，一不做二不休，我将剑尖向前一推，直接豁开了肖三达的脚掌。事情发生在电光石火之间。一秒多钟过后，暗红色的鲜血才爆发性地喷了出来。

肖三达整个人都呆住了，似乎已经忘了疼痛。他没想到我的手里有这种神兵利刃。肖三达的脸色刷白，又过了几秒钟，他整个人晃了一晃，终于支持不住，跌倒在地上。

瞬间，形势逆转。我站了起来，肖三达倒在地上，握住脚掌，不停地颤抖着。不过他的骨气蛮硬，伤得这样，也咬着牙，一声不吭。

我看着地上的肖三达，还有点心有余悸。转过身子朝孙胖子喊道："孙胖子，你用不用每次都这样？要跑也给个暗示。每次都让我垫背！你是不是觉得跑过我就行……"我还没骂完，就见孙胖子和萧和尚的脸色都变了。孙胖子指着我后面说道："你后面……肖三达！"

这时，我也感到了背后有东西，当下来不及回头，短剑向后一划拉。借着这个当口，我才匆忙回头看了一眼，就见刚才还在地上颤抖着的肖三达已经"站"了起来。说站不太准确，他的两脚已经离地，悬浮在我背后的半空中。

肖三达的右脚掌还在滴着血，不过他脸上却完全看不出有痛苦的表情。他死气沉沉地看着我："干得不错，小子，还有什么话要说吗？和尚！"他向萧和尚喊了一句："这个小子不错，他的心愿，你替他了了吧。"

"他的心愿，他自己了。"一个人冷冷地说道。接着有两个人一前一后进了洞里，这两人一白一红，都不是外人……

红衣服的是刚才跑出去追赶肖三达的杨枭，他本来是一身的灰色运动装，现在从上到下，浑身都溅满了鲜血，一身的血腥味。现在看就像是穿着一身红色的衣服。

白衣的那位就是刚才说话的人，他从头上白到脚下，那种旁若无人的气场我都不敢直视——民调局六室主任吴仁荻。

吴仁荻没理会孙胖子和萧和尚，他只看了一眼肖三达，目光很快就被我手上的短剑吸引了："没想到便宜你了。"我感觉吴主任是在说笑话，不过我怎么觉得有点冷……他，不会想要回去吧……

杨枭进来时就有点气喘吁吁。他浑身上下加上满脸的血显得无比的狰狞，进来之后也不说话，就盯着肖三达一个劲儿地冷笑。

不过这时肖三达已经顾不上他了，他一双眼睛直勾勾地看着吴仁荻。吴主任皱了皱眉头，冷冷说道："你应该没有见过我吧。"事到如今，肖三达知道再想逃出已经无望，索性也豁出去了："就算没见过你也听说过你的这一头白发。是吴勉吧？高亮让你来杀我？"

吴仁荻冷哼了一声："我现在叫吴仁荻，还有，记住了，我不喜欢自以为什么都知道的人。别做小动作了！"吴仁荻突然露出一丝厌恶的表情，对着肖三达呵斥了一声，"你要是以为能偷袭到我，就快点试试，要不就待在那儿别动。"

肖三达的身上流出了豆大的汗珠。"当"的一声，一把黑色的短把降魔杵掉在肖三达身后十多米远的地方。吴仁荻轻蔑地一笑："我就传一句话。肖三达，逢魔必诛的提议是你自己先提出来的，你自己知道该怎么办。"

肖三达听了面如死灰，吴仁荻看了他一眼："你还有事吗？"肖三达没听明白："你说什么？"吴仁荻向他一扬下巴："没事就走，不送！"

"你放我走？"肖三达愣住了。不仅是他，就连我们几个也都愣了。我和孙胖子慑于吴主任淫威，没敢多嘴；杨枭见到吴仁荻就像老鼠见了猫，猫都发话了，老鼠自然没什么意见；萧和尚本来想说什么，但最后还是咽了口口水，将话咽回了肚子里。

突逢大赦，肖三达转身就向洞口一瘸一拐地跑去。路过杨枭的身边时，杨枭翻眼皮打量了一下肖三达："下次再见面，我们的账要好好算一算。"肖三达就当没听见，一瘸一拐出了洞口。

"你就这么把他放走了？"看着肖三达出了洞口，孙胖子才回头对吴仁荻说道。

"不满意？你去追啊。"吴仁荻看了孙胖子一眼，就这么一句话，噎了孙胖子一个跟头。

倒是萧和尚，他对吴仁荻的出现好像有些不以为然，他几乎没有怎么看过吴仁荻，尤其在肖三达出了洞口之后，萧和尚甚至把头扭到了一边，避开了吴仁荻的方向。

我突然间想起来了一件事："不对，外面的生死路颠倒了，肖三达现在出去，外面就是死路……"我这几句话说得越来越没有底气，再看吴仁荻，他眯缝着眼睛，眼角露出一丝不易察觉的微笑。

萧和尚猛地回头，瞪着吴仁荻说道："想要他死，你抬抬手指就做到了，不用把他推出去，再走一遍死路吧！"

吴仁荻抬起上眼皮看了萧和尚一眼："我只答应高亮，会放肖三达一次，我不杀他，他是生是死不关我的事。"说完把头扭到一边，不再看萧和尚。

我看明白了一件事，白头发的吴仁荻之前就认识萧和尚，虽然没见过肖三达，但是也相互听说过对方。之前听郝文明说起过民调局的历史，吴仁荻应该是八几年被高亮从江西带回来的。那时候萧和尚跟肖三达已经和高亮散了伙，他和吴仁荻是怎么认识的？

我还不及多想，那边杨枭也说话了。他有点自嘲地说："我呢？你要是放过我，我也宁愿再走一次死路。"这话明显是说给吴仁荻听的。

“不行！”吴主任没给他任何的商量余地。杨枭长出了口气：“无所谓了，我也多活了那么多天，你亲自动手？给个痛快。”

“你让我动手，我就动手？你以为我是谁？”吴主任说话的语气一点没变，依旧尖酸刻薄。不过现在听起来，却觉得亲切得很。我一直以为，吴主任的脾气和本事是成正比的。

“那你什么意思？”杨枭又开始紧张起来，死他可能不怕，但谁知道吴仁荻到底能干出什么来？从生人身上抽离出魂魄，加以禁锢，让其无法投胎转世，类似这样的法子，杨枭就知道不下一百种。这才是他真正害怕的。

杨枭的冷汗已经流了下来，吴仁荻看着他冷笑了一声后，才说了一句：“十月二十二。”

“什么？”不仅是杨枭，我们几个都没有听明白吴仁荻这没头没脑的一句话。“十月二十二！你不是想让我再说第三遍吧。”吴仁荻翻着白眼说道。

杨枭终于好像明白过来，他的脸色从白转红，嘴里不停地嘀咕道：“十月二十二,十月二十二……”看着他有点癫狂的状态，孙胖子心里有些不忍：“老杨，想开点，没什么大不了的，再过二十年又是一条……”我越听越不对，连忙捂住了他的嘴巴：“你胡说八道什么？十月二十二……是杨枭老婆投胎转世的日子，吴主任？”

“废话！”吴仁荻还是没给什么好脸色。他转头看着还在发愣的杨枭说道：“你老婆的魂魄虽然可以投胎，但是先天不足，能不能活到成年还是两说。每过九十九天，就要给她重铸一次魂魄，一直到她十六岁成年。先说明，我可没有那么多的时间来伺候她。”

杨枭惊喜得已经傻了，他在麒麟市做的那么多事，大半都是为了救他老婆，现在，就算让他和他老婆换命，我都相信杨枭会毫不犹豫地答应。

听见吴主任说了他老婆的魂魄还有弱点，杨枭又有点不知所措了："那怎么办？吴勉……吴主任，你们民调局能人有的是，不会看着我老婆的魂魄再散了吧？"

吴仁荻哼了一声，把头扭到一边，不再看他。杨枭都有点急了："吴主任，你们总不能见死不救吧？"孙胖子实在受不了了，过去在杨枭的耳边压低了声音说道："你这是笨死啊，别人干不了，你自己呢？"

杨枭如梦方醒，看着吴仁荻说："你让我给我老婆重铸魂魄？"吴仁荻抬起上眼皮看了他一眼："不想干？"

"想！"这个字杨枭几乎是喊出来的。我站在他旁边都吓了一跳，感受了一把他对重生的渴望。

吴仁荻似笑非笑地看了看杨枭，道："给你一条路，进民调局，你老婆的事你自己管，但是，"说到这儿，吴仁荻的语气冷了起来，"从现在起，不管你是以什么目的，都不能再以邪术害人，否则，你死，你老婆自生自灭。"

第十一章　再见天日

没等杨枭表决心，一直在冷眼旁观的萧和尚冷冷地说道："你说完了？那我们是不是可以出去了？"没等吴仁荻说话，我猛地反应过来，我是阵胆，吴仁荻把肖三达放走了，可我的事还没有解决。我怎么办？真的在这里待一辈子？想到这儿，我怏怏道："你们好像忘了件事，我是阵胆，我出不去了。"

"阵胆？"吴仁荻看了我一眼，冷冷地哼了一声，"那又怎么样？我说过你出不去了吗？一人阵？这也算是阵法？"

说着，他一手抓住我的左手，另一只手在空中不停地画着虚圈，抬腿就向洞外走去。我被他拖着，一直到了洞门口，吴仁荻首先出了洞口，将我向洞外又拉了一把。我就觉得有一种类似塑料袋一样的东西罩在我的身上。被吴仁荻这么一拉，我挣脱了洞口的束缚，顺势出了洞口。

杨枭和肖三达都破不了的阵法，吴仁荻玩似的，拉着我就出来了。他们实力的差距也太大了点吧？

洞外面和进来时已经大不一样，空气中竟然多了一种辛辣的气味。我的眼睛被这种气体刺激得眼泪直流，别说天眼了，就连正常的视物都做不到。

“这是什么味儿？”我眯着眼睛，勉强看见了一些身边的事物。

“是煞气。”吴仁荻就站在我的身边，那股辛辣的煞气对他好像没有任何影响。后面杨枭、孙胖子和萧和尚也先后从洞里走了出来。

吴仁荻和杨枭没有受到煞气的影响，我还可以理解，但是萧和尚和孙胖子出来时，都瞪着眼睛东看西看的，我怎么也看不出来煞气对他俩有什么影响。

“小辣子，你把眼睛闭起来。”萧和尚走过来看着我说道，“你是天生的天眼，对煞气太敏感。这里的煞气太重，会伤你的眼睛和五感的。”

我听了萧和尚的话，闭着眼睛扶着孙胖子一直向前走着。走了也没多久，就听见孙胖子一声大喊：“前面那是什么？你们看看是不是个人？”我条件反射地睁开眼睛，这时眼睛已经多少适应了空气中弥漫的煞气，没有了刚开始那种刺眼的感觉。

我朝孙胖子手指的方向看去，有一个白花花的人影倒在地上，是个人，他的头已经不见了，屁股上面只穿着一件已经烂成糟布的大裤衩子，有一只脚掌已经被豁成了两半。不是肖三达还能是谁？

“肖三达……”萧和尚看见这具无头尸后，当场就哭了出来。吴仁荻也走过去看了几眼，也不说话，站在原地没事人一样看着那具无头的尸体。

萧和尚哭了一阵，脱了他肥大的道袍，将肖三达的尸首包起来，也不用我和孙胖子，自己背在身后，说道：“三达，走了，回家了。”

再想向前走，却被杨枭叫住了：“你们稍等一下，我摆个阵法，遮一遮咱们几个人的阳气。”说着，他已经从腰后掏出了一根红色的绳子，头尾相交系了个死结，看架势是要将我们几个都套在这个绳圈里。

吴仁荻白了他一眼：“你要上吊，自己吊就行了，别搭上我。”

杨枭还想说几句，却拿不准怎么称呼吴仁荻："吴……主任，我这个遮阳气的法门还算管用，阴鬼看不见阳人。刚才就是……"

吴仁荻没等他说完，就冷笑一声："哼！阴鬼不见阳人？你没脸见人吗？有胆子就来，以为我吴仁荻承担不起吗？"吴主任最后一个"吗"字是吼出来的。随着他的这一声吼叫，将原本一股辛辣刺眼的煞气冲散得无影无踪，隐隐约约出现的几个影子也瞬间消失。我甚至出现了一种错觉，这阴暗的道路也开始变得明亮起来。

杨枭也被吴仁荻这一声震得脸色发白，他心中的震惊比起脸上要更胜十倍。刚才他被肖三达阴了一把，在死路上走了个来回，开始他还仗着自己的纵鬼之术，以鬼御鬼，一连解决了几十只鬼魈，无奈这条死路上恶鬼越来越多，有一种杀之不尽的感觉。

最后，杨枭连施展纵鬼术的时间都没有，就被众鬼一拥而上。也是他术法高深，好不容易杀出一条血路，百忙之中，掏出赤硝绳施展了遮蔽阳气的法门，才侥幸逃出。

他也没跑出多远，就看见了正溜达着过来的吴仁荻。吴主任顺便将他揪回了肖三达的洞里。

我们一路向前，一直走出了死路的出口，也没看见有什么鬼魅出现。我和孙胖子还好，早就习惯了吴主任的做事风格。他就算把天捅个窟窿，我都认为那是他应该做的。反倒是萧和尚，他一直对吴仁荻不服不忿，可现在萧老道的脸色也有点发白，已经不太敢拿正眼看吴仁荻了。至于杨枭更不用多说了，他低着头，跟在吴仁荻的身后一步不离，要是不看岁数长相，还以为杨枭是吴仁荻的儿子，还是特孝顺那种。

出了死路，原本在墙上挂着的无数盏引魂灯已经碎了一地。看着吴仁荻一脸气定神闲的样子，这满地的铜渣滓应该是他打烂的没错。

向前走了不一会儿，吴仁荻突然停住了脚步，也不说话，对着墙壁就是一脚。轰的一声，墙壁露出一个大窟窿。我们在后面都吓了一跳，孙胖子已经跑出三十多米远。什么情况？你说一声，让我们有个准备能死啊？我暗暗腹诽。

吴仁荻回头看眼我们几个："我开条路而已，你们以为怎么了？"说着，他的嘴角稍微翘了一下，露出一丝讥讽的笑意。

"你早说啊，我差点跑回死门里……"孙胖子嘀嘀咕咕地说道。吴仁荻就像没有听到一样，一抬脚，首先跨进了大窟窿里。

跟着吴仁荻走了没多一会儿，前面就见了亮光。越向前走，亮光越大。五六分钟后，前面豁然开朗，我们终于走出来了。还是在大清河的河床上，位置离我们村不远，我们几个在下面转悠了半天还不到四五里地。看起来，这个出口应该就是贯通整个地下河水的出口。

出口处已经稀稀拉拉地站了几个人，为首的一个正是民调局的一把手——高亮高局长。

看见我们走了出来，高胖子带人迎了过来。萧和尚不看高胖子还好，此时看见了，顿时怒火中烧，将背着的肖三达的尸体向高亮甩了过去："你还有脸来！你是来看他的，还是要看我的死尸？"

高亮也不答话，只是朝身后的人点点头："开始吧，多加小心！"看着身后的众调查员鱼贯进入了我们刚刚出来的地方，随后，他才看了看地上那具没头的尸体。高局长扫了一眼吴仁荻，吴主任微微地点了点头，却没有说话。

"和尚，三十多年不见，你还是那个脾气。有什么话慢慢说，别激动，你我这个交情，有什么话不能说的？"高亮看着萧和尚，一字一句地说着。

"你还是和他说吧。"萧和尚手指着肖三达的尸体，声音有点发颤了，"当初要不是你逼走了肖三达，就不会是现在的局面。三达也不会入魔，落得个身首异处。"

高亮默默地听着萧和尚的话，也不反驳，等到他说完了，才说道：“肖三达入魔，是他自己选的路，你把这个加到我头上，我是不是太冤了？”他顿了一下，又说道，“当初是我逼他吗？那个决定不是我下的。反过来你再想想，要是当初的那个决定正好相反，我会怎么样？”

萧和尚低着头，也不看高亮，突然觉得有点不对的地方：“我刚刚才发现肖三达入魔的，你是怎么知道的？”

高亮自嘲地笑了一下：“本来我还不知道，两年前欧阳偏左整理以前特别办遗留下来的档案时，发现七五年那个事件的档案失踪了。当初主要的经手人是我们三个，我没拿，你……你拿着也没用，那就只剩下肖三达了，当初肖三达说过什么话，我还记得。要是落在他的手上，以肖三达的脾气……就不用我继续说了吧。”

高亮叹了口，继续说道：“再说了，我也没有不给他机会，我拜托了吴主任放他一马的。”高胖子不说这个还好，萧和尚已经有点偃旗息鼓了，现在听他这么讲，火气又上来了：“吴仁荻是放了肖三达一马，只不过又把他赶进死路了。是！肖三达是自寻死路，和你们都没有关系！”

“死路？”高亮的眉头扭成了一个疙瘩。吴仁荻接了一句：“我冲散了死路，你的人进去不会出事。”

高胖子微微点了点头，接着对萧和尚说道：“各地的死路民调局都有记载，这里不应该出现死路。谁设的？”

萧和尚语塞，死路是肖三达自己变化位置搞出来的。唉，肖三达是搬起石头砸了自己的脑袋。

“吱吱吱……”孙胖子的口袋里，财鼠一个劲儿地叫着。自从出了内洞，财鼠就待在孙胖子的口袋里一动不动，进了死路时，还在孙胖子的口袋里尿了。孙胖子闻到尿骚味，才知道那一摊水渍不是自己吓出来的冷汗。

“是财鼠吗？”高胖子看了他一眼，正好看见已经露出耗子头的财鼠，

“大圣，你兜里的是财鼠吧？拿过来看看。”

“什么财鼠？高局，您看错了，在下面捡了只龙猫，还说要拿回去养呢。咱们，咱们宿舍没规定不能养耗子吧？”孙胖子闪烁其词，想躲过高亮的注意力。

我看得出来，高胖子没打算贪孙胖子的龙猫，只是拿它来缓和一下气氛，随便给了萧和尚一个台阶下。

萧和尚也不傻，长出了一口气：“肖三达死得也不冤，就这样吧，高胖子，你费心给他整块墓地吧。”

第十二章　迷（一）

“醒醒，起来了。”我迷迷糊糊地睁开双眼，面前是一个光秃秃的大脑袋。这是谁？看着怎么这么眼熟？“你这是什么眼神？三达，你不是睡蒙了吧？里边有水，先去洗把脸。”

三达？他叫我三达？我怎么什么都想不起来？我晃了晃脑袋，努力回忆了一下，脑子里还是一片空白。

先顾眼前吧，这里是哪儿？我环视了一圈周围。这里是个山洞，刚才叫我“三达”的那个光头就在洞口，他正蹲在地面上，拔掉插在地上的几面旗子。山洞里面有一个模糊的人影，他背对着我。我看不清他的样子，只看到他仰着头，正对着山洞墙壁上的几组图画发呆。

墙壁上画的是几个人不人鬼不鬼的怪物，画得谈不上多精细，也就是比小孩子的涂鸦要好一点。

我感觉脑子里塞进了一块棉花，还是想不起来我是谁，这是哪里？这种感觉让我的心里直发慌：“你们……是谁？我……是谁？”

我说的声音并不大，不过足够让那两个人听到。光头和山洞里面的人都回头看向我。

我这才看清，山洞里面的是个胖子，和光头差不多的年纪，一双小眼睛透着精光。不过看起来，我和光头的关系明显要好过和胖子的关系。光头收好了旗子，直接走了过来："三达，你没事吧？嗯？刚才我还没注意到，你的脸色怎么死灰死灰的？你怎么出了这么多的汗？衣服都湿透了。"

我迷茫地瞪着眼睛，还是想不起来他是谁。不过，内心深处还是有种感觉，这个光头和我关系很好，就像亲兄弟一样。

至于里面的那个胖子，我的感觉正好相反。他就像我心中的一根刺，我想拔了这根刺，却又无能为力。

光头摸了摸我的额头直皱眉，回头朝胖子喊道："高亮，三达发烧了，滚烫滚烫的。看样子是烧糊涂了，怎么办？用不用送他下山？反正大个他们差不多也快要上来了，咱们提前下去吧。"

那个叫高亮的胖子听了也是眉头紧锁，过来也摸了摸我的额头。他眯缝着小眼睛想了一会儿，说道："不行，赤霄就在这附近，说出来就出来。这次它要是跑了，再想找到它还不知道是猴年马月。"

光头有点急了："那怎么办？现在三达已经烧得说胡话了。治得晚了，就算能保得住命，也要烧傻了。他是我兄弟，什么赤霄不赤霄的，老子顾不上了，救人要紧！"说着背起我就要往洞外走。

"你等等！"高亮拦住了光头，"你出去遇到赤霄就是个死，一死就是一双。和尚，你是想救肖三达还是想害肖三达？"

听见高亮这么一说，光头顿时就蔫了，他眼巴巴地看着高亮："那怎么办？总不能眼看着三达死在我们面前吧。"

高亮犹豫了一下，还是说道："你在洞里看着，我把肖三达送下去。"

和尚没反应过来，愣了一下："你和我不都一样吗？"高亮看了他一眼："我和你真的不一样。"说着，把我从和尚的背上移到了他的背上。

"我出去之后就把洞口封上，记住，除非是看见大个他们过来，否则，就算是这个洞塌下来，你都不能出去，死，只能死在洞里。"最后一句话，高亮是一字一句说的，光是听着就给人一种毛骨悚然的感觉。

跟和尚交代完毕，高亮背上我出了洞口。外面是一片原始森林，他背着我一直向山下走去。我的脑袋被山风一吹，清醒了一点，但还是昏昏沉沉的，依旧想不起来我到底是谁。

我趴在高亮的后背上问道："我到底是谁？你呢？那个光头又是谁？"高亮开始并不打算回答我的话，被我问得急了，才回了一句，"你是大傻蛋，光头是你爸爸，我是你爷爷。"

虽然我还是晕晕的，可还是听出了他的奚落："我是你大……回去！快点，光头出事了。"我的心里突然一阵紧张，脑海里首先出现的是刚才的光头，不觉大声说。我有一种强烈的感觉，他出事了。

"你说什么胡话，和尚那边出事，你能知道？你有千里眼？"高亮完全没有把我的话当回事。

我这种不祥的感觉越来越强烈，就差亲眼看见和尚倒在血泊之中了，当下，也不管不顾了，猛地从高亮的后背翻了下来。我的劲儿是大了点，还把高亮闪了个跟头。

我从地上爬了起来，转头就朝着山洞方向跌跌撞撞地跑了过去。高亮有点急了："你活够了？赤霄就在附近，你想……"高亮只说了一半，他的脸色就变了。周围的气压在瞬间降了下来，让人有一种透不过气的感觉。不过这个低气压的中心并不在我们这儿，看情形是在刚才出来的山洞附近。

"妈的！肖三达，看来真让你猜中了。"高亮从腰上抽出来一把五四手枪，拉了套筒，回头对我说道，"你在这儿待着，赤霄的目标是萧和尚，它不会过来的。你看见大个他们，告诉他们山洞的位置，让他们赶快过来。"

说完，高亮朝山洞的方向飞奔过去。看着他胖胖的身子在树林间穿梭，我一点都没觉得好笑，心里发慌的感觉也没有一丝缓解，还有一种愈演愈烈的趋势。

这个感觉实在太难受了，看来高亮就算赶过去，八成也是垫背了。我坐在地上，竟然有了一种等死的绝望。

不能在这里等着，我的后腰皮带上一直有一个硬硬的东西，只是我一直没有顾得上，现在掏出来一看，是和高亮手里拿着的同样型号的五四手枪。手里有了家伙，我的心才稍稍安定了一点。打开了保险，我也跌跌撞撞地朝山洞的方向走去。

已经远远地能看见山洞了，我没看见高亮的身影，八成他已经进了山洞。里面没什么动静，那个什么赤霄还没过来？

我正想进去的时候，山洞里面传出砰砰几声枪响。我心中一沉，洞里到底还是出事了。要是在洞外，还有活命的机会，可是在山洞里，空间太过狭小，高亮和光头能出来的可能性几乎等于零。

可奇怪的是几声枪响后，山洞里就死一般的寂静，既没有惊呼惨叫声，也没有听见别的什么声音。

又过了几分钟，山洞里还是悄无声息的，我沉不住气了，那个胖子高亮我无所谓，死就死了，可和尚是死不得的。我开始有了一点模糊的记忆片段。我好像没什么朋友，要是和尚也归了天，我就真的变成孤家寡人了。

不管怎么样，进去看一眼吧。我小心翼翼地走到山洞附近，藏在一棵大树的后面，探着头向洞内望去。只见一个从头到脚，浑身通红的“人”站在山洞里。比我想象的场景要好一点，高亮和光头和尚还没出事，正和这个“红人”僵持着。

“红人”站在山洞的外围，好像有一道无形的墙挡在它的身前。它低吼着，模样有些发急，来回走着，就是没有办法向前再走一步。

“红人”进不来，可里面的那两位也很焦急。和尚正在手忙脚乱地变换着插在地上的那几面小旗的位置；高亮一脸肃然，手握着手枪正向“红人”身上瞄准。

看他的意思，和尚坚持不了多久，要是一有纰漏，“红人”破了禁制，闯了进来，高亮就立马开枪。

我看了没一会儿就出事了。和尚手上的小旗子在变换位置的过程中停顿了一下，外面的禁制就有了纰漏。外面的“红人”一声号叫，突破了那道看不见的墙，向里面的两人冲了过去。

几乎在和尚出纰漏的同时，高亮的枪响了，他的目标就是“红人”的双眼。高胖子的枪法不弱，可惜那个“红人”的眼皮已经闭上，也不知道他的眼皮是怎么长的，四五发子弹虽然把他打得后退了几步，却没能伤他一分一毫。“红人”退到了山洞的外围，和尚有了时间，变换了几面旗子，那堵看不见的墙重新出现在“红人”的面前。

他们俩是在勉力维持。高亮的子弹总有打完的时候，再有几次类似的状况发生，那他俩离死就不远了。

“红人”好像也看出了这点，它来回转圈，就等着高亮子弹打完，它好冲进去结果两人的性命。这时，高亮看见了我，就像看见了救星。他没敢出声，只是眼睛不再死盯着“红人”，时不时瞟几眼门口他放着的几个绿书包……

高亮朝那几个绿书包不停地挤眉弄眼，只要不是傻子都明白里面有东西。要不是那个“红人”的眼睛还没睁开，只怕高亮也不敢这么明目张胆。

趁“红人”还没有睁开眼睛，我捡了一根树枝，大着胆子走到山洞口。高亮还真配合，时不时地发出点声响，扰乱“红人”的注意力。

我用树枝挑起了一个书包，又慢慢地退了出去。确定了没有引起“红人”的注意后，我才小心翼翼地打开书包，不敢发出一点声响。

我靠，满满一书包的手榴弹。本来就在发烧的我，现在又是一阵眩晕。你们到底都是干什么的？已经容不得我多想了，山洞里面又是一阵枪响。高亮在里面骂道：“差不多了！我他妈的快没子弹了！”

我听出来了，他这是在催我，里面应该顶不住了。我脑子里一乱，当下什么也顾不得了，一咬牙，抓起一个手榴弹拧开后盖，把弦儿挂在小拇指上面，另一只手抓起装满手榴弹的书包，几步冲到了山洞口。

这时的高亮已经不是刚才的样子。他脸上的汗水分成几条直线流了下来，头顶上几绺头发直接贴在了脑门上。和尚那边更糟，他手上的旗子已经破烂不堪，看样子再来几下就能折了。

我这次的动作太大，“红人”听见了我的脚步声，它回头看我时，我才发现它不光身上，就连两眼都是通红的。看见了我，“红人”好像没有太意外，反而咧嘴向我一笑。在它咧开嘴的时候，我已经看见了它嘴里像珊瑚玛瑙一样的红色牙齿。

没时间看它脸上的表情了。我拔掉了手榴弹的引信，将装满手榴弹的书包扔在了“红人”的旁边，随后跑出了山洞。

“嘭”的一声，装满手榴弹的书包在山洞里爆炸。我隐约听见高亮的叫声混在爆炸声中：“不是这个包！”

手榴弹的威力比我想象的要大得多。剧烈的爆炸将山洞口炸塌，散落的石块落在洞口，几乎将洞口埋了起来。我看着洞口开始后悔了，他们三个不会就这么死了吧。

“三达！”山洞里传出来一阵叫声，是和尚的声音，听着不像受伤的样子。我心里的大石头放了下去，从山洞口的乱石堆里钻了进去。

洞里的光线不是太好，加上粉尘飞扬，我竟没有看见和尚和高亮的身影。

“这儿呢。”黑暗中有一只手向我挥了挥。随后，有两个人一前一后从黑暗中走了出来。

“肖三达！你想把我们三个一块炸死吗？要不是和尚反应快，临时变了九牢阵，我们俩就成了你的炮灰了！”高亮向我咆哮道。他和身后的和尚都是灰头土脸的。一书包的手榴弹，他们是怎么躲过去的？

第十三章　迷（二）

“你不是没死吗？”我对高亮还是没什么好感，“再说了，不是你向我使眼色，让我用手榴弹炸它的吗？”

“谁说用手榴弹了，我是暗示你，外面的书包里有把信号枪，出去打一枪，把大个他们引过来！你倒好，一口袋四个手榴弹，一点没浪费。我回去怎么交代？”我恍惚地想起来，外面是有个书包。从书包凹处的形状来看，好像还真的是把手枪之类的。

“算了算了，”还是和尚和我关系好，就这样都没有和我翻脸，“高亮，这不也没事吗？三达的高烧还没退，他自己是谁都没有想起来，他上哪儿知道哪个是手榴弹，哪个是信号枪的。就这样吧，赤霄也报销了，早点和大个他们会合吧，这山洞里我是一秒钟也不想待了。”

说着，他拉着高亮一起沿着乱石堆向外面走去。我跟着他们走在后面，当走到因为爆炸洞顶石头掉落形成的乱石堆时，我突然停住了脚步，在想还有什么事情没有办。这件事好像还不小，要是没有完成，对我们几个都没有好处。是什么事情呢？

我低着头，正在瞎想时，乱石堆里突然伸出了一只血红的大手，一把抓住了我的脚脖子。我大惊之下，用力挣脱，也没有挣开，反应过来后，掏出别在后腰的手枪，对着这只手臂就是五六枪。

高亮和光头就要到洞口了，被枪声惊动，回过头来也都吓了一跳。他两人同时跑了过来。高亮掏出手枪就打，和尚的枪不知道哪儿去了，他索性搬起大石块向着那条红色的手臂猛砸。

我们的攻击没有任何效果，这只红色的胳膊没有松手的意思，还越抓越紧。高亮突然大喊一声："和尚，你让开！"说着，他不知从什么地方掏出一根钢针，这钢针有些年头了，上面锈迹斑斑的。高亮举起钢针对准手臂猛扎下去，这一针有了作用，红手吃痛，放开了我的脚脖子。

"跑！"高亮一声喊喝，只是有点来不及了。乱石堆的石块开始松动，紧接着，一个红人从里面爬了出来。

跑吧，出口就在眼前。我、高亮和光头和尚转身就向洞口跑去，可是"红人"的速度更快，在我看来就是一道红色的影子，一晃已经到了我们三个的身后，只要一伸手就能抓住我们衣服领子。

我们三个不能都死在这儿，罢了，我心中一狠，就是今天了。我猛地一回身，抱住了"红人"，喊道："你们快点走！"高亮、和尚同时回头。

和尚大惊失色，想回来帮我，却被高亮一把拦住："三达不想我们死在一起！快走，三达坚持不了多久。"和尚犹豫了一下，还是被高亮拽着出了洞口。

"红人"好像对我不是很感兴趣，他的目标应该是和尚（不知道和尚什么地方吸引它）。我使出了吃奶的劲，也没有让它的脚步停止，只是稍微缓了缓它前行的速度。不过就是这样，也给了和尚和高亮足够的时间，从山洞里跑了出去。

"红人"见它的目标没了踪影，才把注意力转移到我的身上。它抓着我的肩头，将我提了起来，顺势向着墙壁一扔。

“嘭”的一声，我很结实地摔在墙上。这一下，我感到全身的骨头节都摔得散开了，眼前金星乱窜。“红人”这还不算完，又向我扑过来，我连忙就地一滚，爬起来就要向外跑。

可惜还是慢了一拍。“红人”从背后抓住了我的脖子，就听得“嘎巴嘎巴”脖子的关节直响，它只要稍微再加一丝力气，我的脖子就要被它掐断。不过，“红人”似乎不想这么便宜就掐死我，它将我转了个圈，脸对着它。“红人”将嘴巴张开，对着我的五官一阵吸气。

随着它的吸气，我感到眼开始发花了，周围的景象开始模糊起来，意识也开始淡了。我好像离开了自己的身体，朝“红人”的嘴里飘去。

眼看我就要被“红人”吸进嘴里，突然听见有人在旁边大喝一声：“闭嘴吧你！”我逐渐迷糊的意识，听见这句话精神就是一震。“红人”张大的嘴巴还没来得及闭上，一把利刃就从它的后脑穿进去，剑尖在它的嘴巴里露出来小一尺，再向前几寸就能在我脸上也扎个窟窿。

就这样，“红人”还是没死，虽然鲜血正从它的嘴巴一条直线似的流着，可它还在嘎嘎地叫着。后面的人将剑尖转了半圈，沿着“红人”的嘴巴向左边横着豁开，这样就算把“红人”的脑袋整个豁开了。“红人”的嘴里喷了一口血，仰面栽倒，这时才算是彻底死了。我看了一眼，一个两米多高的大个子手里提着一把明晃晃的宝剑，正一脸关切地看着我。

现在“红人”死了，我的支撑点却没有了，四十多度的高烧（我猜的，没有量过）加上刚才被摔打之后，又被人掐着脖子差点吸干了我的精气，我真的支持不住了。我眼前一黑，昏倒在地。

也不知道过了多久，就听见有人在叫我：“醒醒，快到地儿了，飞机要降落了。”

我睁开了眼睛，眼前是一个胖子，我恍惚了一下，说道：“我……是谁？”

胖子摸了摸我的额头：“你没事儿吧，嗯，有点发烧，你烧糊涂了？

连自己是谁都想不起来了？”看着我一脸迷茫的样子，他正色道：“你叫孙辣，我叫孙德胜，你是我……”没等他说完，我已经认出眼前这个贼眉鼠眼的胖子，抢先道：“我是你大爷。”

从河床的地洞里出来之后，我就感到有些不舒服，当时还不在意。等乱七八糟的事情处理完毕之后，在回首都的飞机上我迷迷糊糊地睡着了，还做了个十分奇怪又十分真切的噩梦。

说几句题外话，我们出来之后，县里也来人了，领头的还是县里的二把手——甘大叶甘县长。

甘县长听说有六个人失踪了，失踪的人还被萧和尚招到了魂，他当时就急了（传话的人是亲眼所见，说得有鼻子有眼的）。船河大戏是甘县长亲自张罗主持的。可是一开戏就祸事不断，先是天天死人，虽然被认定是偶然事故，但甘县长还是天天都提心吊胆的。他右眼皮那几天一直在跳，就怕我们村里再出什么事情。

后来，听说请的戏班子又出了事，戏班班主突发脑中风，戏班的演员连夜把他送回了省城。戏班子都走了。甘县长当时还长出了一口气，就坡下驴，停了船河大戏。

还没消停几天，小清河村又死了人，一死还是六个。甘县长再也坐不住了，第一时间带着县公安局的正副局长赶了过来。

不过，等他过来的时候，出口已经被民调局的人封锁。甘县长的秘书交涉了几次，都被挡了回来，没有多余的话，就是亮了一下国家安全局的证件：“里面的事涉及国家安全，闲人止步。”

县里的大秘还想争辩几句，被甘县长一把拽了回来。你傻啊，国安局的人在里面，你去凑什么热闹？再说了，现在国安局的人出头，也算把甘县长摘出去了。这是最好的结果了。甘县长一刻都不愿多待，带着自己的人马回县里去了。

我和孙胖子被二室一个叫西门链的调查员叫到一旁，做了个细致的笔录。之后，欧阳偏左的小弟，一个叫云飞扬的调查员就在原地搭起一个帐篷，在里面给我和孙胖子做了个体检。在确定我们没有被什么邪灵附体后，便不再理会我们俩，放了我和孙胖子自由活动。

我给爷爷打了个电话。听见我的声音，爷爷激动得好久没说出话来，等到他的情绪平复了一些，我才听明白，就这么点工夫，村里已经出了好几个版本，有的说我们这么长时间没上来，八成已经全军覆没了；还有的说我们八成是在下面看见了比金元宝更值钱的宝贝，我们几个分赃不均，当场动了手。这个说得更加有模有样，大致就是萧和尚被熊跋打死了，我把熊跋打死了，最后我和孙胖子同归于尽了。

得知我安然无恙地出来，爷爷又问了其他几人的情况。我编了个故事，我们在下面找到了那六个下坑寻宝的人，不过在出来的时候，遇到了塌方，那六个人被当场砸死。熊所长为了保护孙胖子，不幸殉职。最后只有我、孙胖子和萧和尚从另外一个出口逃了出来。出来的时候，正好碰见国家安全局的同志赶过来。

爷爷听说熊所长死了，语气也开始唏嘘起来，还要问我一些具体的情况，我怕编漏了，推说有国安局的同志要找我了解情况，就挂了电话。

这时候，高亮那边也有了结果，洞里已经清理完毕，除了留守人员之外，剩余的调查员全部乘坐最早的航班回首都（民调局的专机在大修）。很意外的是，萧和尚被高亮说动了，他将作为顾问和我们一起回到民调局。

在飞机起飞的时候，我就开始昏昏沉沉的，什么时候睡的都不知道，再睁眼就看见了穿越版的萧和尚。

我浑身大汗，内衣裤已经湿透了。我向空姐要了一杯冰水，喝了之后才舒服了一点。机舱里都是民调局的人，看见他们，我的心里才安定下来。

见萧和尚就坐在我的后排，我便和后面的同事换了座位。这货人老心不老，小七十的人了，正在给空姐发他凌云观影视娱乐公司总经理的名片：“小姐，你很适合做我下部戏的女主角，我们是不是约个时间试试戏？我们这部戏的导演是国际大师黑泽明，这个机会很难得，喂，别走啊，好商量……”

民调局的人被他丢到家了，周围的人都在东张西望，装作不认识他。我开始后悔换座位坐在他的身边了：“老萧，黑泽明死了二十多年了。消停会儿吧，你这样算是性骚扰。一会儿机长出来，把你绑起来拴在机翼上，让你飘在天上。”

萧和尚斜了我一眼：“你当我没坐过飞机？还拴在机翼上？你让机长打开逃生门试试！”

我和他胡说八道了几句之后，开始说到了正题：“老萧，在山洞里肖三达和你说过什么赤霄的，还提到了高局长，到底是怎么回事？说来听听？”

萧和尚有点警惕地看了我一眼：“小屁孩，别瞎打听，知道多了对你没好处。”

我换了个语气，压低了声调对他说道：“肖三达扔手榴弹的时候，没有提醒你们？”

萧和尚一下子从座位上蹦了起来，手指着我说道：“谁告诉你的？”

周围的人都被萧和尚吓了一跳。刚才那个被萧和尚调戏的空姐犹豫了一下，还是走过来，对萧老道说道：“先生，请您坐好，系好安全带。飞机马上就要着陆，您这么做非常危险。”

萧和尚不理会他下一部戏的女主角，看着我说话时都带了颤音：“你怎么会知道？高亮告诉你的？”高局长坐在前排，听见萧和尚说到了他，回头看了他一眼：“和尚，有什么话坐下来说，别让空姐为难。”

萧和尚瞪了他一眼后，重新坐好。高亮被他瞪得莫名其妙，不过还是拿萧和尚没有办法。

“高胖子还对你说什么了？”再说话时，萧和尚就没什么好气了。我苦笑了一下：“你以为我想知道？王八蛋才想知道。”

萧和尚歪着头看了我一眼：“等一下，小辣子，我怎么觉得你是在骂我？”

“你就别咬文嚼字了。”我的语速有点急了，萧和尚看出来了不对头，问：“真的不是高胖子和你说的？那你是怎么知道的？”

“就当是肖三达给我托的梦吧。”我将梦里的所见所闻毫无保留地跟萧和尚说了一遍。萧和尚越听，脸上的表情越是惊讶。最后，当我说到一个大个子用宝剑把赤霄的脑袋剖开时，萧和尚的嘴巴大得能放进去五个鸡蛋：“濮大个你也看见了？”

“嗯。”我点了点头，“当时就听你们说大个大个的，还真不知道他姓濮，不过看见他之后，我就晕倒了，再睁开眼睛，我就醒了。”

“你让我想想。”萧和尚不停地眨巴眼睛。两三分钟后，他喘了口粗气才说道，“我想起来了，濮大个进山洞里干掉赤霄之后，肖三达的确是昏倒了。我们把他背到山下，在县城的医院住了半个月，肖三达才算是好利索了，这些……真的是你做梦梦见的？”

“废话！”我哼了一声，“老萧，怎么说我也是你看着长大的，我什么人你还不知道？什么时候骗过你？老萧，你是老前辈，问你一句实话，有没有什么法子，把自己想的东西，或者是回忆，加到别人的梦里？”

“你是电影看多了吧？你以为这是盗梦空间，还是哈利·波特？”萧老道突然想到一件事，“也不是没有可能，起码有一个人可能能办到。”

“是谁啊？”我瞪大了眼睛看着他。

“他！”萧和尚手指的方向坐着个一头白发的人。

第十四章　熟人

鬼戏事件之后一个多月，我可以说过得相当滋润。这一个月来，郝文明还是经常不知所踪，一室的日常工作基本由破军负责（说起来也没什么活）。我和孙胖子每天到一室点卯之后，便偷偷溜出来，开车进市区瞎转悠，遇到好一点的馆子，就进去暴吃一顿，只要能在下班之前赶回去就成了。

说来也怪，几乎我们每次出去，都能在门口遇到萧和尚。他在民调局里挂了一个顾问的头衔，顾问的意思就是谁都管不了他，他也管不了别人，整天也是在民调局里乱转。

本来依着孙胖子的意思，是不想带着他的。一个六十多望七十的老头，带上他，有好多精彩的地方都不能去。

我刚想找个理由推辞，没想到他当场就开始数落我："小辣子，想当初，是谁教你用黑狗血遮天眼的？虽然效果不是那么好吧，可我也是看着你长大的。你小时候偷看张小花洗澡，我也没和你爷爷说过……"

我一把捂住了他的嘴巴，怕被人听到，压低了声音说道："祖宗，那次是你骗我过去的，我才四岁，知道个屁啊！"

越是怕人听到，越是有人会听到。已经有人探头看向我们这边，孙胖子在一旁已经乐得直不起腰了：“辣子……英雄出少年，四岁……你行！”边说边乐，还向我伸出大拇指。

我没好气地说道：“你才行！你们全家都行！过来搭把手。”孙胖子的脸色有点变了：“辣子，有点过了，我全家的事情，你是知道的……”

我苦着脸看着孙胖子：“我错了，孙大哥，你过来拉兄弟一把成不成？”

“就这一次，下次不许了啊。”孙胖子跟我不记仇，帮我架起了萧和尚，直接架到了停车场。找到了我们一室的配车，直接把他塞进了车里。

“老萧，你到底想怎么样？”在车里，我瞪着他说道。不是我不敬老，只是我已经能猜到明天民调局里会出现什么样的谣言，而且不管怎么样都会传上几个月，除非之后又有一个倒霉蛋露出头来。

萧老道看着我说道：“首都我也有三十多年没来了，这变化也太大了。人生地不熟的，你们去哪儿得带上我，让我再熟悉熟悉首都的环境。”

“不行！”没等我说，孙胖子先摇开了头，“我们去的地方，你不合适。我们去天上人间。”说着，向萧和尚龇了龇牙。

听了天上人间四个字，萧和尚的眼睛就是一亮：“带上我一个……”

我们真的没有做好带着一个奔七的老头直奔天上人间的心理准备。最后，无奈之下，开车带着萧和尚去了砂锅居，吃了一通炖吊子、九转大肠和砂锅白肉，算是把他应付过去了。就这萧和尚还是一脸的不情愿：“你们俩就糊弄鬼吧，什么时候天上人间还开了间分店叫砂锅居的，开始卖猪下水了。”嘴上埋怨着，可一点不影响他下筷子的速度。我看着菜下去的速度实在太快，又叫了几个菜和九个芝麻火烧。就这，也只刚刚够萧和尚一个人的量。

孙胖子撇了撇嘴：“不是我说，有的吃你就吃吧，又不用你给钱。”他这话说得很是不情愿，倒不是在乎那几个钱，只是心思已经不在这里了。孙胖子已经和我对好了眼神，把萧和尚糊弄走之后，我们再转到天上人间。

没想到萧和尚就像狗皮膏药一样，粘住了就不带撒手的。一直跟我们到了后半夜，他还没有回去的意思。眼看着天就快要亮了，我和孙胖子也没了去天上人间的心气儿，只好开车将萧和尚带回了民调局。趁着东方天际破晓的余晖，我和孙胖子才回到宿舍，眯了一会儿。

就这么一连好几次，每当我和孙胖子准备溜出民调局的时候，都能在大门口被萧和尚堵到。到了最后，我和孙胖子也习惯了，也不提什么天上人间了，只要一看见他，就往砂锅居里领，砂锅居仿佛就成了我们三个的据点。

时间一长，没想到萧和尚和孙胖子竟然处熟了，以前互相看不顺眼的情绪都没有了。有一次他俩喝多了，竟然要结拜，还拉着我，喊我什么三弟三弟的。

一时之间，我哭笑不得，连忙拉开了孙胖子："大圣，你和他结拜，也就是和我爷爷一个辈了，你让我情何以堪？"

我把孙胖子拉到了卫生间，等他吐完清醒了一点之后，再回到饭桌时，一个一身名牌的中年男子拦住了我们的去路。他认出了已经喝高了的孙大圣，激动地喊："大圣，孙大圣，是你吗？"

"你这是喝了多少？连我都不认识了？"中年男人拍了一下孙胖子的肩膀，"我……苏建军，上个月老三结婚时还见过面。还没想起来？前些日子还找过你，给你打过电话的，你当时好像去了铁岭，说好了回来找我的。"

孙胖子以前可是干"无间道"的，就算喝多了，对人名之类的词组特别敏感："建军……你怎么变样了？再等我一下，马上就好。"说完，孙胖子又跌跌撞撞地回了卫生间。三分钟后，他再出来时，身上的酒气虽然没减，但是脸上的醉意基本上已经看不见了。

“建军啊，我说怎么那么眼熟。”孙胖子假模假样地和他握了握手。这个苏建军看了我一眼：“朋友，我和大圣有点私事聊一聊，你看……”

我很知趣地点点头：“你们聊，大圣，我和老萧在那边等你。”孙胖子向我龇牙一笑：“你先埋单，我一会儿就过去。”

他俩聊的时间并不长，我回到座位上和萧和尚还没说上几句话，孙胖子就回来了，还一脸笑眯眯的表情。萧和尚打着酒嗝说道：“胖子，什么好事？”孙胖子打了个哈哈，看了萧和尚一眼：“老萧，有件好事算你一份？”

萧和尚已经喝得眼珠通红：“什么好事？你们哥俩有好事还能想到我这个老家伙？”

他这话我听着十分不舒服：“老萧，你说话别带上我，大圣刚才聊的什么我都不知道。”

孙胖子夹起一筷子腰花放进嘴里，边嚼边说道：“你们先听我说。刚才那哥们儿是一香港富豪在大陆的跟班，他老板最近好像撞了邪，开始在自己家里见了鬼，之后，不管是在香港还是在大陆，都倒霉得一塌糊涂，盖楼楼塌，买哪家公司的股票，那家公司就破产倒闭。去澳门玩两把吧，全赌场的人都赢，就他一个人输，全场人都把他当明灯——只要跟他反着买，一定赢。”

萧和尚听得眼睛已经眯起来了：“他想找人看看？不对啊，胖子，香港有道行的人也不少，以前我在特别办的时候，就知道三五个人，就算他们都死绝了，他们总还有后代徒弟的吧？”

孙胖子摆了摆手：“香港能找的都找了，什么风水大师、看命扶乩的，有名的没名的，真的假的，都找了不下三五十个了，可惜没一个人能看出什么道道。这不是没办法了吗？他才在大陆找能人，去给他平事。刚才那朋友知道我人面广，看看我能不能给他找几个大师。那边放话了，只要能把这事解决，两三百万人家不在乎。老萧，你今天来也算和这事有缘，怎么样，算你一份？”

萧和尚还是眯缝着眼睛不说话，似乎在盘算什么。孙胖子有点急了：“老萧，那边还在等信儿，你去不去给句痛快话，不行就是我和辣子去，到时候你别眼红。”

萧和尚心里也憋不住了：“去也行，丑话说在前面，账怎么算？”

孙胖子龇牙一乐：“亏不了你，三七二十一……”

苏建军给安排和香港富商见面的时间是后天。我和孙胖子本来想把破军也拉进来，只是破军还要在一室看场子，实在分身乏术。不过从破军的嘴里知道了民调局里一个十分有意思的规矩，说是规矩还不如说是潜规则更好。

民调局并没有明文限制调查员利用工作之外的时间去干点私活，反而有一条不成文的规矩，凡是在外面接私活的调查员，事后都要交出私活酬金的百分之五十，美其名曰民调局建设基金。

我有点不相信自己的耳朵：“这样也可以？还带抽头的？”孙胖子也不是很满意，他嫌百分之五十的抽成太高：“那还叫什么民调局建设基金，直接叫中介费就得了。”

“你以为民调局好干啊！”破军叹了口气，讲了民调局的难处。自打民调局更名以后，单位成了标准的政府机关（基本没有人知道这个单位），主要经济来源就是吃财政，而财政能解决的也就是工资和基本维持的费用。

至于民调局装备的研发生产及处理突发事件产生的费用，是由民调局自己内部解决的。所以在民调局成立之后，高亮就睁一只眼闭一只眼，默认了手下调查员们干私活。不过干归干，薪酬要交到民调局一半，这才是维持民调局开支的主要来源。

钱交到民调局之后，各室还要分走一半，最明显的例子就是民调局竟然有自己的飞机（光是燃油、保养和机场租费就是天文数字）。

不过总的来说，能名正言顺地干私活也是个不错的消息。

到了第三天头上，我、孙胖子和萧和尚上午九点多就到了苏建军指定的酒店。萧和尚为了这，还特地办了身行头：一身白色的立领中山装，白色的裤子加上一双白鞋。要不是他的头发掉光了，以他的岁数，再配上那么一头白发……我都不敢再往下想了。总之，确实是一副世外高人的模样。

我们到时，苏建军已经在大堂候着了。客气了几句之后，他便带我们乘坐电梯到了八楼总统套房的区域。整个一个楼层都被香港富商包了下来，五六个身穿黑衣的彪形大汉在楼道里来回巡视着。

苏建军把我们带进了总统套房，见了正主，我和孙胖子都是一愣。世界还真是小，那个倒霉蛋竟然就是买了我们三颗夜明珠的马啸林。

马啸林也愣住了，几秒钟后才反应过来："沈生，孙生，系梨们……我们还真系有缘。"

一见是他，孙胖子也不客气，大大咧咧地坐在沙发上："老马，这才几天不见，你的脸色怎么这么差？死灰死灰的。眼袋也耷拉下来了，眼珠子都是血丝……"

马啸林苦笑了一声："孙生，梨就不要笑话我啦。"说着把话题转移到我这边："沈生，梨身边的这位老先生怎样称呼？"

没等我介绍，萧和尚先是向马啸林一抱拳，道："马老板不用客气，贫道是凌云观第四十代观主，道号合殇。"

这套词是在民调局里就编好的，我接着萧和尚的话说道："合殇大师是我和孙德胜的前辈，应白云观观主亲自邀请到白云观讲经说法的。昨天法事已毕，本来过几天就要回凌云观了，听过有位港商受了鬼劫，本来是我们哥俩过来的，但是合殇前辈怕我们两个小辈道行不够，就跟过来看看。”

马啸林听了连连点头：“难怪啦。偶就说啦，能得到夜明珠的银，绝对不会系一般银啦。”

孙胖子呵呵笑道：“老马，听说你有点不顺，现在看你也没有什么啊，住上总统套房不算，还包了这一层，不便宜吧？”

马啸林听了差点哭出来：“孙生，梨以为偶愿意吗？偶差不多在亚洲的酒店都上了黑名单。梨相信吗？只要偶住过的酒店，不系着火，就系洗银啦。半个月，就半个月，偶住了五间酒店，这五间酒店都出了系情，三家着火，两家洗银。

“这一家酒店的波士系我多年的老友，就系这样，我还系租不到个房间。莫办法啦，我狠心租了一层，租倒系租给我啦。一天就系一百二十万，这哪里系租房间，就系烧钱啦！”

马啸林说到一天一百二十万的时候，萧和尚脸上的肌肉局部痉挛了一下。还是孙胖子以前吃过见过（加上还有一只财鼠跟着他），他微微笑了一下：“老马，把你的事说说，我们能帮忙就一定帮。”

“系。”马啸林脸上的表情肃然无比，“就是梨们卖给偶夜明珠的那几天……”“老马，别说没用的，拣主要的说。”说到卖夜明珠的时候，萧和尚突然似笑非笑地看了我和孙胖子一眼，我连忙岔开了话题。

“系啦，”马啸林看了一眼萧和尚，明白了八九，“就系那几天前后吧，偶见鬼啦……”

其实出事的那天，还真是我们卖给他夜明珠的那天。当天晚上，马啸林和往常一样，在他藏宝的暗室里待到了后半夜才出来。当他正要准备上床睡觉的时候，就看见有一个白影站在他的床头。

马啸林是深度近视，开始他以为是花眼了，把衣服架子看成人影了，可马上就明白过来。他一直是裸睡的，睡衣就扔在床上，卧室里根本就没有衣服架子！而且白影已经开始动了，围着他转开了圈。当时马啸林都哆嗦了，想喊人来着，可声音卡在嗓子眼里，就是说不出来一句话。

就在马啸林在考虑是不是应该晕倒，以便烘托气氛的时候，那个白影突然间消失。马啸林这才喊出声来，家里的工人跑过来好几个。人多了，马啸林也就没那么怕了，让人在卧室里翻了个底朝天，也没发现什么鬼影子。折腾完已经天亮了。

第十五章　香港行

本来以为天亮了事情就结束了，没想到这才刚刚开始。第二天早上股市一开盘，群股一片飘绿（港股绿涨红跌），只有马啸林买的那几只股票通红通红的，当时马老板的脸色就像他买的股票一样。几分钟前，他的股票跌得最狠的时候，马啸林接到了一个电话。

电话是他名下的地产公司打来的——他们公司代理的一个新楼盘原定三天后开售，就在刚才楼房突然无故坍塌。好在现场没什么人，没有造成人员伤亡。不过就这样，这个楼盘算是臭了大街，还没有住人就塌了，这样的房子谁敢买？

马啸林当时吐血的心都有。处理完楼盘的事后，他已经焦头烂额了。听人说赌钱能转运，马老板又过海去了澳门，本来想转转运的，没想到他成了赌场里传说的明灯——全赌场的赌徒都跟着他走，只要跟他对着买，一定稳赚不赔。

最后赌场老板出面了，把马啸林输的钱都还给了他，只求他快点离开赌场。马啸林前脚刚离开，赌场马上就把他列入了赌场的黑名单，宣布他为不受欢迎的人，不接待他再来赌场赌博。因为输钱进了赌场的黑名单，马啸林也算古今中外第一人了。

之后倒霉的事就一直围绕着马啸林。好在他的家底厚实，一时半会儿也不至于败光，但是时间一长，就不好说了。

马啸林一直都怀疑是那天晚上的白影对他干了什么，将他的运数改得一塌糊涂。于是马老板开始拜访香港玄学界的高人，几位高人给马啸林看了相，算了八字之后，也都没有说出个所以然来。

开始马啸林以为是新买的夜明珠有问题，便请了香港最有名的玄学大师仔细看了那三颗珠子。和马啸林想的正好相反，那位玄学大师见了三颗夜明珠就爱不释手，说这三颗珠子能散发一种祥和之气，有一种指引灵魂走上天国正途的力量。

这位大师当场就向马啸林提出要购买一颗夜明珠。马啸林当然不肯轻易地出手，推说是帮朋友代卖，开出了一个过亿的天价，才把那位大师吓了回去。

搞清了不是夜明珠的问题，马啸林反而更加害怕了，香港也不敢待了，打发家人去了欧洲。自己则来大陆碰碰运气，看看能不能找到能让自己转运的高手。

萧和尚一直皱着眉头等马啸林说完，他才说道："马老板，听你说的意思，你气运变坏的开始，都是源自那天晚上你撞鬼之后。那么撞鬼的地点是香港还是大陆？"

马啸林看着萧和尚说道："系香港啦，偶在半山的房子，那里偶住了三十多年，不会有问题的啦。再说啦，出系之后，我就请了几位风水大师去看过，都说莫问题的啦。"

"有没有问题，几个看风水的说了不算。"萧和尚哼了一声，继续说道，"风水学说不过是我们道家阴阳五行的末枝而已，邪灵入宅，只要不是刻意泄露阴气，对房子的风水格局几乎没有影响。风不摇水不动，阴阳五行互不侵扰，看风水的自然就看不出来。”

听萧和尚说得头头是道，马啸林感觉这次八成有戏，别的不说，就说眼前这个老头这相貌这行头，说话时这派头，绝对是一个得道高人；还有他的头衔——凌云观第多少多少代观主，听着就和香港的那些什么大师不是一个级别。

“老先生，”马啸林朝萧和尚挤了个笑脸，“那么梨说，偶该怎么办？把那栋房子拆掉？”

“拆房子？”萧和尚的脸上露出一个诡异的笑容，“晚了！马老板，你先过来，我给你看看相。”

“老萧还会看相？”孙胖子压低了声音在我耳边嘀咕道。

“嗯。”我轻微地点点头，以同样的声调说道，“我小时候看过他给人看相，听说看得还挺准，不过多年没看了，这几年都改摸骨了。”

“摸骨？”孙胖子愣了一下，不过马上就反应过来，轻笑了一声，“这老家伙……”

那边，马啸林已经坐到了萧和尚的面前。萧和尚瞅了瞅他的五官：“马老板，你的五官也不太……”话说了一半，他突然伸出右手电光石火一般，向马啸林的脑后抓了一把。就听见一声类似女人凄厉的喊叫一般，萧和尚的右手好像抓住了什么东西。

与此同时，他左手从口袋里掏出一枚古币，两只手掌慢慢合在一起，不停地揉搓着。也就是一两分钟后，萧和尚摊开了双手，掌心里只有那一枚古钱。诡异的是，这枚古钱在萧和尚的手心里不停地抖动着。

“啊！”马啸林尖叫一声，两脚一软，当场从沙发上出溜到了地上。萧和尚皱着眉头看了他一眼：“不就是看见鬼了嘛，你至于吗？”

马啸林指着萧和尚手心里还在不停抖动的铜钱说道：“这系在偶头发

上抓住地？就系他害了偶这么多天？”

萧和尚没理他，又从怀里掏出一块红布，将铜钱放在红布的中心处。说来也怪，铜钱触碰到红布的一瞬间，就停止了抖动，老老实实地躺在红布里。萧和尚将红布叠了几道后放进了口袋里。

“老先生，合观主，合大师！”马啸林有些激动，不知道该怎么称呼萧和尚好了。他手指了指萧和尚口袋里的红布，“这个东西就系我看见的那个白影？就系它害偶倒霉了这莫长的时间？”

他以为找到了正主，解决了这个鬼，自己的噩梦就过去了。没想到萧和尚摇了摇头：“是不是它我不敢肯定，不过它寄在你身上不会超过五天。按时间来算，应该不是它。”

孙胖子还好，就像看萧和尚表演戏法一样。而我在旁边已经呆住了，不可能！我进来的时候就反复观察过马啸林，没看见他身上有什么不对的啊，就几分钟的工夫，就在他的脑后抓住了一只鬼？

那边萧和尚接着跟马啸林说道：“马老板，算是你的运气好，今天我过来了。要是我晚来几天……”说着，萧和尚还假模假样地摇了摇头。

马啸林在一旁，脸色已经吓得煞白，随着萧和尚的话连连点头：“系啦系啦，系大师救了偶一命，多嗨多嗨。偶一定会重重报答。不过，大师，这系个什么妖怪？偶怎么会招上它？”

萧和尚说道：“准确地说，刚才我抓到的东西非妖非鬼，说它是异兽可能更准确一点。它的学名叫作寄生，就是寄生虫的寄生，它专挑时运低的人下手寄生。被寄生沾上的人没有任何感觉，只是从此以后生气越来越弱，先是得一些感冒发烧的小病，不久之后，就会演变成绝症。被寄生缠上的人一般都活不过半年。”

萧和尚说完的时候，马啸林叹了口气，想说什么犹豫了一下，还是没有说出口。

萧和尚又说道："这个寄生对于马老板来说只不过是疥癣之疾，真正危害你的东西应该还在你家里。"

马啸林一听冷汗都出来了："大师，偶……"萧和尚没等他说完，一摆手："你放心，我送佛送到西，时间我还有几天，把你的事情处理完之后，我再回我的凌云观。"影视娱乐公司，我在心里暗暗给他接了一句。

本来依着马啸林的意思，现在就直接去机场，搭乘最早一班飞机到香港。不过萧和尚推说要回去准备一些法器，于是把时间定在了明天中午。马啸林给了萧和尚一张一百万港币的现金支票，说好了这一百万港币只是定金，剩下的酬金事情了了之后再付。

最后，马啸林千恩万谢地把我们三个送出了酒店，还亲自把我们送上了车。等车子一开动，我就迫不及待地向萧和尚问道："老萧，那个寄生是怎么回事？我怎么没听说过？"

萧和尚把支票拿出来，迎着阳光反复看了几遍，听见我问他，才极不情愿地将支票揣进了自己的口袋里："你没听过的事儿多了……"他还想说几句，却被孙胖子打断了："老萧，支票是暂时放你那儿的，三七二十一啊。"

"少不了你那份。你们俩加起来都没有我岁数大，我还能贪你们的？"

孙胖子还要说什么，被我拦住了："大圣，开好你的车，有什么话回民调局再说。"孙胖子在后视镜里向我撇了撇嘴。我没理他，继续向萧和尚说道："老萧，你倒是接着说啊。"

可能是有百万支票在怀里吧，萧和尚的心情也好了起来，他笑呵呵地说道："寄生倒不是假的，它本来就是寄生在人身上的，只不过我说得严重了点。它是会吸走寄主的生气，但是远远还不到致命的程度，而且对寄主几乎没有伤害。"

萧和尚说完之后，我马上又想起来一件事情："还有件事，为什么我的天眼看不见寄生？"

这次没等萧和尚开口，孙胖子先回答："因为马啸林的脖子后面什么都没有，对吧？老萧，你伸手向马啸林抓过去的时候，手里就已经扣了一个寄生。这次不是除鬼，是你变了一个戏法而已。"

萧和尚看着孙胖子愣了一下："看不出来，你眼睛不大，还挺聚光啊。"

几十分钟后，我们回到了民调局，萧和尚开始准备明天要用的东西。一夜无话，第二天上午，我们赶到机场的时候，马啸林已经在机场里恭候多时了。

过安检的时候出了点小意外，我和孙胖子腰里的手枪和甩棍倒是没什么问题，欧阳偏左给了一张"特别持枪证"，适用于二级特殊管制场所包括民航机舱。

问题出在孙胖子身上，没想到他把财鼠也带了出来，还就放在他的口袋里。过安检的时候，被人查了出来，孙胖子不管怎么磨叽都不好使，最后，还是马啸林用了他机场 VIP 的特权，才把这一人一兽带上了飞机。

上了飞机，我就问孙胖子："你以为是出来玩的？带它出来干吗？"

没想到孙胖子也一肚子的牢骚："你以为我愿意啊。"说着他把财鼠从口袋里掏出来，扔在他旁边的空座上（他俩待了一个多月，孙胖子对耗子的恐惧心理基本上没有了），"早上喂它还好好的，也是我嘴欠，临走之前说了一句我要去香港，说实话，我那句话就是对空气说的。没想到它一下子就窜过来，钻进我的口袋里，死活都不出来。我抓它，它还咬我，你看看这牙印。"说着还把手指头伸过来让我看。

我看了他一眼："该！让你卖萌！"

几个小时之后，飞机在香港国际机场降落。马啸林早就安排好两辆奔驰车，载着我们几个前往他位于半山区的豪宅。

马啸林的豪宅还没到，就看见一辆接一辆的警车从我们旁边驶过。

"老马，不是你家出事了吧？"孙胖子向着马啸林说道。

"不会的啦！"马啸林撇撇嘴，明显对孙胖子有些不满。要不是还要求我们给他办事，只怕这时已经翻脸了，“孙生，梨真会玩笑，半山系富银区啦，有点风吹草动，就要惊动警方啦。莫办法，偶们系纳税银啦，呵呵……”

说着，马啸林还呵呵一笑，不过这笑容很快就僵在脸上。就看前方不远处的一栋大型别墅前已经停着五六辆警车，还有三四名记者正举着相机在向里面拍照。

车子刚停稳，马啸林也顾不得我们，他就打开车门跳了出来，几步跑到一个好像是负责的警官面前：“sir，哩度出咗咩事？”

“长官，里面出了什么事？”孙胖子把马啸林和警察的对话翻译给我和萧和尚听。

就在几个小时前，马啸林安排看房子的人打电话报警，报告说有两个人死在了马啸林的这栋豪宅里。看房子的人联系过马啸林，由于他上飞机时关了电话，下飞机时着急回家，忘了开电话，时间拖得久了，那人怕担责任，才报的警。

法医初步的验尸过程已经结束，从表面证据来看，这两个人应该是进来偷东西的小偷，在偷窃的过程中，不知什么原因，这两个小偷竟然同时突发心肌梗死，几乎都没有挣扎过，他俩就双双毙命。

“心肌梗死？不是我说，心脏不好就别偷东西了，东西没偷着，还把命丢别人家里了，这不是给别人添堵吗？”孙胖子听他们说完，开始发表自己的意见。

萧和尚冷笑了一声，接过孙胖子的话头，说道：“心肌梗死？那是被活活吓死的。”他眯缝着眼睛看着面前的这栋别墅，“看起来，这里面还真是有点东西，挺凶的嘛。”

萧和尚这句话也吓了我一跳：“老萧，我们仨到底行不行？要是不行你可早说，大不了回民调局里多搬几个人过来，别到最后再把咱们仨都搭进去。”

孙胖子也附和道："是啊，老萧，有底儿没底儿你可早说，现在不是充大辈儿的时候。"

"充大辈儿？"萧和尚被气乐了，"我是真大辈儿！今天让你们见识见识什么叫作高人。"

他刚说完，马啸林已经和警察沟通完了，走过来说道："三位，梨们看见啦，今天又出事啦，死人啦，扑街……"

没等他骂完，萧和尚就拦住了他说道："马老板，先别说没用的，里面怎么样了？我们什么时候能进去？"

马啸林有些无奈地说道："已经排除系他杀啦，不过按照惯例，命案现场还要保留三天啦。"

"三天？"萧和尚皱着眉头说，"我明天就要回凌云观了……马老板，看来你的事情怕是来不及帮你了。"

马啸林一听，脸色又变了。他已经把萧和尚当作世外高人了，在他眼里，就没有萧和尚抓不了的鬼，现在听见萧和尚要撤，他就开始慌了："大师，高人，圣僧，大仙。"一着急，他将能想起来形容高人的词都说出来了，过了一会儿，他的思路终于平稳了。

"大师，偶去安排一下，今天、今天晚上梨们就可以进去。大师，梨地损失，偶来赔偿，一……两百万……"孙胖子好像没听清楚，"什么？老马你再说一遍？"

马啸林一咬牙："一银两百万啦，则个可以吧？"

"唉！"萧和尚很为难地叹了口气，"马老板，钱财乃是身外之物，我这可都是为了你！"

第十六章　凶宅？

马啸林还想说点什么，却被刚才和他说话的警官带走了，说是去警局录口供。他临走前叫来了他的管家。

这位管家五十来岁，说着一口标准的普通话。刚才出事的时候，他不在香港，正在澳门替马啸林处理他在那里的房产。听到大宅出了事，才匆忙赶回来。

不过，和马啸林比起来，他这位管家对我们三个明显不信任，虽然言语中没有带出来不敬，但是从细微处能看出来，他对我们三个充满了戒心。

马啸林走时还叫来一个律师，此时这名律师正在和值守的警察交涉，引经据典来说明不让我们进去是错误的、不合法的、让人无法容忍的。

虽然听不懂这个哥们儿说的是什么，但是他交涉的对象——那名值守的警察已经冷汗直冒了，最后把他逼得没有办法，开始请示上级长官。那名律师一直没闲着，他也在打电话找警局的关系。

十几分钟后，警局那边传来消息，允许我们由值守警察陪同，在不破坏现场的前提下，有限制地进入案发现场。

“什么叫在不破坏现场的前提下，有限制地进入案发现场？又不是去看三级片，哪有那么多的限制。”孙胖子对这个说法不是很满意。

我拍了拍孙胖子的肩膀，向他调侃道：“就是说我们可以进去了，不过，你是怎么知道看三级片的流程的？还那么熟悉？大圣，不解释一下吗？”后面萧和尚也凑了过来：“有好演员吗？”

在警察的陪同下，管家七拐八拐把我们带到了事发现场，马啸林的加了暗锁的藏宝密室——那两个窃贼死亡的地方。

也不知道那两个贼是怎么进来的，暗室的明锁和暗锁都没有被撬过的痕迹，专业人士就是专业人士。进了暗室里面，一眼就看见地板上已经用粉笔画了两个人倒地的形状。

这个暗室倒是不小，设计得也不错，里面是一排一排的架子，马啸林把他收集的古玩珍品按品种分类放在架子上。孙胖子和萧和尚看得两眼发直，要不是有警察和管家在旁边看着，保不齐他们就往自己口袋里塞了。

“三位先生，马先生走时吩咐了，三位需要什么，我都会尽量准备好。”管家十分客气地说道。

我冲管家点了点头：“我们先看一下，需要什么再问你要。”

“辣子。”萧和尚向我使了个眼色。我明白他的意思，摇摇头说道：“看不出来有什么不对的，再看看吧。”

在管家的注视下，我们在暗室内外反复地检查了几遍，可惜还是没有看出来有什么不对的地方。暗室里没有看出名堂，管家又把我们带到了马啸林的主卧室。

出了暗室拐个弯就是马啸林主卧室，也是他第一次见鬼的地方。在这里转了几圈，也没看出来什么毛病。

萧和尚低着头，愣愣地看着地面一句话都不说。守在一旁的管家态度虽然没有变，但是时间久了，他一侧的嘴角微微翘起，露出一丝不易察觉的讥笑——看来他是把我们三个当成了神棍。

我从暗室到卧室来回走了好几遍，把边边角角都用天眼看了一遍，别说是马啸林看见的白影了，就连阴气稍微重一点的地方都找不到。

我喘了口粗气，对萧和尚说道："老萧，这房子阳气足得吓人，连个鬼影子都找不着，要不是这里刚死了人，我都不信这里会是凶宅。"

萧和尚好像突然想到了什么事，抬头对管家说道："我们有件事要商量一下，能不能让我们单独待会儿？"管家很识趣地关上了卧室的房门（不在案发现场范围，值守的警察也没有多问）。

"小辣子，"萧和尚对我说道，"你发没发现这栋房子里，有件事情很奇怪？"

"老萧，有话就说，你现在还卖关子有意思吗？"没等我说话，孙胖子抢先说道。我们三个人论天眼的能力，孙胖子最弱，在这种情况下，他基本就是一个摆设。现在听萧和尚的意思，好像是看出了什么门道，他还不肯一下子说完，孙胖子就有点急了。

萧和尚没理孙胖子，还是对我说道："你觉不觉得这栋房子太干净了，都可以说干净得过了头了？"

我一下子反应过来，"老萧，我明白你的意思了，不管是什么样的房子，怎样的风水布局，都应该或多或少有阴气和破位的存在。但是这栋房子里连一丝阴气都感受不到，你是这个意思吧？"

萧和尚点了点头："差不多吧，而且这里刚刚死了人，按常理会有阴气和煞气的聚结，可是现在给我的感觉就像是密宗里供奉大日如来的殿堂，到处都是太阳光，没有一丝阴暗的影子。"

我想了想，这里还真的和萧和尚说的一样："老萧，那么现在怎么办？"

萧和尚沉默了一会儿，略有些尴尬地说道："我不知道。"

“老萧，不是我说，下次再有什么你不知道的事，你想好了再说，别留了扣子，自己还系不上。”孙胖子皮笑肉不笑地说道。

萧和尚哼了一声，没有搭理他。我叹了口气，过去打了个圆场：“老萧，那现在怎么办？马啸林回来之前总得干点什么吧？他可是给了定金的。”

萧和尚一阵挠头：“看看再说吧，也许没什么事，可能就是物极必反，阳极必衰，被那个小鬼钻了空子。嗯，八成就是这样。”我看萧和尚的表情，心里一阵摇头，看样子他已经领会了骗子的最高境界，骗过别人之前，先要骗过自己……

算了，走一步看一步吧，也许真的像萧和尚说的那样。我打开卧室的房门，刚想喊管家的时候，突然心里一激灵，我感到走廊里有一丝煞气。这丝煞气倘若是平时在大街上感应到，我都不会在意，可现在的情况，想不注意都不行。

就像萧和尚说的那样，这栋别墅房间里面的阳气实在太盛，现在凭空突然出现了一丝煞气，就让人感到有些奇怪了。

“大圣、老萧！”我喊了一声，他们从卧室里面蹿了出来，这次不光是萧和尚，就连孙胖子都真真切切地感觉到了：“辣子，有煞气！”我没好气地看了他一眼：“谢谢，我知道了。”

管家就站在门外，见我们从卧室里面出来，却都围在门口，他愣了一下，说：“三位先生，你们……需要什么吗？”

“你先别说话，我们有点事，一会儿就好。”我向管家做了一个噤声的手势，再想找煞气来源的时候，忽然发现这丝煞气已经消失得无影无踪。就是分了一下神，这丝煞气就消失了？

“大圣算了，老萧，煞气呢？我怎么感觉不到了？”我先看了一眼孙胖子，很快又将目光转移到萧和尚身上。

萧和尚的眼睛瞪得老大，“刚才突然就没有了，一瞬间没的，辣子，你再试试。”

我摇了摇头：“不行，没了，找不着了。”

孙胖子看着我，他有点不服气：“辣子，什么叫大圣算了？你不问问，怎么晓得我知不知道那丝煞气哪儿去了？”

我斜着看了他一眼：“那你知道吗？”

“不知道，”孙胖子强辩道，“不知道归不知道，不过怎么的你也得意思意思吧？我——哎，你往哪儿跑？”孙胖子白话的当口，他口袋里的财鼠突然跳了出来，朝卧室墙上的一幅油画窜了过去。

“老鼠！”管家一声尖叫，犹豫了一下，还是抄起了墙角的一盏装饰用的烛台，朝财鼠跑了过去。看他的架势，是想一烛台把财鼠砸死。

“没事。”孙胖子一把拦住管家，“你听我说，它不是一般的耗子，它……是五行鼠，是圣兽，是用来……追踪害你老板走背字的‘东西’，警犬，你明白吗？”

管家将信将疑，马啸林走时吩咐了，不管什么事都要听合殇大师的，他看了一眼萧和尚。没想到，萧和尚先说话了——他指着墙上的油画问道：“那幅画后面是什么？”

听到萧和尚问他，管家有些闪烁其词：“画就是画，后面能有什么？就是墙嘛。”

萧和尚眯缝着眼睛盯着管家：“墙？你确定没有别的？”孙胖子过去把财鼠抓了过来，听了萧和尚的话，他本来想掀开油画，看看后面到底有什么。没想到，管家走了过去，有意无意地按住了油画。

管家一口咬定：“油画挂在墙上，后面就只是墙，并没有别的东西。”

萧和尚冷笑一声：“墙就墙吧，小辣子，孙大圣，我们走吧，这个事情不是我们能处理得了的。留在这里也没什么意思。”回头又对管家说道：

“马啸林回来，你和他说，就说我们爷仨和他没有缘分，他的事，我们帮不上忙！”说着，一手一个，抓住我和孙胖子的肩膀就往外面走。

“合殇大师，有什么事好商量的嘛，您先等等，有什么话等马先生回来再说嘛。合殇大师，您也别难为我嘛，我就是一个管家，就当给马先生一个面子……”管家一边哀求一边手忙脚乱地拦在萧和尚的身前。

孙胖子看出了萧和尚的企图，他俩对了下眼色，孙胖子便唱起了白脸：“老萧，你先别急，就算走也要走个明白嘛。”

看着他俩的样子，我暗暗好笑，做戏要做足，我也跟着说道：“是啊，老萧，听大圣一句，听听管家想说什么，就当给我们俩一个面子。”

萧和尚叹了口气：“算了，你说吧，要是想再骗我一次，也可以试试，到时候就算马啸林跪在我面前求我，我也不会管他。”

管家的表情有些沮丧，迫于压力，他说出了油画后面的秘密——油画后面是一个智能保险箱，里面放着马啸林所有的身家——欧洲各个国家不记名债券，所有过亿合同的签字文本；香港及东南亚国家的地契，还有就是一些贵重金属和宝石（我和孙胖子卖给他的三颗夜明珠也在里面）。

我看着垂头丧气的管家，心里很是纳闷，一个管家而已，怎么会知道得这么清楚？这个保险箱里面的东西，马啸林的亲生儿子都不一定知道，他怎么知道得这么清楚？

等管家说完，萧和尚和孙胖子异口同声道：“打开，我们需要检查一下里面。”

不过仍然被管家拒绝了，他摊开双手说道：“我办不到，能开启保险箱的只有马先生一个人。”

马啸林的保险箱是德国特制的，理论上来说，除了马啸林之外，谁都不可能打开它。怕我们三个不相信，管家把我们带回了马啸林的卧室，掀开了油画，露出了里面的保险箱。

镶在墙里面的保险箱表面没有任何电子装置，中央位置是一个转式密码锁和一个形状古怪的钥匙孔，看起来并没有多特别，也就比一般的保险箱显得款式新颖一些。

我和萧和尚是门外汉，不过孙胖子是这方面的专家。他上去看了半天，回头说道："德国货，十二重正反压力锁，好东西。别说，老马的眼力不错，啧啧！"

见孙胖子对它称赞不已，我真看不出来这个保险箱好在哪里："有那么好吗？连指纹、瞳孔识别系统都没有，还是老式的转码锁和钥匙孔。找个高手，一根钢丝就能捅开。"

第十七章　玉塞

“钢丝？”孙胖子不以为然地笑了笑，“辣子，这个你就是外行了，越是花里胡哨的保险箱越不保险。你刚才说的那种保险箱，破解的原理很简单，只要切断它的识别电路，再重新输入程序，谁的指纹和瞳孔都能识别——这个家伙就不同了。”

孙胖子指着后面的保险箱继续说道：“它看上去简单，但是想通过非正常渠道打开它，基本上是不可能的。它的转码锁里面加了一层内部静音装置，从外面就算使用专业的声音放大仪器，也没法听见里面转码锁运行的声音，一些技术性的盗贼基本就卡在这儿了。

“再有就是这十二重正反压力锁，里面都是带回路压力的。不管是铁丝钢丝，或者专业的撬锁工具，只要跟真正的钥匙有细微的差别，都会被里面的压力当场绞断。还有，钥匙孔的上端还有十毫升的液态铅液，当时就会流进钥匙孔里，半分钟内凝固，将钥匙孔堵住。到时再想开锁，就只能请这个保险箱厂家的专业技术人员了。”

我跟萧和尚听了直咋舌，那个管家倒没有吭声，只是他再看孙胖子时，表情变得有些不太自然。看得出来，他完全没想到孙胖子竟然这么熟悉这种保险箱。

我突然想到了一种可能："大圣，要是马啸林把保险箱的密码忘了呢？"

孙胖子的眉毛跳动了一下，露出一种贼兮兮的笑容："那他就准备破点小财吧——三次转动密码错误，里面的密码设置会自动打乱。再想打开，只能等厂家来人了，他们维修一次的费用也不太贵，七万五，是美金啊。"

萧和尚瞧着保险箱愣了半天，这才看了一眼管家，问道："马老板什么时候能回来？"

管家无奈地摊开双手："那要看警局的阿 sir 什么时候录完口供了。"他的话刚刚说完，一个熟悉的声音在卧室外面响起："我回来啦！"

说话的正是马啸林马老板，他去警局也就是做份笔录，命案发生的时候，他还在飞机上，所以并不是太复杂。

见老板回来，管家抢先几步走到了马啸林的身边，接过了马啸林的外衣。随后他也不说话，就站在一旁，等候着老板的吩咐。

在自己的家里差点惹上官司，马啸林的心情也不是太好。他一脸的倦容，对我们三人说道："三位，则里不系讲话的地方，偶们去客厅坐坐啦。"

萧和尚看着他说道："聊天不着急。马老板，刚才我们几个转了一圈，从刚才命案的现场和你说过见过鬼的卧室，我们都看了一遍，不过并没有发现不对的地方。"

听萧和尚说到这儿，马啸林脸上露出一种沮丧的神情。他喘了一口粗气说道："大师，梨们也看不出来，偶……"

没等他说完，萧和尚很是无奈地说道："你先听我把话说完。"他指了指墙上已经露出来的保险箱，"马老板，介不介意把这个保险箱打开让我看看？你放心，我就是看两眼。"

马啸林没有说话，先是看了一眼自己的管家。管家急忙把头低下，不敢和老板有眼神上的接触。

马啸林强笑了一声："立面就系一些文件啦，没什么好看的。"

孙胖子也凑了过去："老马，你里面放了什么东西和我们没有关系，但是，你能不能平安地活到年末，可能就和里面的东西有关了。"

马啸林看着保险箱不自觉地后退了一步："孙生，梨地意思系，害偶的东西就在夹万里面？"

"可能是，也可能不是。"孙胖子说起两头话，"看一眼就什么都知道了，你要是害怕的话可以把钥匙拿出来，我……们合殇大师亲自开。"萧和尚在一旁气得直瞪孙胖子。

马啸林犹豫了半天，说道："我……也莫钥匙啦！"

"嗯？马老板你是什么意思？不是以为我们看上里面的东西了吧？"孙胖子的脸色有点变了，他以为马啸林是怕我们见了里面的东西会眼红。

萧和尚倒没有吭声，他已经准备往外走了。事主不合作的话，他给的定金也不用退了。而且，定金不是酬金，还不用上交一半给民调局，我们充其量就是赔了三张飞回去的飞机票。

"孙生，梨误会啦。"马啸林连连解释。两年前，他也是浪催的，带着一群小模特去游船河，当时马啸林在船上喝高了，不小心把保险箱的钥匙掉进了大海里。无奈之下，马老板向保险箱厂家做了申报。一天之后，德国厂家的工程师到了，收了马老板五十万港币，才打开了保险箱。这才是刚刚开始，如果要再配一把钥匙，会对保险箱的内部构造产生很大的改动，所产生的费用不会低于八十万港币。

马啸林当场就回绝了德国工程师重新配钥匙的建议。如果钥匙再丢了怎么办？再出一百三十万？保险箱没有钥匙呢？偶可以不锁嘛。就这样，马啸林的保险箱唱了两年多的空城计，就连他的管家都不知道。

“孙生，梨要系不相信，可以系系，随便扭一下把手，就能打开夹万啦。”马啸林本来是想自己过去打开保险箱的，但犹豫了一下，还是没敢过去。

孙胖子有点半信半疑，他有点不敢相信马啸林的胆子能这么大。他上前扭动了一下把手，保险箱无声无息地打开了，还真的没有锁。

保险箱分四层，最上面一层摆放着大大小小几个布袋，上一次卖给马啸林的夜明珠也混在里面。下面三层都是各式各样的文件，最下面一层文件上有一个金镶玉的小摆件压在上面，看样子像是当成镇纸用的。

“吱吱！”孙胖子口袋里的财鼠又把小脑袋露出来，冲着那块金镶玉的摆件一个劲地龇牙。要没有孙胖子挡着，我相信财鼠已经跳进保险箱，捧着那块金镶玉来回打滚了。

我们三个都没有动手，只是将保险箱里的东西看了几遍，还是没有看出来什么毛病。

“辣子，有点不对啊！”说话的是孙胖子，他口袋里的财鼠突然变了脸，趴在孙胖子上衣口袋里一动不动。过了一会儿，这个小东西竟然发出轻微的抖动。

“咦？它看见什么了？”我又看了一遍，还是什么都没有。不会是那件金镶玉的摆件吧？我伸手将这个摆件拿了起来，马啸林也没有在意，他还真是拿这个摆件当成镇纸来用的。

这时，萧和尚忽然喊了一句：“小辣子，别用手拿，那个是玉塞！”

“玉……塞！”我连忙将金镶玉的摆件扔回到保险箱里，心里一阵恶心。

“玉塞”这个词我还是进了民调局之后才知道的。玉塞兴于汉代，又叫九窍玉，是用来封住死人九窍的（眼睛、鼻孔、耳孔、嘴巴、生殖器和肛门……），一般只有位极人臣的达官贵人死后才有这种特权，品级不够的小吏死后如果擅用都属于逾制。

古代道家有一种说法，金玉在九窍，则死人为之不朽。这同金玉衣能使尸体不朽的说法是一致的。中国古代对玉有一种近乎迷信的崇拜，总认为玉能使活人平安，让死人不朽。

我刚拿的那件金镶玉的大小形状就跟筷子一样，从形状上看有棱有角的并不像是玉塞，不过要真被萧和尚说中了，以这件金镶玉的长度和粗细来说就只能是用来封塞生殖器和肛门了。趁马啸林和他管家不注意，我在他床单上使劲擦了擦手。

马啸林过去拿起了那件金镶玉，又看了看："玉塞？不可能啦，大师，偶也玩过几天古董啦，什么系玉塞，偶还系分得出来的啦。"

"分得出来？"萧和尚冷笑了一声，"那你说说，这个不是玉塞，又是什么？"

马啸林一时语塞，他当初就是因为看不出来这件金镶玉是什么，但又觉得它的材质和造型都不错，才拿它当镇纸用的，不过也已经用了几年，一直都没发现有什么不妥。所以这次出事，他都没有往金镶玉那方面想。

"不会真系……玉塞吧？"这时马啸林也有点拿不准了。

"还不是一般的玉塞。"萧和尚回头对我说道："小辣子，教你们一手，给我一颗子弹。"

"你要子弹干吗？"虽然不明白他要干吗，但我还是从备用弹夹上卸了一颗子弹递给他。

"梨们还有……枪？"马啸林的笑容有点僵硬了。孙胖子笑嘻嘻地说道："放心，不是对付你的，要是想绑你，早就把你捆上了。"

萧和尚向管家要了纸巾，隔着纸巾拿起了那件玉塞，放在茶几上，说："看着，见证奇迹的时刻到了。"说完，将子弹的弹头慢慢向玉塞靠近。

子弹和玉塞的距离越来越近，还有不到十厘米的时候，玉塞开始慢慢地动了起来。子弹靠得越近，玉塞抖动得越厉害。当距离只有五左右的时候，玉塞突然原地转了起来，还转得飞快，就像通了电一样。

这样还不算完，飞快旋转的玉塞忽然发出了一阵尖厉的声音，听起来就像一个女人受了极大的刺激，正在放声悲鸣。

马啸林站在旁边，听到这声音，吓得当时跳了起来，“就系则个声音，偶见鬼那晚听到的就系则个声音！”

萧和尚冷冷地看着还在旋转的玉塞，这时他脸上的表情跟他平时经常老不正经的样子完全不同。他将子弹拿开，玉塞才慢慢地停止了转动。

“老萧……大师，这个玉塞到底是什么来头？”孙胖子盯着玉塞，刚才玉塞在旋转的时候，孙胖子就退了几步，现在玉塞停止了转动，那种惨叫声也听不到了，他才重新走过来。

萧和尚把子弹还给了我：“这个玉塞除了是九窍玉之外，应该还是一种容器。”

孙胖子的表情有些异样：“你是说这个东西除了可以塞在屁……菊……肛门之外，里面还能装什么东西？”

萧和尚用纸巾垫着，拿起玉塞迎着卧室里的灯光看了一阵，对马啸林说道：“马老板，这上面应该还画着一些图案的，现在怎么看不见了？”

“系啦系啦，系有一些图案的啦。大师，梨不讲，偶还没有注意到，那些图案哪儿去啦？”马啸林也挠头。

对于这个答案，萧和尚好像并不意外。他想了一下，放下玉塞，又走到保险箱前面，重新在里面看了一圈：“嗯？这是什么？马老板，你这里还真有些好货。”说着他从保险箱里拿出了一颗夜明珠，也就是我和孙胖子以八百万的价钱卖给马啸林的夜明珠中的一颗。

萧和尚又说道：“还真是夜明珠，你还不止一颗，马老板，这三颗珠子你花了血本吧？”他说话的时候，我和孙胖子的脸色铁青，正有意无意地看着马啸林。马老板一脸的尴尬：“都系朋友，给面纸，也没有多少钱啦。”

虽然知道是卖得太贱了，但是我还是有点好奇，想知道这三颗珠子到底能值多少钱：“老萧……大师，这三颗夜明珠，到底值多少钱？八百万是不是少了点？”

“你当是卖白菜呢？这种品相的夜明珠，全世界加一起，也不会超过二十颗。”萧和尚很无奈地看了我一眼，“别看这么多年我一直隐居在山沟里，可这东西的行情瞒不了我。马老板到手的价格最少也是一颗一亿……”一颗一亿！三颗就是……奸商，我心里突然有一种想拔枪直接将马啸林爆头的冲动。

孙胖子在一旁说道：“辣子，我怎么突然间有一种心痛的感觉？还越来越痛？”

马啸林在一边干笑道：“卖珠纸的人都系朋友啦，偶买的价钱系便宜了一点，不过以后会报答他们的啦。”

孙胖子咬着牙说道：“说到做到啊！”萧和尚有点摸不着头了：“关你们什么事？”他突然想到了我们一起和马啸林见面的场景，我和孙胖子明显以前就认识马啸林。他看了一眼身边的孙胖子，疑惑道：“八百万……那个冤大头不会就是你们俩吧？”

“这个系情以后再说啦。”马啸林开始转移话题，“先把偶的系情搞定，别的系情还可以商量啦。”

“老萧，你先说说玉塞的事吧。”孙胖子一反常态，没有继续纠缠，向萧和尚说道。

第十八章　画中人

“嗯。”萧和尚点点头，“玉塞里面的确有过东西，不过现在看来里面的东西已经跑出来了。”

“跑了？不可能啊。”我听他的话有点问题，“虽然我的天眼没能看出来什么，但是刚才玉塞旋转的时候，里面还发出了凄厉的叫声，怎么看也有东西在里面吧？”

萧和尚朝我点了点头，说道：“那是和你的子弹产生的共鸣。这个玉塞不简单，虽然外面符咒的花纹已经看不出来了，但我推测它应该是一个阵法，专门用来困住魂魄的，而这些被困的魂魄应该是专门供给玉塞的主人死后奴役的。玉塞一共应该是九件的，不知怎么有一件辗转到了马老板手上。

“由于玉塞外面的花纹符咒，所以马老板得了玉塞这么多年，也没有出什么事情，一直到马老板得到这三颗夜明珠为止。”

马老板被说糊涂了：“不系说和夜明珠没关系吗？”

萧和尚说道：“这三颗夜明珠也不是凡品，它散发的光芒本来就有驱邪的作用。只是马老板把它们放错了地方，和玉塞放到了一起。就像刚才玉塞和子弹那样，夜明珠和玉塞之间也产生了共鸣——玉塞和夜明珠的力量并不一样，甚至还有相互压制的作用。

“两种能量相互冲击下，玉塞上的咒文应该就是在那个时候脱落的。符文一消失，玉塞里面的东西没有了约束，加上忌惮夜明珠散发的光芒，就从里面跑了出来。正巧，碰上了起夜的马老板，后面的话就不用我多说了。”

“那里面的东西呢？”孙胖子问道，“看老马最近倒霉的样子，那个东西应该还在这栋别墅里缠着他。”

萧和尚点点头：“应该没有走远，就在这栋别墅的范围内，可能刚才我们看漏了什么。”

看漏？既然萧和尚说了，我们就只能再看一遍。好在刚才值守的警察接到了警局的电话，那两个盗贼的尸检结果已经出来了，除了心肌梗死之外，再没有发现其他致死原因。也就是说他们没有必要继续值守，所以警察已经撤回了警局。

我们重新回到了暗室，这次看得更仔细，勘察了五六遍，还是没有发现。不过萧和尚对暗室内一个书架上的一排金属圆筒产生了兴趣，第一次过来看时，有警察在旁边，我们也不方便将这些金属圆筒打开。

“马老板，这些是画筒吧？方不方便打开看看？”萧和尚回头向马啸林问道。

马啸林没有反对的意思，他说得十分客气：“随便看啦，不系什么名画啦，梨知道的，书画的赝品太多啦，偶就系玩玩啦。”

管家搬过梯子，将书架上的画筒一个个递了下来。萧和尚打开一个画筒，抽出一幅画轴慢慢地展开，里面并不是书法画作，而是一幅壁画的拓本。萧和尚看着这幅拓本眼睛有点直了：“吴道子的天宫图？马老板，这个算国宝了吧？”

马啸林呵呵一笑：“只系一张拓本啦，没有那么夸张啦。”

萧和尚又看了几幅马啸林的藏画，这几幅画比起吴道子的天宫图来差了几个档次，不过也算是名家大作了。萧和尚打开第五幅画轴，刚展开了一半，他习惯性地夸了起来：“这幅也不错，看这画风……”他话刚说了一半，整个人突然间怔了一下，感觉有股电流在他身上过了一下似的。

“马啸林！这……这是什么？谁画的？是什么年代的？”萧和尚说话的时候已经哆嗦了起来，也不叫马老板，直接叫本名了。

“老萧大师，你看见什么了？能吓成这样？”孙胖子走过去接过萧和尚手里的画轴，只看了一眼，也直接骂了出来，“大爷的！阴魂不散啊！怎么哪儿都有他！”

我扫了一眼，画轴里面是一个人的全身像。画中人穿着一身白色的道装，看不出来多大年纪，长相上看也就二十多岁，不过脑袋上顶着一头雪白的银发，脸上露出略显挑衅的笑容——不是吴仁荻还能是谁？

见萧和尚急了，马啸林也有点慌了：“这系偶五六年前收藏的，作者也不系什么大家，算系清朝康熙时期的一个宫廷画家。因为这幅画有康熙皇帝的私印，偶才收藏啦。大师，则幅画系不系不干净啦？就系它害我衰的？”

萧和尚的声音有点哀怨：“他倒是害不了你，倒霉的是我。”

马啸林还想问点什么，不过见萧和尚正瞪着画像发呆，于是又把话咽了回去。这时他把注意力又转向我，我还记得三颗珠子被他忽悠买走的事，没心思搭理他，把头扭向了一边，装作没看见。马啸林无奈下，对孙胖子说道：“孙生，则到底系怎么回系？梨系不系解系一下啦。”

孙胖子皱着眉头看了他一眼：“老马，你玩大了，放着地上的祸不惹，你惹天上的货。看见这个白头发没有？”他手指着吴仁荻的画像说道，“这是白发鬼王，他被高人镇在这幅画里，现在跑出来了。你说你收藏什么不好，偏偏要收藏这幅鬼画。”

孙胖子边说边有意无意地给我递了一个眼神。我看出了便宜，回头接过孙胖子话说：“老马，你就自求多福吧，嗯……想吃就吃，想喝就喝，狂嫖滥赌怎么样都成。已经这样了，忌不忌口也无所谓了，照痛快的来吧。反正也就这几天的事了。”说到这儿，我停顿了一下，看了一眼孙胖子，他十分配合地和我一起叹了口气，“唉——”

马啸林听了差点哭出来：“偶不可能死这么早，方云居士给偶算过命，说过偶还有四十年的阳寿，莫理由现在就死掉的。”

“你这是劫数，和寿数无关。劫数难逃你总听说过吧？老马，想开点，生死有命，富贵在天。二十年后还是一条好汉。”我一副愁眉苦脸的表情，心里却是乐开了花——拿菜帮子的价钱忽悠了我三颗珠子，就这么吓你一顿算是轻的。

就在我还想再加一把火的时候，一直没言语的萧和尚说话了：“其实也不是没有救，马老板，我拼着损寿十年，倒也能勉强一试，只不过……”

听了萧和尚的话，马啸林就像抓到了救命稻草：“偶知，偶知，大师，偶知道规矩啦。只要救得了偶，则栋大屋就送给大师。”怕萧和尚不知道行情，马老板又说道，“前几天，偶请了地产经纪来估过价，则栋大屋差不多也要一亿港币啦。”

孙胖子在一旁冷哼了一声，不光是他，我也明白马啸林的想法，他分明是想甩包袱而已。他家里闹鬼的事怕早就是街知巷闻了，今天还死了两个人，凶上加凶。多少年之内，这栋别墅都别想出手，别说一亿了，一成的价格能不能卖出来，都在两说之间。都到这时候了，马啸林还是舍命不舍财。

萧和尚摇了摇头：“马老板，房子我们倒是用不……”他话说了一半时，暗室的气压突然低了不少，一股阴暗潮湿的气息就像海啸一样冲击到暗室里的每一个角落。

不只是我们，就连马啸林和他的管家都感觉到了。马啸林的声音已经发颤了："大……大……大师，就系这种感觉，上次见鬼就系……"

"把嘴闭上！"萧和尚看着马啸林冷冷地说道。准确地说，他是看向马啸林身后说的。不知什么时候，马啸林身后多了一个白色的人影，这个人影飘飘荡荡的，就像喝醉了一样。马啸林完全没有察觉自己背后还有一个"人"，倒是他的管家，从萧和尚的眼里发现了异样，顺着萧和尚的目光看过去，差点一屁股坐到地上。

"老板，你后面……"管家的眼神朝马啸林身后一瞟一瞟的。马啸林的身子已经僵住了，他也猜到了背后八成是有什么东西，连忙喊道："大师，救命啊！"

看见白影的时候，我的右手就伸到了腰后，握住了枪把。要不是怕马啸林乱动，我早就开枪了，现在马老板基本丧失了行动的能力，我不再犹豫，掏出手枪，对准白影的头部就是一枪。

我掏枪的同时，萧和尚忽然大喊道："别开枪！"他喊慢了半拍，只听"砰"的一声，喊话的同时我的枪已经响了，子弹毫无悬念地穿过了白影的头部。不过和我想的不一样，这一枪虽然打中了，却没有任何效果。白影就像没事人一样，还是在原地飘飘荡荡的，一点都没有中枪后的效果。

"我不是让你别开枪了吗？"萧和尚有点恼了，他也在盯着这个白色影子，话却是对我说的。

孙胖子本来也已经掏出了手枪，见我开枪没有效果，他索性收起了手枪，抽出了甩棍对准白影。

"你们俩都把家伙收了。你们的家什对它没用，现在别刺激它。"萧和尚压低了声音对我和孙胖子说道。

现在这个形势，手里抓点什么东西还能有点安全感，我和孙胖子都没听萧和尚的话，一枪一甩棍对准了白影。

萧和尚有点急了："把家伙收起来，它不是鬼，是神，瘟神！"

"神？老萧你说它是神？"我没听清楚是什么神，不过看见孙胖子几步就退到了墙角，我预感到不好，也向后退了几步。孙胖子在我身后说道："辣子，你那把家传宝刀呢？"

我没敢回头，盯着前面的白影说道："没拿，谁知道还真能用上。老萧，刚才你说的是什么神来着？"萧和尚冷冷说道："瘟神，瘟疫的瘟，神仙的神。小辣子，谁让你刚才手那么快了？连神都敢打，这辈子加上下辈子你都别想好了。"

"瘟神……那个传播瘟疫的神仙？"我握着手枪的手有点发颤，第一次和神仙面对面，难免有些激动。不过，刚才我好像打了他一枪。

神就是神，瘟神就在前面，萧和尚也不敢妄动："是瘟神，不是疫神。疫神才是传播瘟疫的，瘟神就是老百姓嘴里说的扫把星，南方叫作衰神。马老板之前诸事不顺，看来就是拜瘟神所赐了。"

我还是有点事不明白："马啸林怎么惹上神了？还有，刚才不是说了，八成是玉塞里面的东西害老马走背字的，玉塞里面的东西不会就是这个瘟神吧？"下面的话我不好意思说，玉塞是塞哪儿的？是谁那么不走运，都死了，还在菊花里夹了一个瘟神，那真是倒了八辈子血霉了。

我的话提醒了萧和尚，他眨巴眨巴眼睛说道："神鬼都怕污物，看来那个玉塞不只是九窍玉，还是个封印鬼神用的容器。也不知道是谁有这么逆天的本事，能把瘟神封印在玉塞里面，外面还是那种地方，就算打死瘟神，也不会从里面逃出来。真不知道把瘟神关了多久……马老板该着倒霉，收了这个玉塞不算，还把瘟神放出来了。"

"老萧，你猜猜是谁那么恶趣味，能把瘟神封印在玉塞里的？"问题是我问的，不过我的脑海里已经闪现了一个连同头发一身白的男人。没想到萧和尚哼了一声，说道：“我不知道！”

孙胖子已经收起了甩棍，听我和萧和尚说完，他才压低了声音说道：“老萧，那现在怎么办？不管是什么神，我们都得罪不起，要不就这么算了吧。”说着，他的声音稍稍放大了一点，对马啸林说道：“老马，没事，人家是神，不会和你一般见识的，弄不好他也是想报恩，想和你多相处几天。”

第十九章　瘟神[illegible]

马啸林那边已经撑不住了，他瘫在地上浑身打着哆嗦，嘴里不停地念叨：“大师救我，大师救我……”他的管家也好不了多少，管家靠在墙上才没有摔倒，他的身子也完全僵住，想要走到我们这边却死活都迈不开脚。

那个白影也怪，只是围着马啸林打转。我们都在一个房间里面，可以说近在咫尺，刚才我还向它开了一枪，可白影对我们完全没有兴趣，没有一点向我们移动的意思。

“好像有什么地方不对。”萧和尚嘀咕了一句。他手上一直拿着吴仁荻的画像，刚才一直都在提防这白影，现在见白影没有要过来的意思，他才想起将画轴放回去，可动作稍微大了一下，胳膊碰到书架发出“当”的一声响。

就这一声，把白影惊着了，它突然转身朝我们走了一步，但马上又退了回去。看它的样子，想过来却又忌讳什么东西。

“老萧，不是我说，你能不能轻点？”孙胖子在他后面说道。要不是这间暗室是密封的，只有一个门，没有后门和窗户，否则孙胖子早就跳窗户跑了。

萧和尚没有理他，见白影犹犹豫豫的没敢过来，萧老道好像看出来点什么门道。他转身将已经放回书架上的吴仁荻画像又拿了起来，冲我道："小辣子，过来帮帮忙，帮我把画展开。"

"都什么时候了，你还有这兴致？老萧，本人你都见过了，想看回去看真人去。"我握着手枪的手掌心已经出汗了，实在没有心思去帮萧和尚的忙了。

"你们俩还没看出来？"萧和尚自己慢慢地展开了画轴，吴仁荻的全身像已经全部现了出来。白影看见吴仁荻的画像后，表现得很不自然。它低下了头，好像都不敢看吴仁荻的画像。

"你俩还不过来帮忙！"萧和尚对我喊了一句。我和孙胖子不再犹豫，几步过去接过了萧和尚手里的画轴，一人擎着一侧，将画像对着白影的方向。这时白影开始有些焦躁了，在原地不停地走来走去。

"过去！"萧和尚在后面说了一句。孙胖子回头看了他一眼，"老萧，就一幅画，要是镇不住这个瘟神怎么办？"

"你以为他怕的是这幅画？"萧和尚哼了一声。他再说话时的语气已经变了，变得有些不情愿，"他怕的是画里的人，也不知道是哪个缺德玩意儿画的，人像就算了，还把精气神画上了……"

不至于吧？那可是神！吴仁荻就算本事再大，也不至于仅仅凭他的一幅画像就能把一个神吓走吧？我和孙胖子还是犹豫不定，萧和尚等了一会儿，见我们没有动静，他突然从后面蹿过来，抢过孙胖子手里抓住的一侧，以吴仁荻的画像为盾牌，朝白影的位置慢慢走去。

我抓着画像的另一头，机械地跟着萧和尚一起走了过去。画像的大部分都挡在萧和尚身前，我只能尽量地拖后一点，如果风向不对，我就马上退回来。

眼看我和萧和尚拿着吴仁荻的画像越走越近，孙胖子在后面提醒我道：“辣子，小心点，要是不行就马上回来，老萧在前面能替你顶会儿。”论关系，孙胖子还是和我更铁，他说这话的时候很自然地把萧和尚甩了出去。

萧和尚就像没听见一样，还在慢慢地朝白影的方向走过去。画像距离白影越近，白影就越显得恐慌，暗室内的气压也越低，我甚至开始有种喘不上来气的感觉。当距离只有两三米的时候，白影先撑不住了，这个距离如果萧和尚忽然把吴仁荻的画像扔过去，白影只怕也躲不开。

就在我以为萧和尚要将画像扣到白影身上的时候，白影突然发出了一声尖厉的叫声，叫声中充满了不甘心的味道。随着它的叫声，白影的身体越来越淡，当叫声消失的一刹那，白影也同时消失，整个暗室里，再也感觉不到它存在时那种独特的阴暗潮湿的气息。

“老萧，它哪儿去了？”我还不相信这么简单就能逼走瘟神。

萧和尚先是咳嗽了一声：“它应该还在这间屋子的某个角落里，很可能藏身在马老板的某个藏品的里面。唉，这大海捞针的，没法找啊。”说着萧和尚还无力地叹了口气。

还在这暗室里？可是我怎么一点都感觉不到瘟神的气息？看着一脸坏笑的孙胖子，我才反应过来，顺着萧和尚的话说道：“我说嘛，刚才我就感觉这瘟神还在暗室里。它要是藏身在这些藏品里面，还就真的没法找了。要是找鬼，我还有几个法子，现在是找瘟神，唉，我是无能为力了。”

“大师，三位大师，则写东西偶都不要啦。梨们统统拿走，梨们就当做做好系啦。”见瘟神消失，马啸林才缓过来一点儿，听见我和萧和尚一唱一和，他的心又提到了嗓子眼。

“马老板，开什么玩笑，你以为我贪图你的这些身外之物？”萧和尚当时就变了脸。要是不知道他的，还真以为这老小子是视钱财于粪土，不在乎名利的世外高人。

“大师，梨误会啦，则些东西已经沾上了瘟神的晦气，只有靠大师的无上法力，才能清除晦气。再说啦，偶是讲缘分的。则些宝贝和偶的缘分已经尽了，与其落到俗人的手上，倒不如大师梨替偶做它们的有缘人吧。”马啸林这番话说得言辞恳切，看架势，要是萧和尚不要这些宝贝，马老板当时就能给萧大师跪下。

“唉！”萧和尚叹了口气，“既然马老板你这么说，我就勉为其难收下，不过不是我要，我会替它们找个有缘人的。”说着还不住地摇头，看起来好像极不情愿似的。

马啸林又是一阵千恩万谢，他的管家早已把他搀了起来。马老板还要开一张三百万的支票作为酬金，这次萧和尚死活不肯要，说是和马老板有缘，无论如何都不能收钱。马啸林坚持了一会儿，但萧和尚态度坚决，也只好作罢。

之后，我们在马啸林的别墅里又转了几圈，这时各个房间里的阴阳之气差不多已经平衡，再不是刚才进来的时候，那种一阳独大的局面了。我私下问了萧和尚，他解释说瘟神虽然主阴气且不是正神，但是它经过的地方也容不得其他的阴气昌盛，有点本神在此，诸邪退避的意思。

萧和尚还在别墅的院子里煞有其事地摆了一个平安阵。孙胖子看着正在忙活的萧观主，笑眯眯地对我说道：“这算是售后服务。”

忙了这一通，天色已经大黑，早就过了饭点。马啸林本来安排我们去他的私人会所就餐，没想到萧和尚一反常态，推说他要守阵六小时，平安阵才能发挥功效（前几天，天天吃我和孙胖子的，也没见他客气过。他其实是舍不得暗室里的宝贝，怕我们走了之后，马啸林叫管家把里面的宝贝换成赝品）。

本来，马啸林还想从酒店叫些极品鲍参翅肚的外卖。没曾想萧和尚还是不答应，说是有外人进来会破了他的阵法，孙胖子听了在一旁直翻白眼。没办法，我们只能在别墅里凑合一顿。

吃不成鲍参翅肚，我和孙胖子看着萧和尚就来气，推说肚子饿了，去厨房找吃的。本来管家要跟着来，孙胖子说一会儿萧和尚那儿需要人手，让他留在那边帮忙。

好在厨房里的工具一应俱全，虽然没什么新鲜的蔬菜，不过孙胖子也没拿自己当过外人，在冰箱里翻出了几个小罐头和一些像蘑菇一样的东西。

“老马还真有好东西。辣子，你别翻方便面了，过来，让你尝尝洋荤。”孙胖子举着手里的罐头和蘑菇说道。

“什么好东西了？”

孙胖子一脸贼笑：“鱼子酱和松露。鱼子酱还好说，这个松露就太难得了。”

我看了一眼他手中灰不拉几的蘑菇块，皱着眉头说：“我开始怀疑你的品位了，灰突突的，看着就不像好吃的样子，难得在哪儿了？”

孙胖子不屑地看了我一眼：“不是我说，你也该长长见识了，这玩意儿叫松露，壮阳的……”

第二天一早，我们三个就搭乘最早的一架航班回到了首都。马啸林用他 VIP 的身份，将那一大堆宝贝走了免检程序，直接运上了飞机。直到飞机上了天，萧和尚脸上凝重的表情才缓和了一点。

孙胖子看着萧和尚的样子，忽然扑哧一声笑了出来：“老萧大师，东西在飞机里，你还怕它们跑了？要不这样，你跟空姐说一声，就说这里闷得慌，你要去货舱透透气抽根烟。说不定，空姐看你讨厌，真能让你去货舱里。”

萧和尚白了孙胖子一眼：“小胖子，我是在替谁看着？这些东西你不要？”

孙胖子连忙说道："老萧，说好的三七二十一的，你可别想反悔。"

"现在想起来三七二十一了？"萧和尚哼了一声，继续说道，"昨晚你们俩偷吃好东西怎么没想起我来？鱼子酱，还有松露，吃得不错啊！"

"辣子，就你嘴快。"孙胖子很是不满地看了我一眼。

"大圣，你看我干什么？你以为我说的？"我看着孙胖子说了几句，又看向萧和尚："老萧，你怎么知道的？我们吃的时候，你看见了？"

"还用看了？吃了还不擦嘴，松露的那一股煤气味老远我就能闻见。孙胖子，你更离谱，你吃鱼子酱也就算了，还拿鱼子酱喂财鼠，吃得它一嘴的腥气。你宁可拿鱼子酱喂耗子，也不舍得留一点给我尝尝。"说着，萧和尚还瞪了孙胖子一眼。

"呵呵，"孙胖子干笑了一声，"那什么……那两样东西都是发物，上岁数的人吃了不好，我们是怕你看见了把持不住，才没给你留。再说了，什么鱼子酱和松露，也就是那么回事，一个腥刺刺的，齁咸；另一个更不是味儿，一股大蒜土腥味，还夹着煤气味。老萧，幸亏你没吃，吃了当场就能吐出来。"

"好东西没吃出好来。"萧和尚最后都懒得说了，把眼一闭，打起盹来。

趁他还没睡着，我说了几句："老萧，听你这话也是吃过见过，看不出来啊。我记得以前你在凌云观的时候，冬天就是萝卜白菜的，吃得也挺过瘾，想不到，你连鱼子酱和松露都吃过，真人不露相啊！"

萧和尚闭着眼睛就像说梦话一样说道："你不知道的事多了。论起会吃来，要数高胖子和肖三……"他说了一半就意识到说多了，叹了口气后再不说话，就好像真的睡着了一样。

几个小时后，我们下了飞机，破军已经等在机场了，他送来了一张免检的通关证明。又过了半个小时，我们连人带货回到了民调局。

很难得的，在大门口就看见了郝文明——最近郝主任一直神龙见首不见尾的。有一段时期，我还以为郝文明不是受了重伤，就是已经重伤不治了。

没想到的是，郝主任还认识萧顾问，而且还是单方面挺熟的那种："萧科，不是我说，早听说你回来了，还想着去看看你，想不到在这儿遇着了。"

"你是哪位？"萧和尚眨巴眨巴眼睛想了一下，可惜还是没有想起来。

郝主任有点尴尬："以前跟高局的小郝，一室的调查员，现在是一室的主任。"

"哦。"萧和尚歪着头，貌似还是没有想起来。郝文明尴尬到了极点，自己找了个台阶，"萧科，高局找我，我先过去了，有时间我们再聊。"然后转过头对我和孙胖子说道："你们俩在一室等我，有点事情要和你们说一下。"说完，朝萧和尚点点头，转身向电梯那儿走去。

"老萧，你真的忘了郝文明了？"孙胖子眯缝着眼睛看着萧和尚说道，"鱼子酱和松露的味道过了三十多年，你都没忘，一个大活人你能忘了？"

第二十章　升级版

“哼！”萧和尚冷笑了一声，“郝文明嘛，当初跟在高胖子屁股后面的小跟班，一张嘴就是不是我说不是我说的。他化成灰，我都能认出他的骨头。”

“那你还装作不认识他，老萧，你这样不行，不能倚老卖老。”孙胖子嬉皮笑脸地说道。

“这算是轻的，高胖子身边能有好人？”萧和尚有点愤愤地说道。

“算了算了，”我怕萧和尚在大门口就开始数落高亮，赶紧转移了话题，“先办正事，这么多宝贝东西，先找个地方存起来。”

“都准备好了。”孙胖子接话道，“昨晚我就和欧阳偏左联系了，他在地下二层给我们空出来一个仓库先把东西放里面。后面我赶紧找买家，希望能尽快出手。”

“真的要卖？都是国宝级的，不打算留几件？”我看着那几大箱子的东西，觉得有点可惜了。我想，挑几件存着，以后我们老沈家也就有传家宝了。

“这东西留手里没好处。”这次，孙胖子和萧和尚的意见出奇的一致，都想尽快处理掉这些宝贝。孙胖子说道："辣子，留着风险太大，你也说了都是国宝，不怕贼偷就怕贼惦记。马啸林家里那俩贼就是个好例子。整天守着这些东西，不神经病了才怪。"

萧和尚也点头附和道："嗯，早点处理了吧，早处理早了心思。"

将马啸林的藏品放进地下二层的仓库之后，萧和尚没事干，就守在仓库里清点这次香港之行的收获。

我和孙胖子去一室待了一会儿，一直等到郝文明从高亮的办公室里出来。其实也没什么大事，就是询问了一下我们香港之行的细节。我和孙胖子除了马啸林捐给凌云观的"物资"没说之外，剩下的包括瘟神和吴仁荻的画像都和郝文明说了。

"不是我说，也不知道是说你们俩运气好呢，还是差。进了民调局也没几天，就能见着瘟神了。就算是个偏神，可好歹也是个神了。"郝文明说着，还不停地叹气，也不知道他是羡慕还是在嘲笑我们俩运气差。

"郝头，不是我说，你要是真羡慕，就去找六室的吴主任，他好像能达成你的这个愿望。"孙胖子打着哈哈说道。

"孙胖子，和你说了多少次了？没事别学我说话！"郝文明好像有点急了。不过我在一旁能看出来，他其实是找不着话来反驳孙胖子。

一提到吴仁荻，郝文明当时就没了脾气。想争辩几句又不想提到吴仁荻，郝主任顿时就有点泄气了。

我看着他有些好笑，心里突然有了一个念头。在民调局里，吴仁荻好像没什么朋友，能说得上话的，似乎就只有局长高胖子一个人了。

"孙胖子，我就发现和你说不到一块去。算了，不和你们唠了。不是我说，反正也没什么事，你们俩也不用在这儿耗点儿了，早点回去休息吧。这几天要是有时间，记得去找财务，把建设基金交了，别忘了啊。"我开始怀疑刚才高亮把郝文明叫过去，就是要他提醒我们这件事的。

我们俩刚出了一室，孙胖子就开始打电话。小一百个电话打出去后，终于有了消息，朋友托朋友还真找到了销售渠道，能把这批宝贝出手了。

“大圣，有谱吗？别再让人骗了。”我还是有点不放心，这么一会儿就能找到买家，好像有点不太靠谱。

孙胖子向我撇了撇嘴：“辣子，不是我说，能骗得了我的人，还没生出来。”

我依然不放心，说：“我和你一块去。”

“算了吧，不是我说你，辣子，开枪动刀子你行，要论起做买卖，你就差得太远了。”

我等孙胖子说完，才说道：“要不，你带上萧和尚？”

这回孙胖子倒没有反对，萧和尚也没有丝毫犹豫，马上同意了。类似这样的事情，他们两人的意识和灵敏度惊人地相像。

这种事情赶早不赶晚，孙胖子联系了买家，约定了第二天看货。如果那批“东西”没有问题，对方会在一个礼拜之内把钱付清。

本来我也想跟着去看看的，无奈他俩死活不同意我去，说什么人多了反而容易出事，这样的事他们两个人去正好。

第二天一大清早，孙胖子和萧和尚就带着全部的古玩字画（这个路数我看不明白，那俩货解释说怕夜长梦多，一次性解决能少好多的麻烦），去了约定好的地方。一直到吃晚饭也不见他们回来。开始我还往好的地方想，都是珍贵的文物，即便挨个验证真伪也要好一阵。不过，几个小时后，我才明白过来，我把这个世界想得太美好了。

后半夜三点多，我被一阵电话声惊醒。打电话的是高局长的秘书：“二十分钟之内，到会议室报到。”他说完就挂了，都没容我问开的是什么会。

我穿衣服的时候，破军也打来了电话，向我询问开会的事。他也是一头雾水，据他说，除非有什么重大的突发事件，否则很少有后半夜开大会的时候。

看来真是出大事了！当我和破军急急忙忙跑到会议室的时候（在大门后遇到的），才发现会议室里并没有太多人，除了郝文明外，高亮高局长坐在主持位子上，下面站着两个人，是孙胖子和萧和尚。

嗯？孙胖子和萧和尚什么时候回来的？回来也不知道先去找我，怎么说我也算是香港之行的股东之一吧？不过看他俩的表情真不像刚刚赚了大钱的样子，孙胖子双手插兜，正斜着眼瞅着地面运气；萧和尚则是抱着肩膀，翻着眼皮望着天花板。

"人到齐了，郝主任，你来说吧。"说话的是高胖子，从他脸上的表情看不出来发生了什么事。倒是郝文明，他的表情就有点意思了。郝主任绷着脸，上门牙咬着下嘴唇，下巴有些轻微的颤抖，一副拼命忍住没有笑出声的样子。

"咳！昨晚十二点，首都公安局联系到了高局长，说在他们刚刚破获的特大文物走私案中，抓获了两名犯罪嫌疑人。据这两名犯罪嫌疑人交代，他们俩是民俗事务调查研究局的调查员和顾问……"

孙胖子还好，仍然盯着地面没有反应，就像没有听见郝文明的话一样。不过他身边的那位就不干了，只见萧和尚猛地转过身来，倚老卖老，对郝文明说道："郝文明，你会说话吗？什么叫犯罪嫌疑人？你才是犯罪嫌疑人，你们全家都是犯罪嫌疑人！"

"萧顾问，您先别激动，不是我说，我只是实话实说。公安局局里就是那么说的。"郝文明一脸无辜地看着萧和尚，看得出来，郝主任也不敢得罪萧和尚。单从语气态度上看，倒像是郝主任犯了什么错误。

萧和尚还想跟郝文明说点什么（我看他是想把火撒到郝文明的身上），被高局长及时拦住了："和尚，郝主任说错了吗？要不是我在公安局里还有点面子，你和孙德胜就要在拘留所里待一阵子了。你们知不知道贩卖国家级文物要判多少年？你现在快七十了，是不是想之后的日子都在监狱里面过？你的问题你自己好好想想清楚。”说着，高亮又对孙胖子说道：“孙德胜，现在说说你的问题，你自己说。”

孙胖子的手还是插在兜里，低着头说道：“我错了！我犯了一个不可原谅的错误犯下这样的错误是我平时放松了对自己的要求所致犯下这样的错误……”这几句疑似检查的话从孙胖子嘴里说出来就像是在念经，一样的语速从头说到尾，没有任何声调、停顿和感情。

“行了，孙德胜你住口吧。”高亮听得眉头直皱，孙胖子和我是由他亲自招到民调局的，孙胖子什么背景，高局长自然了解得清楚。这胖子以前在缉毒处就是有名的刺头（不知道这和他被派去做无间道有没有关系），已经把检查做成了公式化。一般批评性的大小会议，孙胖子早就免疫了。

“你们俩说说那些古玩字画是从哪儿来的？”高亮改变了策略，把大方向转到了那些珍宝上面。

“捡的。”“祖上遗留的。”孙胖子和萧和尚给了两个答案。他俩互相扫了对方一眼，紧接着又给了个升级版 2.0 答案。孙胖子边说边解释道：“那些东西是我祖宗一辈一辈流传下来的，后来弄丢了。”萧和尚接口道：“被我无意中捡到了。”

高胖子眼角肌肉不停地在抽搐，“你们俩给我差不多一点。”

后来我才知道，孙胖子托的朋友的朋友的朋友是他上一个工作的同行——文物局的无间道，本来以孙胖子的眼力，是完全能够看穿对方身份的。不过俗话说得好，关心则乱，眼看就要到手一大笔钱（钱多得已经不知道该怎么形容了），孙胖子一直处于马上要做有钱人的兴奋中，压根就没往那方面想。

当那些古玩字画刚刚审验了两件的时候，外面埋伏的警察冲了进来，十几把手枪顶在孙胖子和萧和尚两人的脑门上。

将孙胖子和萧和尚带到公安局，有关专家清理了“犯罪证据”后，所有人都震惊了，几乎每一件都是国家级的文物！这两个到底是什么人？老的小的都是一副滑头的样子——不会是传说中盗墓界的吴老三和他侄子吧？

由于案件性质太恶劣，在审讯时，审讯警察上了点手段，由于萧和尚上了年纪，就主要用在了孙胖子的身上。

还没正经使上手段，刚吓唬了几句，孙胖子不肯吃眼前亏，就把民调局局长搬了出来。

当高亮赶到的时候，这一老一少正被铐在暖气片上。孙胖子还在嚷嚷：“同志们，误会了，我是自己人，我以前是部里缉毒处的，打听一下孙胖子，缉毒处的人都知道。都是吃公家饭的，咱们是一家人。”

见孙胖子和萧和尚这副样子，高局长生气归生气，但他俩终归是自己的手下，更何况他和萧和尚几十年的关系，不管怎么说，还是要想办法把他俩捞出去。

还好，公安局局长对民调局有些耳闻，虽然没有和高亮打过交道，但也不想让高局长下不来台。

即便如此，公安局长也不相信高局长所说的，孙德胜同志和萧和尚同志是想用这些古董做饵，准备将一个特大的走私文物团伙挖出来的说法。

最后高局长也是没有办法，大半夜给上面的大领导打了电话，解释了好长时间，大领导才极不情愿让公安局长放人。

这次的会议糊里糊涂地结束了。孙胖子和萧和尚内部记大过一次，不通告，不进记录。我就不明白了，这也叫惩罚？

从会议室出来，孙胖子和萧和尚都变了模样。除了有些疲惫之外，两人还流露出一种愤恨的神情。

萧和尚瞪着眼说道：“到底还是被马啸林占了便宜，死到临头了，还有这个算计，还算得这么精！这老小子还真是舍命不舍财。”

和萧和尚比起来，孙胖子就是行动派了。他冷哼了一声，说道："马啸林明知道他的收藏都是贼赃，还敢送我们，他这是要疯啊？不成，我要再回一趟香港。他不把事情说清楚，我就把他的苦胆掐出来。"

看着他俩义愤填膺的样子，我在旁边打起了圆场："算了吧，老萧，大圣。那些东西也不能算是马啸林主动给的，最多也算是被动的。再说了，是不是赃物，他一个香港人也说不清楚。"

孙胖子和萧和尚听了都不作声，过了一会儿，萧和尚才说道："小辣子，就这么算了？里面可还有你的三分之一呢。"

我看着孙胖子说道："不算了，你们还真的去香港找马啸林？就这样吧，财不入急门，钱嘛，以后有的是机会再挣。"

"那是你们俩！"萧和尚也说道，"我呢，我还能活几天？不得存一点养老钱，以后老得走不动了怎么办？"

我笑了一声说道："老萧，你影视公司里不是还有一口袋金元宝吗？够你下半辈子活了。"萧和尚看了我一眼，嘴里嘀咕了一句，我没有听清楚。不过看样子，他也自认倒霉了。

第二十一章　朱雀女子学院

几天之后，我已经开始慢慢忘了这件事。一天上午，我去局长办公室，送一室的季度总结。在电梯口，碰到了正无所事事的萧和尚。他闲得没事，就跟我一起去找高胖子。等进了办公室才发现，还有一个五六十岁的妇人在里面坐着。

见我们进来，妇人站了起来，对高亮说道："这件事情就麻烦你了，我现在可就指望你了，你可要派精兵强将过来——和尚，是你吗？"

顿时萧和尚就像被石化一样，张大了嘴却发不出声音，平复了好久，才说："陌颜，三十多年没见，你倒是没变。"他说话的时候，我注意到，萧和尚、这个叫陌颜的老女人，加上高亮，他们三个人脸上的表情都极度的不自然。

我好像明白了一点，这三个人的关系……有点乱啊。

我好奇心的大门刚打开，又很快被关上了。高亮咳嗽了一声，看了看我，又看了看门。局长的意思这么明显，我只能很识相地把文件递过去，然后退出了高局长的办公室，顺手还替他们关上了办公室的大门。

再见到萧和尚的时候，已经是一个多小时之后了。他和高胖子一起将那个妇人送到了民调局大门口，门口停着一辆雷克萨斯。三个人在车旁边又说了一会儿，妇人才恋恋不舍地上车离开。

我和孙胖子趴在窗台上，看着楼下这段夕阳版的“三角恋”。一直到雷克萨斯开远，已经彻底消失不见了，大门口萧和尚和高亮还在凝视着车子消失的方向，我能清楚看到他俩的眼圈已经红了。这两个人加一起，也有小一百四十岁了，这时候就像两个刚刚失恋的小年轻一样惆怅着。

孙胖子再也忍不住，“哈哈哈”一阵狂笑。萧和尚和高亮同时扭过脸来看向我们的方向，孙胖子这货身子猛地一缩，只剩我一个人趴在窗台上。

“沈辣，你乐什么？”高亮冲我喊道，听得出来，他的语气很是不爽。

“我……在练声。”我已经开始胡说八道了，孙胖子在一旁蹲着，正捂着嘴乐。我气得踹了他一脚。萧和尚看了我一眼，看样子他是瞅出什么来了：“小辣子，就你自己？孙胖子呢？”

“谁知道他死哪儿去了。”我气哼哼地回了一句。

“嗯，你去找孙德胜，找到了一起去会议室。同时你再跑一下六个调查室，把没事干的都叫到会议室。”高亮向我喊了几句。他说到孙德胜的时候，语气有意无意地加重了几分。说完，他和萧和尚一前一后进了大楼。

蹲在地上的孙胖子也感觉到了，他压低了声音说道：“我怎么感觉老高听出来是我了？”我没好气地瞪了他一眼：“你自己去问他。”

在民调局里转了一圈，把游手好闲的都聚拢到一块（游手好闲主要是郝文明和破军，我看见他俩时，这两位正在商量晚上的吃食）。很凑巧的是，二室里竟然还有七八个人没有外出，我和孙胖子便一股脑地将他们都叫到了会议室。

进了会议室才发现，里面已经坐了几个人。除了剩下几个室的调查员之外，这段时间一直没有露面的尼古拉斯·雨果和欧阳偏左两位主任也在。

和以往不同，每个座位上都放了一台平板电脑，这次的会议资料已经存到了平板电脑里面。

见人已经差不多了，高亮才转头对萧和尚说道：“你说还是我说？”

“你是领导，你想说你就说，你不想说我就说。”在民调局里，能拿得住萧和尚的人好像还真没有，就连高胖子都被噎得一个劲儿地苦笑。

“那还是我说吧。”高局长也不在意萧和尚的态度，他俩相处了几十年，自从三十多年前和肖三达闹翻之后，再见面萧和尚就没给过他好脸色。

“局里刚刚接了一件异常的人口失踪事件，事件并不大，不过影响很恶劣，加上事主有很高的社会地位，所以我将这次事件优先处理，大家没有意见吧？”

高亮说完，虽然没有人反对，但还是有人小声议论起来。民调局自打建局以来，一直都是按章程办事的。除非特殊重大事件，否则不会有类似插队的现象。

民调局里有一个不成文现象，被排进优先办理的事件，几乎都是难啃的硬骨头，一般都是六个室主任及少数精英负责处理的。现在提到了优先处理的事件，大家都显得有些犹豫了。

“高局长，优先处理的事，您决定就行了。”最后还是国际友人尼古拉斯·雨果同志撑不住了，他一口流利的普通话让他身边的欧阳偏左都有点汗颜。雨果接着说道，“如果方便的话，您还是先介绍介绍事件的详情吧。”

“嗯。”高胖子点了点头说道，“朱雀女子学院大家听说过吧？对，就是那个全国最大的私人学院。从上个月开始，朱雀女子学院开始有人失踪，开始还以为是学生私自逃学，但校内校外都找遍了，也没有找到。前面失踪的事件还没有解决，这个月的一号，学院里又有学生无故失踪……”

高局长说话的时候，会议室众人都在电脑里看到了朱雀学院的资料。

趁高亮换气的工夫，郝文明说道："高局，不是我说，这就是普通的失踪人口案，看不出来和我们民调局有关系啊，应该由当地公安局负责吧？"

高亮看了他一眼："等我说完你再提问。第一次有人失踪之后，朱雀女子学院的内外都安装了监控摄像头。第二次有人失踪之后，学院领导和警察查了无数遍监控影像，也没有查出人到底是怎么失踪的。"

高局长缓了一口气，继续说道："由于朱雀女子学院影响力很大，里面学生的家长一个个非富则贵，现在已经引发了巨大的社会反响。我们和学院领导商量好了，你们会以学生和老师的身份进入学院调查。"

"高局，您说错了吧？"高亮说话的时候孙胖子一直没吭声，等到高亮说完，他才说道，"那可是女子学院，这个朱雀女子学院从上到下，就连校工和保安都是女的，我们这一群老爷们儿怎么进去？"

"那是以前，"高亮微微地笑了一下，"从今天开始，朱雀女子学院更名叫作朱雀商务学院，会暂时招收男性学生和教职员工，直到事件结束为止，明白吗？一千八百名女学生，就你们这二十来个男学生和男老师。"

最后几句话，高亮有意无意地加重了语气。他这番话的效果也很明显，不管是结没结婚的，脸上都露出一种莫名兴奋的表情。

"好了，现在宣布进入朱雀商务学院的人员名单，以及相应的身份和职务。郝文明，地理课教师。尼古拉斯·雨果，英文课教师。欧阳偏左，历史课教师……"

他把几位主任安排完后，就要宣布我们这些调查员的身份。就在这时，会议室的大门开了，一个人走了进来。看见来人之后，会议室顿时安静了许多，几乎所有人看向这人的目光里都夹杂着一丝警惕。特别是二室的人，看见这人时的表情几乎可以用咬牙切齿来形容了。

“杨枭，你怎么来了？”高亮看到来人也有些惊讶。据破军介绍，六室的吴主任从来不参加这样的会议，杨枭来民调局之后，也没见他来过会议室。杨枭还是当初在麒麟市当小警察时那副谨小慎微的表情，要不是会议室里的人都知道他的底细，谁也不会把他和当年麒麟十五层大楼事件的幕后黑手联系到一块。

杨枭也知道这里很多的人都不欢迎他，他低着头走到高亮的身后，在他的耳边用极低的声音说着什么。

等杨枭说完，高亮愣了一下，好像没听懂杨枭的话，又问了一句：“你是说吴仁荻也要去女校？”

杨枭点了点头，一脸谦卑的表情说道：“要不然您亲自问问吴主任？”

高亮脸上的表情变得有些怪异，他也没想到吴仁荻为什么要去朱雀女校。不过高亮也不敢轻易得罪吴仁荻，他想了一下说，“吴仁荻，体育课教师。”杨枭点点头，也不说话，一转身出了会议室，看样子他就是来给吴主任传话的。

“好了，剩下的调查员都装扮成大学部的学生，除了孙德胜之外。”高亮说完了最后一批人员的名单，我看了一圈，这些人都是年纪不大或者长得显年龄小的。这时孙胖子有点急了：“高局，那我呢？我怎么办？”

高亮看了孙胖子一眼：“孙德胜，你自己说，你是当老师合适，还是当学生合适？”高亮的话也不是没有道理。孙胖子虽然也才二十多岁，但他长相老成，谁看都会觉得他三十五六往上。让他当学生太老成，做老师的话又没有半点为人师表的样子。

孙胖子眨巴着眼睛想了半天：“总有我能干的吧？”高亮看着他说道：“也不能说没有，朱雀商务学院还缺一个男校工，你有没有兴趣？”

“高局，我没听错吧？”孙胖子很夸张地瞪大了眼睛，“他们不是老师就是学生，轮到我这儿，你让我做校工？”

高亮一仰下巴："那你干不干吧？"孙胖子看了一眼电脑里某个学生的简历，一咬后槽牙："干！"

朱雀女子学院是国内最大的一所女子学院，它的前身是朱雀市商业学院。到九十年代，被改建成全国唯一的一所女子专属学院。朱雀女子学院分成小学、中学和大学三个学部，小学、中学、大学一条龙学习，这意味着只要进入了朱雀女子学院，就要在里面待上十六年，一直到大学毕业进入社会。

朱雀女子学院是一所真正意义上的女子学院，清一色的女学生自不必提，就连教职员工也是清一色的娘子军。总之一句话，朱雀女子学院里除了耗子之外，再没有其他雄性动物。

朱雀女子学院建立伊始，就本着这样一个理念，凡美貌与智慧并重之精英女子皆出于朱雀学院。为了实现这个目标，她们招生时十分严格，除了面试笔试之外，还要调查其家族三代的背景。

这样做的效果就是，在相当长的一段时间内，国内一些高官和民营大企业家都以自己的女儿能进入朱雀女子学院为荣。

那天我在局长办公室里见到的妇人姓苏名陌颜，是朱雀女子学院的院长。传说她是高亮的旧相识（也有一种说法是萧和尚的老相好）。

很多年前，苏校长和高局长（或者萧和尚）相识的时候，就对民调局有一些了解，只是当时高局长（或者萧和尚）的回答模棱两可，没给出太具体的说明。

直到前不久，学院里出了几起匪夷所思的失踪案，苏院长才把多年前的老朋友想了起来。她找到高亮，说出了来由。也许高胖子是因为私情，满口答应下来，不但答应，还搞出这么大的一个阵仗，实在有点假公济私的嫌疑。

收拾好行装，高局长和萧和尚两人亲自带队，连同苏校长一起乘坐民调局的专机飞到了朱雀市。出了机场，已经有两辆大巴车在等着我们。

和我预想的不一样，大巴没有直奔女子学院，而是先去了朱雀市的荔园大酒店，在顶层包了靠里面的半层。看样子，高亮是把这座酒店当成据点了。

短暂的休息之后，高胖子把我们聚集到酒店的套房里，先给每个调查员都发了一身校服，就连孙胖子都发了一套校工的制服，之后又讲了讲女子学院的规矩。其实也没有什么特别的，说来说去其实也就一句话，不可以对女学生们有任何形式的骚扰。

还是萧和尚说得更直接："只有你什么地方不老实，我就剁了你的什么地方。"不过这话由他来说并没有太大的信服力，谁都知道他也就是说给苏陌颜听的。民调局里谁不知道他？凌云观影视娱乐公司萧老板看见姿色尚可的女人之后，八成机会都会送名片约人去试戏的。

换上了校服，我们几十个人重新登上了大巴车，二十多分钟后，大巴车在朱雀女子学院停下。学院里早就得到了通知，已经准备好了欢迎新同学的入学仪式。

几百个青春靓丽的女学生在学院门口排成了两行，正齐刷刷地拍着巴掌。民调局没有女调查员，一直阳气过剩，现在冷不丁见到上百个正处于发育高峰期的年轻貌美的小姑娘，是个男人都找不着北了。

好容易从欢迎的人群中走出来，一个好像是学生会主席的女同学迎上来，由她领路，把我们带到了学院的礼堂。高胖子那边，由苏校长亲自领着，由另一个通道进到礼堂，直接上了主席台。

孙胖子本来还想跟我们一起进礼堂的，结果被一个女同学拦住了："校工不用参加欢迎仪式，你直接去找校工主管霞姐就行了，一会儿主楼的卫生间要疏通下水道，到时候就靠你了。"

孙胖子这一口气实在咽不下去："你们通下水道找管道工啊？靠我干

什么？”

女同学看了他一眼：“我们这儿的规矩，是不允许学院以外的男人进来，真要有事，或者找女性的专业人士来做，或者我们学院的校工自己处理。类似下水道的事情，都是我们学院的校工们来处理的。”

第二十二章　典礼

孙胖子极度不情愿地离开时，我们已经被安排坐在主席台下面第一排的位置。高亮、萧和尚和郝文明等人已经坐到了主席台上。

后面满满当当坐着学院的女学生们，欢迎仪式就要开始。苏校长拿起麦克风，正要准备讲话，就见礼堂外面慌慌张张跑进来一个三十多岁的女老师。

她一进来，就直奔主席台跑去。苏校长见这女老师慌慌张张的样子直皱眉，刚想呵斥几句，女老师已经跑上了主席台，隔着主席台压低了声音对苏校长说了几句话。没想到苏校长手里的麦克风已经打开了，于是整个礼堂都听见了女老师说的话：“又有人失踪了，是高三……”

她话说出口才反应过来全礼堂的人都听见了，再想住口已经晚了。本来还挺安静的礼堂顿时就像炸开了锅一样，虽然苏校长马上关了麦克风，但已经没法止住台下一阵的慌乱和骚动。

高胖子已经坐不住了，他站起身来，目光先在几个主任脸上扫了一圈，最后停到吴仁荻的脸上说道：“你们先在这儿守着，吴老师你陪我去看看。”

出乎所有人的意料，吴仁荻没有起身的意思，就回了两个字：“不去。”直接把高胖子晾那儿了。从我进民调局起，就知道吴仁荻只买高局长的账，一般只要高局长开口，即便刀山火海，吴仁荻也会答应去办。

可现在吴仁荻直接拒绝了高胖子的要求，别说是我了，就连那几位主任也从来没有遇到过。见高亮有些尴尬的表情，郝文明和欧阳偏左同时站了起来，给高胖子解了围：“高……还是我们一起过去吧。”

还没等高局长表态，吴仁荻对台下的杨枭说道：“杨枭，你也跟着去看看。”就像吴仁荻只买高亮的账一样，杨枭也只听吴仁荻的话。民调局里还没听说过，除了吴仁荻之外，还有谁能支使杨枭干活的（就连高亮也不行）。

和吴仁荻不一样的是，杨枭可没有胆子拒绝吴仁荻的要求。他站起身来，也不说话，静静地跟在高亮身后，由那名女老师带领着，走出了礼堂。

现在，谁都没有心情继续这场欢迎仪式了。不只是学生，就连一些老师都三三两两地聚在一起，议论着今天连同最近学院里，莫名其妙的失踪案。

最后，还是教导主任，一位四十多岁的女人，从座位上站了起来，回身对这些女老师接连呵斥了几句，才算稍微稳住了点局面。

高局长走时并没有说过我们可以离开，看他的意思是想靠我们这些人来确保礼堂内众老师和学生的安全。西门链和云飞扬他们已经走到礼堂后面，开始警戒周围的情况。

我懒得蹚这股浑水，再说了，这里有吴仁荻吴主任坐镇，你们没事瞎紧张什么？我觉得无聊起来，从书包中掏出了教学用的平板电脑。礼堂里没有无线网络，我只能翻看学院的信息介绍来消磨时间。

在看到中学部高三年级的学生名单时，发现了一个叫作邵一一的人名。我愣了一下，好像在哪儿听过或是见过这个名字，可一下又死活想不起来。我点开了人名的接入点，这个名字主人的相片显现了出来。

照片上是一个十六七岁的小姑娘，梳着个马尾，长相还算是漂亮。不过她的眼神看着有点不顺眼，一副对什么都看不上眼的表情，还夹杂着几分傲气。这模样怎么这么眼熟？我脑海里突然闪出一个白头发……

她叫邵一一！我想起来了，吴仁荻曾经给过我一个地址和两个人名，要我和孙胖子将分给他的那份卖珠子的钱送到她俩的手上，其中一个可不就是叫邵一一？我开始有点明白吴仁荻为什么要上赶着来这间女子学院了，刚才高亮叫他一起去勘察时，吴主任都没给高局长面子，原来根由在这儿。

我再看吴仁荻时，他的目光正有意无意地朝我右侧后方看。有门！我站起来，装作坐累了伸一个懒腰。偷偷顺着吴仁荻的目光看去，一眼就看见了那个叫作邵一一的女孩。

之所以一眼能将她认出来，是因为这个邵一一和周围的同学太不合拍了。周围的女学生们正叽叽喳喳地聊个不停，只有这个邵一一，她谁都不搭理，有些慵懒地坐在椅子上，眉头微皱，好像有点难以忍受周围同学无聊的话语。

太像了，先不说相貌，就这一副爱搭不理的表情，活脱脱一个女版的吴仁荻。

我还想看明白点，突然心里一寒，紧接着一股凉气流遍全身，从里到外都凉透了，就好像整个人忽然掉进了冰窟窿一样。

我打着哆嗦向寒意的源头看去，只见吴仁荻正似笑非笑地看着我。我朝他傻笑了一下，转身坐回到自己的位置上。至于吗？看看都不行。

心里惦记着事情的时候最难受，我忍不住想再看清楚些吴仁荻想护着的小姑娘，却被吴仁荻盯上了，我只要稍微一回头，就有一股寒意袭来。

就在我坐立不安的时候，礼堂外面高亮他们回来了。几乎所有的人都站起来，伸着脖子看向进来的那几个人。

跟着高亮进来的还有一个十七八岁的小姑娘。她唯唯诺诺地跟在高亮他们身后，之前进来报告有学生失踪的那个女老师一脸的尴尬，脸色通红，走在最后面。

“各位同学和老师都坐好。”苏校长重新坐回到主席台前，看着台下乱七八糟的人群，实在忍不住了。等到众师生都回座位坐好，苏校长才又重新对着话筒说道，“刚才发生了一点小插曲，现在证实了是个误会。中学部高三一班的伍芙蓉同学，因为低血糖昏倒在宿舍监视器的盲区。老师清点人数时，发现伍芙蓉同学不在，就引起了一些误会。现在误会已经解除了，各位同学不用惊慌。”

等下面议论的声音逐渐平息，苏校长接着说道：“误会已经说清楚了，现在我们继续欢迎仪式，让我们以热烈的掌声欢迎我们新的老师和同学们。”

之后是介绍新老师跟新学生，这都是约定俗成的程序，并没有什么特别，这里就不用细表。中间有一个小插曲，在介绍新的体育老师时，吴仁荻吴老师很无奈地站起来，冷冰冰地以微弱的角度向台下欠了欠身，算是鞠躬了。

台下的女学生安静了几秒钟，掌声响起的同时还夹杂着一连串的议论：“哇，白头发，好酷！”“他脸蛋怎么那么白？是不是擦粉了？”“和你们说好了，别打他的主意，从现在起他是我的人了！”有一个稚嫩的声音从初中学区的方向喊道：“吴老师，笑一个！”台上台下顿时一阵哄堂大笑（台上笑得最开心的是萧和尚、郝文明这几位主任）。

令我意想不到的是，吴老师竟然没有当场发飙，他嘴角上扬，竟然做出了一个浅笑的表情，在我们的印象里这是绝不可能发生的事情。这个举动让我们民调局的众“师生”惊愕不已，刚才笑得最凶的郝文明和萧和尚也都愣住了，他俩才笑到一半，突然愣住了，这表情真是要多怪异就有多奇怪。

我看出了点门道，趁吴老师没有时间注意我，连忙回头，看向后面高中部的方向。果然，邵一一正抿着嘴偷乐。

趁吴老师没注意到我之前，我赶紧转回身坐好。无意之间和杨枭打了个对眼，他的注意力并不在吴仁荻的身上。这时，杨枭的目光正盯着之前那个因为低血糖晕倒的女学生伍芙蓉。嗯？难不成这么快他就移情别恋，看上这个小姑娘了？

介绍完我们之后，欢迎仪式就结束了，我们被安排进了学院深处的一栋单独的宿舍。这所朱雀女子学院的面积还真是大得有点过分了，除了我们这栋宿舍以外，还空着好几栋楼。

由于宿舍足够，我们两个“学生”住一个房间。打开房门时，我就看见一堆白花花的肉堆在左边的床上。听见我进了门，这堆肉上面伸出了一个脑袋：“辣子，你们怎么才回来？我那边一栋楼的下水道都通完了，也比你们回来得早。”

说话的是孙胖子，这时他只穿了一个裤衩半裸着躺在床上，正懒洋洋地看着我。

我看着他这副德行都不知道该怎么形容了：“大圣，这大白天的，你脱得那么光干什么？快点把衣服穿上，一会儿再进来人……”

“拉倒吧，辣子，这是男生宿舍，就算进来人也是民调局的大老爷们儿，谁不知道谁啊？”孙胖子摆出一副毫不在乎的样子，“不是我说，要是白天，我还会避讳一些，但到了晚上，别怪我没告诉你，我是习惯了裸睡的，到时候别说我吓着你了。”

我打了个哈哈：“我也给你提个醒，我有梦游的习惯，最爱拿剪子剪东西，也别说我没提醒你。”

"你狠！"孙胖子起身找了一件大背心和一个更大的裤衩套了进去。

我看着他说道："对了，大圣我跟你说一件正事……"还没等我开口，孙胖子先摆摆手："高三的伍芙蓉失踪又被找到的事吧？那你就不用说了，我刚才去打扫礼堂的时候就听说了。"

"不是那件事，"我也学着他的样子摆了摆手，"你还记不记得上次卖珠子的事，吴仁荻要了我们一半的钱，给了一对姓邵的母女？那个女儿现在就在女校里。"

"真的假的？"孙胖子有点不相信。

"人就在学院里，你早晚有机会能看见。"我说话的时候发现宿舍墙角的位置立着两个带密码锁的储物柜，"这个女子学校还真下本，大圣，你是行家，这俩柜子怎么样？"

"也就那么回事吧，学校的储物柜能好到哪儿去？又不是什么银行的保险柜，行家一根铁丝就能撬开。"看样子孙胖子进来时就摆弄过储物柜，对这两个大家伙并不感冒。

我把手枪和备用弹夹放进储物柜里锁好后，心里还是有点不踏实，回头对着孙胖子说道："家伙放这里面保险吧？"

"没事，这锁虽然不怎么样，可一般人也打不开。"孙胖子大大咧咧地说道，"怎么说这也是一间学校，除了我之外，没有人有这手艺。"

在宿舍里短暂休息了一下，我和孙胖子按之前在民调局时商量好的，和其他的调查员聚集到了一起，出了宿舍大楼。我们将朱雀女子学院划分成三块区域，我们这些人分成了三组，分别将这三块区域排查了一遍。

排查可疑区域并不算难事，只是这个朱雀女子学院比我们想象的大了许多，我们转了半个小时都没有走完我们这组负责的区域。无奈之下，我们又分成了两个小组，我、孙胖子、云飞扬、西门链还有一个叫作熊万毅的凑成一个新的小组。

我们排查的区域是第二次有人失踪的地方。按照苏校长给的说法，失踪的是初三一班一个叫张媛媛的同学。那天傍晚六点钟左右，她和几名同学就是沿着这条路准备去饭堂吃饭的。走到这里的时候，张媛媛突然无缘无故地“啊”了一声，周围的同学都吓了一跳。张媛媛一脸茫然地回头张望：“你们听没听见有人喊我的名字？”

当时天已经差不多全黑了，又都是一群初三的小姑娘，张媛媛这句话问得大家心里面都有点毛毛的。不过张媛媛自己倒是大大咧咧的，又竖起耳朵听了半天，却再没听到有人喊她名字。

“可能是幻听吧。”她自言自语解释了一句，跟着和同学们继续往前走。过了没几分钟，其中一个女同学突然喊了一句：“张媛媛，有人在喊你……张媛媛，张媛媛人呢？”这时大家才猛地发现本来和她们一道走的张媛媛已经不知所踪。

第二十三章　吴仁荻和邵一一

“这边也看不出来有什么不对的。孙胖子，会不会那个小女生跟什么小男孩私奔了，自己演了场戏？”说话的是二室的调查员熊万毅。他和孙胖子的关系不错，也可以说是臭味相投，经常一起喝酒喝到后半夜。

“不是我说，熊玩意儿，要是你和什么人私奔，直接手挽手跑就行了，用得着演这么一出戏吗？”孙胖子瞅着熊万毅说道。

“孙胖子，你能不能把舌头捋直了再说话？我叫熊万毅，千万的万，毅力的毅！我好好一个名字你非得叫成熊玩意儿：”熊万毅抗议道。

不过孙胖子完全没有把他的话当回事儿，“熊万毅，熊玩意儿，都差不多。名字就是一个代号，你那么认真干什么？再说了，你天天喊我孙胖子，我找谁说理去？好了，说正经的，既然都看不出来有什么线索，我们继续往前走吧，前面是饭堂，正好到饭点儿了，把肚子填饱了是真的。”

孙胖子这话说得也没有什么问题，现在天已经擦黑了，和张媛媛失踪的那天时间差不多。我们也仔细观察了一道，没有发现诸如张媛媛魂魄之类的东西，只有一个稍微可疑的地方，可能这里常年都是女人聚集的缘故，女校范围内的阴气稍微盛了一点。不过考虑到这里女子众多的特殊原因，这点阴气也不能说明什么。

见熊万毅还是有点不太高兴，我出来打起了圆场："老熊，时间也不早了，再看也看不出什么名堂了。听大圣的，先去饭堂，吃饱了再说吧。"我回头问了问云飞扬和西门链，他俩倒是好说话，都点头同意吃饱了肚子再说。

再往前走十多分钟就看见了饭堂。进到了饭堂才发现，可能是女子学院的缘故，饭堂里的食物要比其他地方精致很多，看上去也更有食欲。

这时已经到了开饭的时间，饭堂里熙熙攘攘坐满了吃饭的女学生。我们几个是第一拨进来的"男同学"，一进饭堂就吸引了众多女同学的目光。

孙胖子倒是不见外，见到姿色尚可的女学生就过去套磁："同学，这是什么菜？好吃吗？什么味道？甜的咸的酸的辣的？你旁边有没有人？介不介意我坐这儿？"

"介意。"那个女学生白了他一眼，继续低头扒拉着餐盘里的食物。

孙胖子有点讪讪的，我们在他后面费了老大的气力才憋住没乐出声来。

就在我们取过餐盘准备就餐的时候，饭堂门口一阵嘈杂，接着就看见从头白到脚的吴仁荻走了进来。

从吴仁荻进到饭堂的那一刻起，立刻吸引了饭堂里超过百分之九十五的目光（包括我们五个在内）。

"一帮小丫头片子，没见过好男人，白头发有什么好的，那叫白发病！你们看清楚点，他脸上还有老年斑呢。"孙胖子小声嘀咕道。

熊万毅在他旁边附和道："就是，在学校里圈傻了，小白脸有什么好的？不过话说回来，胖子，他脸上真有老年斑？我怎么没看见？"孙胖子白了他一眼，道：“早晚得有。”

他俩小声嘀咕着，脸上已经露出贼兮兮的笑容。我回头对他们说道：“有本事你们俩说得再大声一点。”孙胖子反应过来，马上闭上了嘴，走到餐台前，假模假式地挑选食物。

熊万毅以前没和我合作过，和我没什么默契。他背对着吴仁荻，有点夸张地说道：“辣子，他离我们老远，你怕他会……吴，吴老师，您……亲自来吃饭啊？”他说了一半的时候，吴仁荻已经走到了他身后，还好熊万毅及时看到我给他使的眼色，硬生生将话转开了。

“嗯，过来吃饭。”吴老师说话没有一丝烟火气，但并不表示不噎人，“顺便来看看我的白发病和老年斑怎么样了。”

“吴老师，您什么时候进来的？”孙胖子端着餐盘走过来，一脸的惊讶状，“刚才我们还说到您，说您越活越年轻来着。”

吴仁荻哼了一声，不再搭理我们，顺手取了一个餐盘，在餐台随便打了一些鸡鱼蔬菜之类，随后走向了就餐区。

吴老师的目标很明确，无视了一路要给他空出座位的女同学，径直走到一张餐桌前，直接坐了下来。餐桌的另一侧，有两个正在就餐的女学生，其中一个正是他分外在意的邵一一。

不过邵一一应该并不认识吴老师，她皱着眉头对吴仁荻说道：“老师，这里有人了，她一会儿就到。”“没人，没人。吴老师您坐您的。”和邵一一坐在一起的同学急忙否定了邵一一的说法，气得邵一一同学直翻白眼：“白安琪，徐渺渺她们来了，你让她们坐哪儿？”

吴老师没有理她，准确地说，是谁都没理。他一坐下，就低着头开始吃餐盘里的食物，完全把对面的两个小姑娘当成了空气。他吃得也快，几分钟后，餐盘里的食物已经被他打扫干净了。

吃饱喝足的吴老师站了起来，一言不发，转身就离开了饭堂。整个饭堂的人看着他的背影，都觉得有点说不上来的别扭。我们五个人已经找了张空桌子坐了下来，熊万毅先说道："老吴来干吗？"西门链接了一句："好像是来吃饭的。"

这里面只有我和孙胖子知道点底细，孙胖子看了看我，又扫了几眼正莫名其妙的邵一一。他找个理由转移了话题："我听说给你们开的欢迎大会差点泡汤？有个女的失踪了，后来又找到了。到底怎么回事？熊玩意儿，你讲讲。"

"什么熊玩意儿，叫熊哥！"熊万毅嘴上虽然不爽，但还是把礼堂里发生的事情又讲了一遍。其实孙胖子之前就听我说过这事，他单纯是为了转移话题而已，听得没什么精神，加上熊万毅说得又啰唆。无奈之下，我替了熊万毅，几句话讲完了事件的过程。

在我们吃饭的时候，陆陆续续另外几组人也到了，看他们的样子就知道也是一无所获。我们相互打听了一下，果然没有什么特别的发现。

在饭堂待着也没什么意思了，我们几个出了饭堂，沿着刚才来的路往回走。这时天已经黑透了，在路灯的照映下，周围的景色显得昏暗阴森了起来。

我们重新回到张媛媛失踪的地方，重新搜索了一遍，希望天完全黑下来以后，能发现什么线索。可惜转了一圈之后，还是一无所获。

没有新发现，我们也只能先回宿舍，看看几位主任的意思了。我们没走多久，突然，我的耳边断断续续地响起来一阵女人的声音："沈……辣……沈……辣。"

有状况！我打了一个激灵，停止了脚步，问："有人叫我，你们听见了吗？"

孙胖子他们四个立刻把我围了起来，我们用天眼在四周看了个遍，还是一无所获。孙胖子说道："还有谁听见了？"熊万毅三人都摇了摇头。孙胖子又说道："辣子，她和你说什么？"

"就是喊我的名字，是一个女人，好像有什么话要跟我说。"

我竖起了耳朵，刚才叫我的声音突然消失了，就好像从来没有人喊过。又等了一会儿，还是没有等到那个声音再响起来，我说："声音消失了，我听不到了。"

熊万毅皱了皱眉："要是按照张媛媛同学给的说法，再过一会儿，我们会听见有人喊你，那时候你就该突然失踪了。"

我哼了一声："你们谁带枪了，借我用用。"周围这四人都在摇头，这时我心里也开始没有底了。还是托大了，之前怕随身带枪暴露身份，才把手枪放进储物柜里的。还以为这次有吴仁荻，不会有什么意外，三叔给我的那把短刀也放在民调局里，没有带过来，早知道至少要把枪随身带着。借用郝文明和孙胖子的口头禅：不是我说，这个场合，要是手枪在我手上，几只小鬼，我还没放在眼里，十五层大楼就是一个很好的例子。

孙胖子他们围着我，我们都抽出了甩棍握在手中，就等着那个声音再叫我第二次了。

来了！声音突然又响了起来："沈辣，是你吗？"这次的声音我们几个都听到了，我已经感到了周围这四人的手脚开始僵硬。孙胖子一声大喊："左边！"他话音落时，我们几个几乎同一时间将甩棍迎风一甩，甩棍甩得笔直，在路灯的光照下，闪着黑漆漆的乌光。

"沈辣，是你吗？"又来了，嗯？怎么听着这么耳熟，好像是我很熟悉的人，"不是我说，你们五个在这里杵着，是什么意思？"

随着声音由远而近，郝文明从饭堂的方向走了出来。

"郝头，刚才是你喊的？"孙胖子最先受不了了，郝文明怎么也算是主任级别的人马，现在有他在，我们几个的心稍微镇定了一点。

"还有别人喊吗？"郝文明来回看了一圈，郝主任也没有看出什么名堂，“不是我说，你们听见什么了？”我说道：“刚才有一个女人的声音，在喊我的名字，不过只有我能听得见，大圣他们都没有听见。刚才的情形和学院里那个叫张媛媛失踪时的情况差不多。”

郝文明点点头，他从衣服兜里掏出一个好像指南针一样的小罗盘，看了半天后说道：“不是我说，刚才应该有什么东西，不过它离得远，你们都感觉不到它，只不过辣子的天眼最强，勉强感受到了一点动静。”

“郝头，现在怎么办？”听郝文明这么一说，气氛不像刚才紧张了。

郝文明收起了罗盘：“我跟高局说一声，先把这段路封了再说，你们先回宿舍吧。”说着将我们打发走了。

终于有了一点线索，加上身边还有民调局最大的依仗，看来用不了多久，我们就可以毕业了。

回宿舍的这一路，再没有什么乱七八糟的声音。进了房间，我第一件事就是将储物柜里的手枪取出来，枪在手中，顿时什么都不怕了。不过孙胖子好像瞒了我什么事，他并不着急开储物柜，看样子他的配枪并不在储物柜里。孙胖子给出的解释是，他的枪没有放在储物柜里，至于放在哪儿，无可奉告。

第二天一早，我们正式开始了朱雀商业学院的学生生涯（除了孙胖子）。我们这些人被分到高中部以上的各个班级里。和我分在一起的，是熊万毅和西门链。非常凑巧的是，邵一一竟然是我们同班同学。

第一节课是我最头痛的数学，不过稍微欣慰的是数学老师是一位标准的美女。

这位老师在讲台上说的什么，我完全听不懂，再看看旁边的两位男同学，熊玩意儿已经趴在课桌上睡着了，而西门大官人西门链正和旁边的女同学聊得热火朝天——这个女同学就是昨晚和邵一一在一起的那位，好像是叫白安琪的。

我的注意力很快就被邵一一同学吸引了，她算是这个班级里最上进的学生了。美女老师每次提问，她都举手抢着回答，对老师在黑板上的记录都做了详细的笔记。从这些表现来看，她完全是优秀学生的代表。

就当我即将坚持不住时，这一堂课终于结束了。熊万毅直到下课都没有睡醒；而西门大官人，我就比较佩服了，他已经和白安琪同学交换了电话号码，还约好了中午一起到饭堂吃午饭。就一节课四十五分钟的时间，他是怎么做到的？

见教室里已经没剩下几个人，我本来想趁下课的时候溜出去找孙胖子的，顺便翘了接下来的课。没想到刚刚起身，后面就有人用硬物捅了我的后腰一下：“喂！你，我有话和你说。”

邵一一握着一支圆珠笔站在我身后：“你和那个白头发的是不是认识？”

我看了她一眼：“有什么话你直接说；还有，有话说话，别拿管破笔捅来捅去的。”

邵同学的脸色有点涨红，看样子她是想骂我点什么，但还是忍住了：“你，去告诉那个白头发，让他别再纠缠我，我……和他不合适。”她这话越说声音越低，最后几个字我是竖起耳朵才听清的。

一时间，我有点不相信自己的耳朵。这到底是什么情况？吴仁荻也会被人甩了？他……也有今天？不对！吴仁荻好像认识邵一一和她母亲很久了，上次胁迫我和孙胖子把卖珠子一半的钱，都送给她们母女俩，看那情形也不是第一次送钱——追个小姑娘需要这么下本吗？

看我没有说话，邵同学会错意了：“你别说你不认识他，我看你们昨晚在饭堂说过话。就算不是很熟，传个话总行吧？”她最后的一句话半哀求半撒娇，要不是知道吴仁荻的底细，我心一软，八成当场就能答应了她。

我很是为难地说道：“你们的事，你们自己商量着办。再说了，我和他真的不是很熟，就是来的时候，在校车里说过两句话，还没到能给你办这事的交情。”

第二十四章　玉

“别磨叽了！你还是不是老爷们儿？”邵一一有点急了，她又掏出一个紫色的小布袋，塞到了我手里。开始我还以为这是送给我传话的答谢礼，没想到接下来她说的话吓了我一跳，“这是昨天他送给我的，你帮我还给他。顺便告诉他，我不喜欢他那样的。”

怎么会这样？一瞬间，我感觉自己坐到火山口上了，脑子一时没有反应过来，话赶话不自觉地问道：“那你喜欢什么样的？”

邵一一同学看了看我，很豪气地拍了拍我的肩膀：“反正不是你们这样的！我的世界，你们是不会明白的。”她说话的时候，教室门口探出一个小平头：“一一，事儿完了吗？你再不走就不等你了。”

这爷们儿是女的？如果不是听到她说话的声音，能听出来是“她”，就凭她那齐刷刷的板寸头，我一准会把她当成一个老爷们儿。

听到她的声音，邵一一便不再理我，就扔下一句话：“我不管了，交给你了！让他以后别再来烦我。”说着连蹦带跳地跑到那个板寸头面前。就在我眼前，她们两个嘴对嘴亲了一口，紧跟着手牵手出了教室。

我已经处于石化状态了！这都是什么事儿！浪费资源！

等她们两个的背影已经看不见了，我才反应过来，刚才接了邵一一的东西，好像还是吴仁荻送她的，这下子我彻底坐蜡了。

我看着手上的小布袋直发愣，不知道该怎么处置。交给吴仁荻？一旦他恼羞成怒，把气撒到我身上怎么办？算了，先看看里面是什么东西吧。沉甸甸的，不会是给她金条吧？

打开小布袋，是一块白玉的小玉牌。以前在部队的时候，我的队长王东辉家里是开古玩店的，他教过我辨别玉器的方法。虽然我已经忘得差不多了，但是还能看出来，这块玉属于下品中的下品。

既不通透，杂质还多，雕刻得也不好，玉牌上面不知道雕刻着一只什么怪物，似虎非虎，似豹非豹的。说它是玉都算抬举它了，也就比一块石头强点。别说我这个对玉器多少有一点了解的，即便是对玉器一窍不通的人，也能看出来这不是什么好货色，这就难怪邵一一说什么都不要了。

东西不怎么值钱，我的心倒是放下了，看来吴仁荻对邵一一也就那么回事。

当下也没有心情去找孙胖子了，我打开电脑，进了学院的主页，开始查吴仁荻的课。这课不知道是谁排的，这一个多礼拜，吴老师竟然连一节课都不用上；就连萧和尚都给安排了一节近现代中国史的课，吴仁荻来朱雀学院到底是干吗来的？

没法在课堂上找到正主，不过六室除了主任以外，还是有一个调查员的。我和他打过几次交道，多少应该能帮我点忙。趁还没上课，我去到隔壁教室，还没到门口，就看见正鬼鬼祟祟拿着书包往外走，看样子也想翘课的杨枭。

杨枭看见我，他也是一愣。我见他的脸色有点发红，好像在躲避着什么。

还没等我开口问他，杨枭身后就跑来一个女学生。女学生低着头，将一封信交到了杨枭手上，跟着飞快地跑了。我看得清楚，信封上画了一个通红的心形图案。

六室这俩人到底要干什么，主任这样，调查员也这样。

杨枭看见我有点尴尬，问："你找我？"

我装作没看见刚才那一幕，毕竟杨枭也是个惹不起的主。民调局里敢招惹他的人不多，倘若他真翻脸，除了吴仁荻，其他几位主任恐怕也只能联手才能对付得了他。

我笑呵呵地说道："也没什么大事，就是你们吴老板的粉丝托我给他带个东西，一个小玩意儿。我没找着吴老师，寻思着让你帮帮忙。"说着将那只小布袋递了过去。

没想到杨枭并不接布袋："事情是你自己惹的，还是你自己来吧。"他好像察觉到了我的意图，看我的眼神都非常的不信任。

"这不是找不着你们吴老板吗？帮我一个忙，就当我欠你一个人情，以后有用得着我的地方，你尽管说话。"我的额头已经冒了汗，吴仁荻的浑水我实在不想去蹚。要是杨枭这关过不去，我就只好去找孙胖子帮忙了，那货看上去咋咋呼呼的，其实比谁都精。

还好，杨枭似乎被我说动了，他犹豫了一下，说道："送的是什么东西，太稀奇古怪的我可不管。"

见杨枭终于松了口，我当然要把握好机会："就是一个小玉牌。"说着，我把玉牌从布袋里倒了出来，连布袋一起递给杨枭。

杨枭第一眼看见玉牌时，脸色立马变了，涨得通红不说，还见了汗。我把玉牌递给他时，他竟然没敢接。

"就是这块小玉牌。"我第二次递给他时，杨枭才伸手接过去。我注意到杨同学接过玉牌的那只手竟然有些微微地颤抖，"这是谁给你的？"

“我们班的一个小姑娘，怎么了，有什么不对吗？”我发现杨枭的神情有些不对劲，他好像是已经看出了什么。

杨枭眼睛盯着手上的玉牌，嘴里跟我说道：“到底是谁给你的，你别让我再问你第三次。”说到这时，杨枭的语气森然，脸色冷得都能结出冰碴子。就这一瞬间，他又变回了将麒麟市搅得天翻地覆的那个大魔头。

“真是我们班一个小姑娘给我的。不过是你们吴老板先送她的，她不要，让我帮忙还给你们吴老板。”见杨枭真急了，我才把事情原原本本说了一遍，起码理论上我没有瞒他的意思。

杨枭看了看玉牌，又看了看我，好像他心里正在盘算什么事情。过了好一阵子，他才缓缓说道：“那个小姑娘叫什么名字？”

我犹豫了一下：“这个我还真不知道，我才上了一节课，班里那么多的人，哪能都记住？对了，玉牌有什么特殊意义吗？”

杨枭看了我一眼，露出了一个吴仁荻式的招牌笑容：“想知道？”说着把玉牌又递了回来，“你自己去问他。”

要是我自己能去，还要你干什么？我心里有些愤愤然，脸上没敢带出来：“算了吧，又不是金的银的，反正都是吴主任的，你记得交给他就行了。”说着，又将手中的小布袋一起塞到杨枭手里，“老杨，交给你了，有什么事也不要找我，你和吴主任说就行了。”

说完，怕杨枭反悔，我随便客气了几句，推说孙胖子正在等我，忙不迭转身离开了。杨枭也没有留我的意思，他的心思全在玉牌上，他手里来回把玩着那块玉牌，已经没空理会我了。

这块烫手的山芋已经不用我去烦恼了，心里的一块石头总算落了地，我也没心思继续上课了。教室里还有熊万毅和西门大官人，少我一个不少，再说了，现在大白天的，也出不了什么状况。

本来还想去找孙胖子，不过这货也不知道跑哪儿去了。我决定先回宿舍偷偷懒，早上参加了早自习，起得太早，还有点不太适应，正好回去睡个回笼觉。一觉起来，差不多也到了吃午饭的时间。

我下到四楼的时候，看见四楼卫生间的门口站了五六名女学生，正踮着脚朝里面喊话："你通完了吗？通完就快点出来，我们要进去！"

卫生间里传出来一个熟悉的声音："我也没拦着你，不是我说，想进就进来，我无所谓。"

喊话的女同学又喊道："废话，你一个男人在里面通厕所，我们几个小姑娘进去算什么事儿？你能不能快点，我们的忍耐……是有限度的。"

是孙胖子，这货正在这儿调戏女学生。不过二楼不是还有一间厕所吗？这几个丫头至于吗？合着一个卫生间用，环保？

我有点看不下去了！咳嗽了一声，朝那个喊话的女学生说道："二楼不是还有一个卫生间，你们……"这个场合，见我过来插话，几个女学生都有点不好意思。喊话的那个女生说道："要是能去，你以为我们不知道去啊？这栋楼就这两个卫生间，本来都是女厕，现在让给你们男生一间，只有这间我们能用，里面那个胖子还故意霸着，不让我们用。死胖子！你有完没完！再不出来，我们就真进去了！后果你自负！"说话时她已经满脸通红，说到最后两句时在原地直跺脚，看来真到忍耐极限了。

"好了，进来吧。"门一开，死胖子拿着通下水道的家伙从里面走出来。

"死胖子，咱们的账以后算。"喊话的女同学第一个跑进了卫生间，后面的女学生向她喊道："依依，快点。马上是老刘的课，要是赶不上，你又要挨骂了。"

我听得一愣："又是一个依依？"

"呀，辣子，你怎么在这儿？"孙胖子一脸的坏笑，"这儿好像是女厕所吧？"

我白了他一眼："我来女厕所找你，听说你在这里智斗群雌，我过来学两招。"

站在女卫生间前聊天确实有点尴尬，孙胖子把我拉到了一边，大大咧咧地说道："你说依依？那个傻丫头，我不跟她一般见识。不是我说，要是真和她斗气，不到她尿裤子，我能主动出来？"

听孙胖子说得，我有点莫名其妙："这个依依是什么人？哪儿得罪你了？"

"也谈不上得罪，这小丫头是学生会的干事。昨天我去校工处报到的时候，她也在校工处。我跟校工处的头头只说了一句，就说我刚刚来，能不能先适应一天，明天再开工？没想到校工处的人没说话，这个小丫头片子先急了，就像教训儿子那么教训我，说我工作态度不够端正。还说我这样的工作态度，早晚是要被淘汰的。辣子，你说我冤不冤？我好好的一个公务员，老大一句话就变成了校工，校工就校工吧，转眼间还变成了即将被淘汰的校工。无缘无故受一个小丫头片子的气，辣子你说，这口气我能咽下去吗？"

不对啊，我记得孙胖子昨天回宿舍比我还早，就时间而言，孙胖子不像是通了一栋楼的下水道。我问他："大圣，那你到底干没干？"

孙胖子看了我一眼，说道："当然没干了。那个小丫头片子又不是校工处的人，凭什么指挥我？不是我说，就算她是校工处的，想指使我干活？做梦！"

孙胖子的话刚说完，那个爱做梦的女学生已经从卫生间里出来。她瞪了孙胖子一眼后说道："孙胖子，咱们以后走着瞧。"

可能是怕赶不上上课的时间，这个叫"依依"的同学撂下一句狠话后，就拉上了她的同学，朝楼上一路飞奔。

"辣子，你找我有什么事？"孙胖子这才有机会问我。

此依依非彼一一，不过这学校里都是些什么学生？到现在为止，我勉强算是接触过两个“yiyi”了，不过这两个小丫头都不太正常，一个不喜欢爷们儿，另一个本身就挺爷们儿的。

孙胖子也好不到哪儿去，这胖货堕落了，已经无聊到跟一个十六七岁的小姑娘斗气的地步。他还觍着脸的问我有什么事，话说回来，我也犹豫是不是将吴仁荻送邵一一玉牌的事告诉他。以我对孙胖子的了解，这货虽然鬼主意多，但经常跑偏。现在告诉他，他指不定把我绕哪儿去。算了吧，反正玉牌的事也推给杨枭操心了。

我编了个理由：“也没什么事，在教室里实在待不下去了，听课听得我头都晕了。我高中毕业就当兵去了，要是书念得好，早考军校了。我是实在听不下去了，出来透透气。”

孙胖子听了嘴一撇：“你还想怎么样？要不咱俩换换？我去当学生去上课，你来做校工通下水道？不是我说，我这一辈子的下水道这两天都通完了！你要不要试试？”

我懒得理他，想起刚才那个依依的态度，好奇地问：“大圣，你是不是把这两天的气都撒到那个叫依依的小姑娘身上了？”

“不是我说，你以为我是疯狗？逮谁咬谁？”孙胖子换了一副嘴脸，他的眉毛挑动了两下，“这个小丫头姓马，叫马依依。”

“她姓马姓驴的关我什么事？”我听出孙胖子话里有话，但这胖货故意不说明白，我就牙根痒痒。

孙胖子又贼兮兮一笑：“还不明白？姓马，姓马啸林的马。”

第二十五章　异象

“你是说这个马依依是马啸林的女儿？”我还是不敢相信，“刚才这个马依依一嘴的京片子，她会是马啸林的女儿？”

孙胖子皮笑肉不笑地咧了咧嘴：“错不了！你以为那个姓马的坑我就白坑了？那次事之后，我就查了马啸林的底，他有个女儿就在这个女子学院里面，从小学部一直待到高三，说了十多年的人话，早就听不出来鸟语的味道了。”

他顿了一下，接着说道：“本来还以为没戏了，没想到女子学院院长自己找上门来，你以为我这么拼命干这个校工是为什么？也是老天爷的安排，我第一天来就被这个马依依骂了一顿，今天这次算是利息。”

“大圣，马啸林是马啸林，他女儿没得罪你，你不会是想父债女偿吧？”我看着越说越兴奋的孙胖子，心里开始觉得不安。

“你把我看成什么人了？我孙德胜是那种没有格调的人吗？”孙胖子十分不客气地白了我一眼，我也在看着他，心里腹诽道：你以为你不是吗？

我正式进入朱雀商业学院的第一天，就是和孙胖子一起翘课（旷工）开始的。在接下来的几天里，除了第一天莫名其妙听到有人喊我名字之外，再没有发生别的可疑状况。几位主任在学院的各个角落都布下了不同的阵法，可惜这么长的时间，都没有什么反应。我问了郝文明几次，他也说不出个所以然来。慢慢地调查员们开始怀疑，这所女子学院之前发生的几起失踪事件只是偶然现象，相互之间并没有什么联系，之后应该不会再有人"异常"失踪。

民调局不能无主，高亮待在学院里，他的电话就没停过。到了第四天头上，有情报汇报过来，南海那边有突发状况，留守民调局的丘不老已经赶了过去，民调局只留了一个二室副主任王子恒守着。

高局长终于坐不住了，他带着郝文明、欧阳偏左两位主任和一大部分调查员急忙赶往南海，雨果主任回民调局坐镇。临走之前，高局长找吴主任谈了半天的话，八成是想带上吴仁荻一起走。虽然不知道他俩具体的谈话内容，不过结果有点意外，吴仁荻没有离开，继续留在了朱雀学院。

本来萧和尚用不着去，不过高亮并不愿意老萧守在苏院长身边。他一阵劝说，竟然说动了萧和尚，跟着大部队一起离开了朱雀学院。

虽然不知道南海那里到底发生了什么状况，不过从高局长留下的一句话里，能看出事情并不简单："你们再留三天，三天之内，如果没有异常情况，你们全部都到福州报到。"

高亮他们的离开对朱雀学院并没有什么影响，其实只要杨枭和吴仁荻留下来，就算我们都走光了，这帮女学生也不会在意。

又过了一天，还是没异常的情况发生，主任们摆的几处阵法也没什么异动，我们已经开始做离开女子学院去南海的准备了。

第二天，我很难得地守在教室里，听那位异常美丽的数学老师给我上最后一课。这几天早就打听清楚，这位数学老师叫赵敏敏，可惜已经名花有主。她的男朋友几乎每天都到学校门口等她，两人一聊就是半天（赵老师住在学校宿舍），我出校门口买烟时，就见过好几次。看到一次心里就叹息一次，他来得比我早。

正当我感慨认识赵老师太晚的时候，突然心中一紧，周围的气压突然降到极低，一阵不安的感觉席卷而出。紧接着，我感应到了外面的阵法已经启动。

我来不及多想，一把推开课桌，在众人惊愕的目光中，冲到了走廊上。

终于来了！

后面熊万毅他们跟在我后面也跑了出来，旁边教室里杨枭和一个叫米荣亨的调查员也冲了出来。我们都看向一个方向，教学楼两百多米外的一座独楼。

“那是什么地方？”杨枭指着独楼问道。

朱雀学院实在太大，我们没有走到的地方很多。杨枭突然问出来，竟然没有人能回答。

旁边教室的老师探头出来望了我们一眼，又马上缩了回去。

“你们不上课在干什么？”赵老师也从教室里走出来，刚才我们的行为，她吓了一跳，等反应过来，我们已经不在教室了。赵老师犹豫了一下，还是追了出来。

杨枭根本不吃她那一套，他看都不看赵老师，眼睛仍然瞪着那栋独楼，问道：“对面那个是什么楼？”听他说话的口气是冲赵老师问的。

赵老师看了他一眼，没有回答。她的眉毛快拧成了一个疙瘩，很明显，她对眼前这几个不务正业的“学生”失望透顶。

杨枭有点急了，终于回头瞪了赵敏敏一眼，吼道：“我在问你话！”

见赵老师气得直哆嗦，我心里有些不忍，小声说道：“老师你不知道，他有狂躁症，你别惹他，告诉他就完了。”

赵老师看了我一眼，喘了口粗气说道：“那是以前的旧校舍，现在是仓库！”说完，赵老师不再理我们几个，回身进了教室，“嘭”的一声，把门摔上了。

“下去！”杨枭说话时，自己已经到了楼梯口。这栋教学楼没有电梯，我们顺着楼梯一路往下狂奔。出了教学楼的大门，就见孙胖子正从远处跑来，他指着那栋独楼，边跑边喊道：“楼里有问题！”就连他都发现那栋楼里出了问题。

“知道！”我回答道，“这不是都过来了吗？”

一会儿的工夫，我们已经到了那栋独楼的楼下。大门敞开着，好像在欢迎我们的到来。

孙胖子看了看我们几个，他心里没有底：“吴主任怎么没过来？等等他吧。”

“不用，我们先进去。”孙胖子提起吴仁荻的时候，杨枭脸上的表情突然变得很怪异。他从口袋里掏出五分钱硬币大小的金属片，在手中搓了起来。

杨枭手上的力道也真惊人，一只手搓着，另一只手在下面接着。搓了几下，金属片便搓成了一小堆粉末。

杨枭迎风一抖，这堆金属粉末散在空中“啪”的一声自燃了起来，形成了一个巨大的火球。说来也怪，这火球看着挺吓人，火苗子还是蓝汪汪的颜色，却感觉不到它应有的温度。

火球升空后，立刻向独楼敞开的大门飘去。

我们都看不明白杨枭这是什么路子。这个火球就像被人指挥着，进入大门后不久，“嘭嘭嘭嘭”一连响了十多声，一个大火球分裂成几十个拳头大小的小火球。

这些小火球分开朝楼内不同的方向飘去。两三分钟后，杨枭眼睛一瞪，嘴里吐出一个生涩的音节。就听见楼里面响起一连串的爆炸声，听起来就像过年时放鞭炮一样，紧接着楼里的各个位置都涌出一股褐色的浓烟。

见到浓烟冒出来，杨枭才呼出了一口气，他脸上的表情稍微松弛了一点。他回头看了我们几个一眼，说道："进去吧，记住了，我们集中在一起，不要分散开，保持在我的视线范围内，谁都伤不了你们。"

孙胖子向里面望了一眼："真的不用等吴主任吗？"

"那你留在这儿等他吧。"杨枭哼了一声，一转身，第一个进了楼内。米荣亨第二个跟了进去，紧接着熊万毅、云飞扬和西门链也进到了楼内。

"辣子，他们人手够了，咱俩在这儿等吴仁荻吧。"孙胖子眼巴巴地看着我说道。

我摇了摇头，说道："大圣，你在这儿等着吧。"说着我紧走几步，跟在众人身后。后面的孙胖子一咬牙，道："你别走那么快，等等我。"说着，他最后一个进到楼里。

这栋楼老旧不堪，里面原本的教室已经当成了仓库在使用。一进到楼里，刚才那种不安的感觉又生了出来，而且还更加强烈。就是这里没错了，这栋楼就是刚才异常气压的中心。

杨枭回头看了我们一眼："我再说一遍，不管什么情况，我们都不能散开。"他说话的语气不容置疑。听杨枭这么说，我们都开始紧张起来。这时，除了杨枭之外，我们几个都已经抽出了甩棍，迎风一甩，抖得笔直（手枪放在宿舍的储物柜里，都没有拿）。

走了没几步，杨枭就停下了，他抬头看着天花板喃喃说道："在上面。"说完回头给我们做了一个跟上的手势，然后径直走上楼梯，向楼上走去。

我们跟在他后面上到二楼。楼上是一个存放体育用品的大型仓库，在仓库的最里面，刚才杨枭放进来的一个小火球正飘在半空中呼呼地烧着。火球下面还有一堆火苗，和杨枭的蓝色火球不一样，这堆火苗散发着淡黄色的火焰，同时燃烧的方向也很怪异，竟然是从上往下烧的。

杨枭看见地上的火苗，愣了一下，他好像也看不出来这火苗的来历。不过看上去，地上的火苗没有什么威胁，烧得也不旺，时隐时现的，似乎随便踩上几脚就能踩灭。

我们几个都围拢过来，杨枭也没有阻止，他站在距离火苗最近的地方，目不转睛地想看出火苗的门道。就在这时，地上的火苗无风闪了几下。开始我们还以为它就要灭了，没想到，火苗原地暴涨七尺，转眼之间，就蹿起一人多高。黄色的火焰翻了出来，呼呼地向天棚烧去。

冷不丁这一下子，不光是我们，就连杨枭都吓了一跳。不过经过这一下子，他猛然间想起了这火苗的来历。杨枭的五官都已经扭曲了，转身向我们大喊道："妈的！被算计了！出去！快点出去！"

可惜杨枭喊得晚了，那簇火苗已经烧爆了头顶的消防喷洒，这栋小楼的喷洒连锁反应，都开始喷起水来。

喷洒的水也不知道存了多少年，颜色黑漆漆的看起来挺像没提炼的石油。提鼻子一闻，还有一种腥臭的味道。

这时我们想避已经避不了了，被这臭水浇了一个满头满脸。当我的脑袋接触到这些黑水的一瞬间，我突然感到一阵眩晕。这感觉我很熟悉，从小到大，我经历过好几次——每次被黑狗血洗头的时候。消防喷洒里的黑臭之水应该就是类似黑狗血之类的液体。

果不其然，被黑水浇过之后，我在这楼里那种不安的感觉越来越淡，甚至忽然没有了刚才气压极低的感觉，意识也开始变得有些混沌。

杨枭喊完，直接跳下了楼梯，第一个冲了出去。就这样，这股臭水还是喷了他一头，我们几个跟在他后面，也跑出了大门。

“这是什么水？这么臭！”熊万毅、西门链他们脱了衣服正在擦拭头发。除我以外，米荣亨第一个反应过来，他脱下衣服在头上胡乱擦拭几遍之后，看向独楼的大门愣住了——他也感受不到这栋小楼里的异常了。

杨枭的脸色有些发苦，我走到他身边压低了声音问道：“老杨，你的天眼也被遮住了？”

第二十六章　黑水?

杨枭看了我一眼，没有说话，算是默认了。我又问道："天眼还能打开吗？"他点了点头，还是没有说话。

米荣亨也走过来，将他沾满黑水的衣服扔在杨枭的面前。

杨枭抬头看了他一眼，他们做了几天的同学，多少有了一些话。在民调局里，除了吴仁荻之外，现在就属米荣亨能和他说几句话了。

"尸油？"米荣亨嘴里蹦出来两个字。

杨枭点点头："这次被算计了，先用魍火吸引我们到这儿来，再用尸油遮了你们的天眼，干得漂亮。"说话的时候，杨枭的脸色涨红，好像随时能滴出血来。

我看了米荣亨一眼，扭头向杨枭问道："设局的人把我们引过来，就是为了淋我们这一头？等一下，亨少，你刚才说这个是石油还是尸油？"

"尸油，尸体的尸，石油的油。"杨枭回答了我的话。他回头看了这栋楼一眼，接着说道，"遮了你们的天眼，设局的人应该还有后手，不过目前应该没事了。"

杨枭刚说完，那边孙胖子和熊万毅他们几个已经开始向宿舍的方向跑去（唯一的男浴室在我们的宿舍楼下）。

半个多小时后，我们几个洗漱已毕（满头满脸黏糊糊的尸油，很难清除，就差用钢丝球刷了，用了一整块肥皂才洗掉），我试了一下，天眼的那种能力再也感觉不到了，就像小时候，爷爷和三叔给我用黑狗血洗头一样，不过这次的更厉害，感觉浑身的毛孔都被一层黏糊糊的涂料粘住了，就连出汗都特别费劲。

洗完之后，我们第一件事就是回去宿舍取枪。看来女子学院的事情不小，我们现在没了天眼，跟刚才设局的人比，就和瞎子差不多，还是带上手枪安心一点。

我和孙胖子回了宿舍后，第一眼就瞧见储物柜已经开了，里面杂七杂八的东西还在，就是那把民调局特制的手枪没了踪影。

“妈的！枪呢？”旁边宿舍的熊万毅和西门链他们已经喊出了声，紧接着熊万毅在走廊大喊道：“辣子，飞扬，你们的枪在不在？”

“没，没了，让人偷走了！”对面宿舍的云飞扬沮丧地嚷道。

“我们的枪也没了！”孙胖子走到宿舍门口喊了一句，回身将宿舍的门关上锁好。

“大圣，你锁门干什么？”孙胖子的举动让我莫名其妙。

孙胖子把食指竖在嘴唇上，做了一个噤声的动作，然后拉开上衣。这家伙是胖，肚子上的脂肪向下耷拉成一堆。孙胖子从肚子下面掏出了他那把手枪和两个备用弹夹递给我，同时压低了声音说：“看来就这一把枪了，你拿着，再出事就靠你了。”

这胖货利用自己的独特条件藏枪，估计如果搜身不仔细的话都搜不到他这把手枪。

我刚刚把枪藏好，门外就响起了熊万毅的敲门声：“孙胖子，辣子，你们把门开开！”熊万毅脾气有些暴躁，敲了几下门，见没人开门，只听“嘭”的一声，这熊玩意儿一脚将门踹开，西门链和云飞扬正站在他身后。

“熊玩意儿，你是要疯啊，你妈妈没教过你要敲门吗？”孙胖子跳起来朝熊万毅喊道。

“我敲门了，你们不开。”熊万毅满不在乎地说道，“这里的事情开始不受控制了，过来找你们商量一下接下来怎么办。”

“凉拌！”孙胖子撇了撇嘴，“有主任在，你们着什么急？不是我说，民调局的镇局之宝——吴仁荻吴主任还在，你们怕个鸟？”

西门链一直没有说话，听孙胖子提到了吴仁荻，他忍不住插了一句：“你们最近看见吴仁荻了吗？”

西门链这句话一说完，宿舍里死一般的寂静。我们几个人面面相觑。好几天没看见吴主任了，准确地说，自打高亮带人离开后，就没见过吴仁荻的人影。

我说道：“不行还有杨枭，那几位主任也未必比他强。”我倒是没有瞎说，杨枭的本事，我和孙胖子是亲眼看见的，不管真的假的，他可是目前为止，我见过的唯一一个能把吴仁荻钉在墙上的人。

云飞扬说道：“先顾我们自己吧！我现在连学院里摆的阵法都感觉不到了，想办法先把这一关过去吧。”

孙胖子摊开了双手，一副无奈的样子：“你们有好办法吗？”

熊万毅从口袋里掏出一个烟盒大小的小罗盘在我们的面前摆弄了一下：“天眼虽然没有了，不过还有辅助工具。”

“你怎么有这个东西的？”我指着熊万毅手上的罗盘问道。在民调局里待久了，自然知道罗盘的功能和使用方法。

“你们俩这是什么眼神？没见过？”熊万毅看着我们说道，“民调局的装备，就是预防这种情况的。”

“装备？我们怎么没有？”孙胖子瞪起了眼睛。

西门链说道：“准确地说，这是除了一室之外的其他几室的常规装备。你们轻易不参与事件调查，也用不上这东西。”说着他和云飞扬也拿出了各自的罗盘。

看他们显摆的样子，我哼了一声：“你们是在炫富吗？”

孙胖子看着他们手上的罗盘问道：“你们还有备用的吗？”

就在这时，已经洗漱完毕换好衣服的米荣亨也走了进来。

“你们都在就好了，省得我挨个去找。”米荣亨挨个看了我们一圈后说道，“吴仁荻发话了，要我们半个小时内赶到学院的体育馆，嗯，还有二十分钟。”

“吴仁荻，他还在学院里？”熊万毅有点不太相信，“这几天，他藏哪儿去了？”

“你自己去问他吧。”米荣亨有些无奈地说道，“还有刚才，我们从教学楼出来，一直到被尸油浇透，吴仁荻说他在不远处的楼顶上都看见了。”

孙胖子打了个哈哈：“这倒符合他的一贯性格，走吧，现在这形势，早点守在吴仁荻身边最安全。”

二十分钟后，我们赶到体育馆时，里面已经熙熙攘攘的全是女学生。吴仁荻和杨枭两个人站在里面，两个大男人站在一群小姑娘里面相当显眼。

吴仁荻等我们从独楼里面出来之后，就去找了苏院长。和他以往的风格严重不符，吴仁荻竟然给苏院长提了个建议，鉴于学院里出了突发情况，短期内已经不适合继续教学。学院的学生应该先疏散到朱雀市内，等学院里的事件处理完之后，再考虑让学生们返校。

高亮临走前跟苏校长暗示过，吴仁荻是一个什么样的人，再加上前些日子学院内接连发生了几起无法解释的失踪案，于是她采纳了吴仁荻的建议。

不过要将学生安全转移到朱雀市内，今天已经来不及了。苏院长以防灾演习的名义，将所有的学生都聚集到学院里面的体育馆里，今天晚上就在体育馆里凑合一夜了。吴仁荻吴主任亲自坐镇守着，起码今天晚上应该不会再出什么问题了。

见我们几个进来，吴仁荻给我们分了工，我们每两人一组，守住体育馆的几个进出口。吴仁荻守在体育馆的中心，杨枭守在馆外，看上去，这样的布局应该天衣无缝了。

外面的太阳渐渐西沉，体育馆里还是灯火通明。我和孙胖子守在正门口，不远处就是我们班的邵一一她们。此时，邵一一的“女朋友”不在附近，她正和她班里的死党白安琪和徐渺渺几个聊得热火朝天。

“胖子，到底出了什么事？怎么看也不像是什么防灾演习？”斜对面，马啸林的女公子，马依依同学向我们问道。

“我们准备把你们卖掉，卖到贵州山区里，去做童养媳。”孙胖子顺嘴胡说八道，“至于依依你，我要特别照顾，把你卖给一个九十九岁的老光棍，让你给他传宗接代。”

马依依同学向孙胖子竖起了食指：“死胖子，去死吧！”

打嘴仗，孙胖子怎么会输给一个小丫头？他一脸的坏笑道：“依依同学，你这是病句啊，我都死胖子了，怎么再死一次？你不是想暗示什么吧？想和我死在一起，然后埋到我们家祖坟里？”

马依依不知道是气的还是羞的，满脸通红道：“我是说你自己先去死！”

孙胖子还是笑呵呵地说道：“你还是在暗示我，我先死，你跟着就来？”

马依依同学最后气得脸色发白，不再理会孙胖子，把头扭向一边，呼呼地喘着粗气。

见孙胖子眉开眼笑的样子，我好像看出了一点门道，问："大圣，你是不是看上她了？"

孙胖子吓了一跳："你开什么玩笑？我怎么会看上这个小丫头？"

"大圣，跟你说件事儿。"我看着孙胖子有点慌张的表情，慢慢地说道。

"什么？"

"你的脸红了。"

又过了一会儿，太阳已经完全落下去了。体育馆内几十个老师开始发放矿泉水、面包、三明治、罐头、饼干之类的食品（就这些已经快把学校小超市搬空了）。

时间过得很快，转眼到了晚上九点多钟，一些习惯早睡的小女孩已经睁不开眼，开始有人陆续睡下。瞌睡虫也会传染，虽然还有人叽叽喳喳地聊着，不过睡觉的人正逐渐增多。

又过了一会儿，到了十点多钟。体育馆的人差不多已经睡了一大半，剩下的一半也准备睡觉了。

吴仁荻还是跷着二郎腿，他这个姿势好像一直都没换过，坐在上千号女学生的最中心。不知什么时候他点着了一炷香，很随意地拿在手中。这炷香也怪，明明亮着火星，可就是看不见有烟冒出来，就连香的味道也极淡，不留心根本就闻不出来体育馆里还有燃香的气味。

我守在门口有些无聊，一个哈欠连着一个哈欠打着。孙胖子看见了去饮水处倒了杯咖啡递给我："辣子，再来一杯吧，今晚估计得熬上一宿，多喝两杯顶顶。"

我摆了摆手，没有接他的咖啡："不喝了，刚才喝了两杯了，再喝手就要颤了。大圣，我出去抽根烟，你先盯会儿，我一会儿回来换你。"

“小心点儿。”孙胖子打了个哈哈，“外面有狐狸精，小心迷了你，再把你榨干了。”

“没事儿，外面有杨枭，要榨也是先榨他。”我笑了一下，说道，“再说了，他不行了不是还有你吗？”

没给孙胖子还嘴的机会，我已经快走几步，出了通道，直奔大门。

出了大门，我先使劲呼吸了一下新鲜空气。体育馆内上千号人，空气有点浑浊。

“你出来干什么？”角落里杨枭的一句话吓了我一跳。杨同学不知从哪儿搬来一张椅子，坐在黑暗的角落里一动不动，看见我出来，才露了头。他要是不说话，我都不知道那里还藏着个人。

要是天眼还在，我多少能感觉出他的存在。这么些年来，天眼已经融入成为我身体的一部分了，冷不丁重新回到了肉眼时代，我还是有点适应不了。

“老杨，你吓我一跳。”我很夸张地顺了顺胸口，说道，“没事儿藏那儿干什么？”

我说着掏出烟盒，抽出两根香烟，递给他一根，自己又叼上一根。很难得地，杨枭接过了我的香烟（我以前一直以为他不抽烟，给他香烟就是跟他表示客气）。不用我帮他点火，杨枭深吸了一口气，烟头冒了一股烟，竟然自己着了起来。

在民调局里待久了，已经对这样的事情见怪不怪了。我点上了烟，过了口烟瘾后说道：“以前没看过你抽烟，还以为像你和吴主任这样的，都是不会抽烟的。”

杨枭吐了口烟雾，说道：“无聊的人才抽烟，正巧，我和吴仁荻主任都是极度无聊的人。”

第二十七章　惊变

他说的让我有些惊讶，我都找不着话来接了。这还是那个把麒麟市搞得天翻地覆的人吗？

杨枭随便两口就将香烟抽完了，随手一弹，将烟蒂弹进了夜色当中，道："抽完了就回去吧，快下雨了。"

"下雨？"我抬头看了看夜空，虽然有些云彩，挡住了月亮，不过也不像随时能下雨的感觉，"就这天还能下雨？老杨，别告诉我，雨是你招来的。"

我的话音刚落，天上一道闪电掠过，紧接着咔嚓一声巨响，黄豆大小的雨点已经从天上落了下来。

还真下了，幸好我站在房檐底下。眼看大雨倾盆而下，我回头找杨枭时，他已经重新隐藏在黑暗当中。我朝他藏身的地方说道："老杨，你慢慢欣赏雨景吧，我回去了。"

"你……先等一下。"黑暗的角落里传来了杨枭的声音，听他的语气竟然有些犹豫，"你回去后，要小心吴主任。"

他的话没头没尾，说得莫名其妙。我愣了一下，说道："老杨，你什么意思？说明白点，什么小心吴主任？怎么个小心法？”

黑暗里的杨枭沉默了一会儿，才缓缓说道：“你记住我的话就行了，现在的吴仁荻和以前不一样。”说完这句话，杨枭就彻底隐身在黑暗当中。我又喊了他几声，他就当作没听见，在黑暗中一言不发，就像和黑暗融为了一体。

见他没有回答我的意思，外面下着大雨，待在这里也不是事儿，我只能重新回到了体育馆内。

我回去的时候，正巧看见吴仁荻手上的香已经烧完了。吴主任又掏出一根香续上了。

有了杨枭的提醒，我有意无意地注意吴仁荻。就这么看上去，吴仁荻还真有点和以前不一样，不过具体哪里不一样，我又说不上来。

“辣子，没淋着吧。”看见我回来，孙胖子笑呵呵地打着招呼。

“没有，刚下我就回来了。”我回答他道。

时间一分一秒地过去，快到午夜十二点了，我和孙胖子一个哈欠接着一个哈欠打着。另外一个门口，熊万毅他们已经掏出了迷你罗盘，翻过来调过去地看。我们现在都是睁眼瞎，不过他们好歹还有一件辅助工具。

时间终于到了十二点，上千个女学生都已经睡了。突然，一个白色的身影从地上跳了起来，朝大门口的方向跑去。

她的动作太过迅速，一时之间，我们都没有反应过来，等明白过来，那个人影已经到了大门口。

邵一一！那个人是邵一一。吴仁荻在后面也追了过来。我感到很惊讶，吴主任的速度怎么慢了好几拍？等他赶到时，邵一一已经打开大门，跑进了大雨当中。

邵一一就像失了魂一样冲出大门，吴仁荻在后面猛追，不过他始终赶不上邵一一的速度。我和孙胖子等人不知道怎么回事，但还是跟了出去，体育馆内只留了一个云飞扬在看着。

邵一一冲出了体育馆，瓢泼大雨已经将她浇透。吴仁荻在她后面追赶着，只是距离越拉越远。吴仁荻擦了一把脸上的雨水，边跑边向黑暗的雨夜大喊道："杨枭！出来拦住她！"

吴仁荻的话刚落，邵一一突然急刹车，就像有一道无形的绳索绑住了她的手脚。由于停得太猛，邵一一没停住，一头栽倒，摔出去好几米远。

吴仁荻这才有机会追上她。我紧跟在吴主任身后，就见邵一一双眼紧闭，不知道是冻的还是别的什么原因，她不停地打着哆嗦。

吴仁荻扒开了邵一一的眼皮，我在他后面看得清楚，她的眼球就像涂了一层白蜡皮，白花花的眼球，看不到一点眼仁儿。

冲体！邵一一的症状我看着并不陌生。在民调局来说，这算是小儿科了，只是没见过被冲体之后就到处乱跑的，还跑得跟吃了兴奋剂的运动员似的。

不过刚才邵一一睡觉的地方，距离吴仁荻不到二十米，她被冲体吴主任不可能没有发现，都不用说门口我们几个正在守着，外面还有一个杨枭。

吴仁荻将邵一一抱到房檐下背雨的地方，号了号她的脉搏。这时候，黑暗处人影一晃，杨枭走了出来。

杨枭看了看吴仁荻，犹豫了一下说道："还是我来吧。"

吴仁荻抬头看了他一眼，想说什么，但最后还是一咬嘴唇，忍住了没说。他把邵一一抱起来，交给了杨枭。

"你们挡住风口，别见风。"杨枭说着从口袋里取出一个玻璃酒盅，将它扣在邵一一的嘴巴上，然后用大拇指猛地一掐她的人中。就看见邵一一的眼睛猛地睁开，两颗乒乓球一样的白眼球瞪着杨枭。

杨枭的食指顺势向上，按住邵一一的眉心，就听见邵一一同学发出类似牛叫一样的声音，一股黑气从她的嘴里喷出来，喷到邵一一嘴巴上的酒盅里。

杨枭倒着拿起酒盅，扔进了他随身带着的一个红色的小口袋里。

邵一一这才醒过来，愣愣地看着我们。她的眼睛恢复了正常，一对大眼睛皂白分明，望着我们疑惑道："我……怎么出来了？"

杨枭这么两下就让邵一一恢复了正常，换作是我的话，八成还要喷邵一一同学一脸童子血。在我的印象中，以前对付这样的事，吴仁荻都不用抬手指头，他随便吸口气都能收了邵一一体内的恶魂。

想到吴仁荻，我悄悄瞄了他一眼。他正看着邵一一醒来后的反应，趁她的意识还有些迷糊，将一块玉牌悄悄放进了邵一一的上衣口袋里。

吴仁荻肯定和邵一一有点什么关系。我心里瞎琢磨着，再看吴主任时，越看越别扭。他的脸上、额头上都是一条一条的白道，就像是头发里藏了一块奶油，已经融化了，正往下流。这还不算，看得再仔细点，吴仁荻的头发怎么会越来越黑？

不光是我，就连孙胖子和熊万毅也看见了吴仁荻的变化。熊玩意儿用胳膊肘捅了捅孙胖子，他的眼神直往吴仁荻的头上瞟。孙胖子心领神会，低着头装作咳嗽了一声，借着咳嗽声小声嘀咕道："嗯，别惹他，装作没看见。"

就在我们准备回去的时候，杨枭突然脸色涨红，骂了一句我听不懂的话（像是云南话），转身向大门的方向窜过去。孙胖子第一个反应过来，他的脸色变得十分难看："坏了，八成中计了，奶奶的。"他说话的时候，人已经向体育馆内跑去了。

熊万毅跟在孙胖子的后面，不过他有点不太相信里面出事了："不能吧，飞扬还在里面，出事了能一点动静没有？"

孙胖子回头白了他一眼："没了天眼，你以为飞扬和里面的小丫头有什么区别吗？"

我们赶到体育馆内时，瞬间就被体育馆内的景象惊呆了。只见在里面中心的位置出现了一个直径十米左右的大洞，这个洞一看就是人工建造的，甚至还有楼梯直通地下。

四周的女学生和教职员工横七竖八地躺在地上，看她们的姿势绝对不是睡着了。我们粗略地看了一下，里面明显少了不少的人。

杨枭在人堆里找到了云飞扬，这家伙倒在了地上，浑身瘫软。杨枭检查了一下他的症状后，冷笑了一声："跟我玩这一套？"米荣亨在他身边问了一句："飞扬他没事吧？"

"死不了。失魂症，云飞扬的魂魄被人抽走了。"杨枭说着，又就近看了他身边昏迷的女学生，得出的结论是和云飞扬一样都被人抽走了魂魄。

失魂症，抽人的魂魄，这是杨枭的拿手本事，要不是刚才他就在我们身边，我一准认定就是他干的。

门口，吴仁荻扶着邵一一也进来了。邵一一同学看见这景象眼前就是一黑，当时就要晕倒，好在吴仁荻扶了她一下，邵一一才没有倒地。

"她们这是怎么了？林思涵，林思涵，你在哪儿？"邵一一冲倒地的人群大喊道。

"她喊的谁啊？"我问了一句。

熊万毅在我后面说道："辣子，林思涵是三班的，邵一一的……女朋友，你懂的。"

熊万毅话一说完，我的脑海里就闪现出那个剃着小平头，和邵一一亲嘴的女爷们儿："林思涵，思汉，思汉的，她爹妈还真会给她起名字。"

邵一一找了一圈，也没有找到林思涵，最后她竟然顺着地洞要往下走。还好，杨枭也在地洞的旁边，看着不对，连忙把她拽了回来。

吴仁荻和杨枭都没打算下去，我们已经做了下一步的安排，事件上报给高亮，让他要么亲自过来，要么再派人过来。高局长让我们守着地洞，丘不老和四室主任林枫已经在路上了，他们差不多明天中午才能到。

现在邵一一哭着喊着要下去找她的另一半，吴仁荻脸色铁青地看着她，最后看邵一一哭得快背过气了，吴主任一咬牙："算了，杨枭，上面你看着，我下去看看。”

杨枭的脸色变得很奇怪：“主任，现在这情况，你确定要自己下去？”

吴仁荻摇了摇头：“你不用说了，上面交给你了，我下去。”他回头看了看邵一一，又对杨枭说道，“这个小女孩，你可要看好了，我不在的时候别让她受什么委屈。”听他的口气就像在交代遗嘱。

我和孙胖子听得目瞪口呆，这还是那个小肚鸡肠的吴仁荻吗？按他以前的脾气，只要是他不愿意干的，就算有人在他面前自杀，吴主任都不会看上一眼，现在一个小姑娘就是哭了两声，吴主任他就豁出去了？

见吴仁荻真要往下走，杨枭再也忍不住了，挡在吴主任的身前说道：“主任，你答应我的东西呢？”

吴仁荻看了他一眼：“等我上来的，再说吧……”

我看明白了，吴仁荻在激将杨枭。今天还真是稀奇，吴仁荻不摆酷，也开始使智了。

杨枭看着吴仁荻的背影，喘了口粗气，想了一下，突然间又笑了几声：“就这样吧，主任，你等一下。”说着回头看了我们几个调查员一圈：“我们一起下去。”

“我们也下去？”孙胖子的脸色有点发白了，他也看出来了吴仁荻出了什么问题——现在的吴主任不是太靠谱。

杨枭看了他一眼：“可以不下去，”没等孙胖子高兴起来，他又说道，“不下去，就在上面守着。先讲明白，体育馆里这么大的事情，这么短的时间内没有一点动静，不可能是一个人做的。谁在上面守着，就多加小心吧。”

孙胖子的脸色变得有些难看，扭头对我说：“辣子，你也别下……”他话没说完，杨枭突然截住了他的话：“沈辣也要下去。”没等我发表意见，孙胖子不干了：“他下去干什么？”

杨枭看着他冷笑了一声："现在只有沈辣身上的一把枪，你说他下去能干什么？"

我和孙胖子都被他这一句话吓了一跳。手枪我藏得严严实实的，就我们俩知道，杨枭是怎么发现的？

"辣子，你不是说你的枪也丢了吗？"熊万毅向我问道，他说话的语气不是太好。

"算了，"杨枭制止了，"沈辣不管怎么样都要下去，有谁要留在上面吗？"

再看孙胖子，他低着头就像没听见一样。突然，孙胖子想到了什么："等等，我们都下去了，邵一一怎么办？她自己在上面守着？"

杨枭看了吴仁荻一眼，见他没有什么反应，又看了看邵一一一副想往地下冲的架势，他犹豫了一下，还是说道："邵一一也下去，守在我们身边，应该没什么大事。"

他这话说得自己都有点心虚。我们也都明白，地洞下面是什么虽然都不知道，不过就今天这几次，我们没占着便宜不说，还吃了不小的亏。如果下午消防喷洒喷出来的不是尸油，而是汽油的话，只要一根火柴，就能把我们全灭了。

"好了，下去吧，下面也许没我们想的那么糟。"虽然杨枭只是一个调查员，可现在也只有听他的了。

好在今晚学院里的人是在搞"防灾演习"，为防意外，带的工具也齐全。我和孙胖子找了几把手电筒，一人给了一把，然后拿着几把手电，分别顺着地洞的楼梯滚了下去，借着手电的光亮，没发现什么异常的情况。我们几个才慢慢地踩着楼梯，向下走去。

第二十八章　地宫

下了几十级楼梯，我们借着手电的光亮才慢慢看清楚，这些楼梯上竟然铺满了朱砂，看上去就像是一条通红的血路。

没了天眼，就凭一双肉眼，借着手电光，我才能看见二三十米外的景象，同时感知危险的能力也差了很多。

杨枭走在最前面开路，米荣亨在最后压阵。说来也奇怪，同样都是被尸油淋过的，杨枭一点事都没有，他好像是通过另外一种方法来感知周围危险的。

楼梯差不多百十来级，之后就是一条细长的走廊。我们下来后，杨枭左右看了一下，又和吴仁荻商量了几句，最后决定继续向前走。

走了没几步，孙胖子突然喊了一句："你们看！墙上是什么东西！"他话还没说完，四五道手电光已经照在墙上。我看见两侧的墙壁上，每隔十几米就有一个奇怪的雕像。

这些雕像都刻画着同一个人物，这人一身道士的打扮，虽然看上去上了年纪，不过颌下无须，脸上的表情透着一种狠辣的感觉。

熊万毅看出了来历，说：“是鬼道教！”不过他说的自己都不敢确认，回头对着米荣亨说道：“亨少，是鬼道教吧？”

米荣亨走上前去仔细看了几眼：“是，是鬼道教的引路使者。不应该啊，鬼道教民国以前就消声灭迹了，这里怎么和鬼道教又扯上关系了？”

孙胖子听得稀罕，问道：“什么鬼道教？鬼和道还能成一派？”

熊万毅他们有意无意地看了看杨枭，都低下了头没有回答。

没人回答，孙胖子反而越发好奇了，他向我问道：“辣子，你听说过吗？什么是鬼道教？”

鬼道教三个字我还真在资料室里见过：“鬼道教是在清朝晚期突然兴起的宗教，它兴起的时间极短，资料记载也就是三十多年。和正统的宗教不同，鬼道教不敬三清，只敬鬼神，所以鬼道教又叫作拜鬼教，现在来说就是正经的邪教了。”

说到这儿我顿了一下，猛地想起来资料里面记载鬼道教是以纵神弄鬼闻名的，光绪年间就有鬼道教门徒抽人魂魄，以鬼物操纵他人生死的事件——这不就是我们队伍最前面的那个人经常干的事儿吗？

我说了一半，孙胖子听了更难受，急道：“辣子，你继续说啊，别说一半留一半的。”

我向他使了个眼色：“我就知道这么多，以后回民调局你自己去看嘛。”

下面太黑，孙胖子没看见我使的眼色，继续说道：“哪用回民调局，眼前就有人知道，是吧，老杨？”

杨枭这时也停住了脚步，回头看向孙胖子，不过光线太暗，没能看清杨枭脸上的表情。

黑暗中的我无语了，只能用胳膊肘捅了孙胖子一下。这货反应过来了，接着上一句话继续说道：“西门链你知不知道？”

西门链也很识相地接过话头："我没听说过，回局里你自己去资料室查吧。"

杨枭没有言语，转过身子继续向前走。

等他走得远时，孙胖子才小声和我嘀咕道："不能和杨枭提鬼道教？"我说道："他自己八成就是，你还上赶着去招惹他。"孙胖子一撇嘴："我上哪儿知道去？"

这条走廊大概三百米，真没想到学院下面还有这样的地方。走廊尽头是一个拱形的大门，不过这道门已经上了锁。米荣亨本来想直接把门踹开，还没等他动脚，孙胖子拦住了亨少："这个你是外行，我来。"

孙胖子不知道从哪里找到了一根铁丝，他用手电照着，看了看里面的锁眼，之后将铁丝来回扭了几下，找好了角度，便将铁丝捅了进去。他上下扭动着铁丝，不到一分钟，就听见嘎巴一声，门锁被孙胖子打开了，紧接着杨枭跟了上去。

不知道门内有什么，我们不敢怠慢，熊万毅和孙胖子他们已经将甩棍抽了出来，我也拔出了手枪，打开了保险；回头看吴仁荻时，他手里已经握住一把短剑，和三叔给我的那把一模一样。

杨枭将大门推开一道缝，向里面偷看了几眼。随后他掏出了一个小酒盅，正是刚才装了邵一一喷出来那股黑气的那个小酒盅。

杨枭嘴里念念有词，手上有规律地晃动着酒盅，就见那股黑气缓缓地从酒盅里飘了出来，先是围着杨枭转了一圈，之后顺着门缝，飘进了大门里。

过了三五分钟，那股黑气又慢慢地飘了回来，重新回到杨枭拿着的酒盅里。

杨枭也不说话，借着手电的光亮给我们几个做了一个跟上的手势，随后一推门，自己闪身进到门里。吴仁荻稍微等了一下，同样也没说话，跟着进到门内。

见他们进去之后没有什么动静，我们几个才陆续跟了进去。

门里面的景象吓了我一跳，这里面竟是一个大殿，供奉着上百尊神像。这些神像一个个龇牙咧嘴的，我之前从来没有见过。

“这个学院之前是干什么的？怎么地下面还有这样的地方？”孙胖子看着神像说道，“这些神像非佛非道的，也不知道供的是哪路菩萨。”

“这就是鬼道教的满天神佛。”说话的是杨枭，他正对着一尊最大的神像发呆。

这些就是鬼道教的神仙？借着手电的光亮，我把这些神像看了个大概。雕刻这些神像的工匠也算是能工巧匠了，把一个个神仙雕刻得栩栩如生。

说是神仙，除了最外面几个长相有些凶恶之外，里面这些大都是平常老百姓的面孔，最离谱的是里面还有几个是推小车和挑扁担的。总之士农工商，什么都有。做鬼道教的神仙，门槛也太低了点，这些神仙司的什么职？莫非是管理菜市场的？

当我看到最后一个，也就是杨枭正对着发呆的那个神像时，神像的容貌吓了我一跳。这个神仙看上去二十多岁，一张娃娃脸，脸上挂着一副似笑非笑的笑容，正和眼前的杨枭一模一样。

不光是我，还有好几个手电光照在“杨枭”雕像的脸上，孙胖子他们也看出了杨枭和这尊雕像的关联。只有旁边的吴仁荻好像没看出来，他的心思全在邵一一身上，她刚淋了大雨，担心她再被冻着，吴仁荻已经脱下了外衣，披在邵一一的身上。

终于，杨枭的注意力转了回来。这次他走神儿也有点好处，杨同学好像想起了什么。

“主任，”杨枭回头朝吴仁荻喊了一声，“按照鬼道教的规矩，再往前走就是身后路了，走不走？”

“不用问我，现在你做主。”吴仁荻淡淡地对杨枭说道，“你怎么说，我们就怎么走。”

杨枭点点头，也不理会我们几个，一转身，进到雕像群里，三拐两拐地走到了墙边。我们跟在他身后，就看见杨枭伸手在墙壁上摸索起来。没一会儿，他好像找到了机关，伸出几个指头，悄无声息地插进了墙壁里。

我觉得他这个动作眼熟，等瞧见孙胖子也在皱着眉头盯着杨枭时，我才一下子想起来，几个月前，我和孙胖子第一次见面的场景。

在水帘洞里，我也做过和杨枭一样的动作，只不过那时我有天眼，还能看见墙壁上那张煞白的人脸。

杨枭的手指插进墙壁的那一刻起，那面墙壁就起了变化，整个墙壁开始缓缓下沉。

孙胖子看了我一眼，压低了声音说道：“辣子，这一招是学云南水帘洞的吧？”

我点点头，同样小声说道：“大圣，小心点，不是杨枭和鬼道教有关系，就是鬼道教和水帘洞里的巫祖有关系。”

说话的时候，那面墙已经下沉到地底，露出墙后面的景象。

和水帘洞那次不一样，这面墙壁落下后，出现在眼前的不是什么大殿，而是一条阴森森的甬路——这应该就是杨枭刚才所说的“身后路”吧。

没想到看见甬路，杨枭的脸色反而难看了，吴仁荻也皱起了眉头。他俩都没有说话，只是看了一阵甬路，又很有默契地互相看了一眼。

除了他俩，我们这些人里面，对鬼道教了解最多的就是米荣亨了。看见墙壁后面的甬路，亨少几乎脱口而出：“不是身后路！”

米荣亨这话一出口，我们几个的目光都盯上了他。孙胖子说道：“亨少，你说明白点，什么身前身后路的？”

米荣亨看了一眼杨枭，见他没有反对的意思，才说道："鬼道教的身后路，是善恶两条路。鬼道教的规矩，说是留给死人走的，两人以上就必须分开走，否则都走不到尽头。积德的人走善路，败德的人走恶路，不过目的地是同一个地方。现在只有一条路，那就不是身后路了。"

米荣亨说话的时候，熊万毅和西门链两个人拿着手电对着甬路一阵乱照。甬路的距离不短，不过西门链的眼神好，他看出了一些门道："里面有岔路，好像分道了。"

杨枭好像也看出了甬路里面的变化，他并不着急进去，看了我们一眼，说道："我们分一下组，八个人分四组。"

米荣亨愣了一下："身后路就两条，我们分四组干吗？"

杨枭看着甬路漆黑的尽头，喘了口粗气，说道："进去就知道了，我……"他看了看周围这些人，心里盘算了一下说，"吴主任和邵一一……"

他话还没说完，就被吴仁荻打断了："你和邵一一一组，我和沈辣，剩下的人自由搭伙。"

嗯？他什么意思？把邵一一托付给杨枭我能理解，不过主动拉我和他一组是什么意思？这完全不像是吴仁荻的风格。不明白归不明白，既然吴仁荻说了，那就只能照他说的办。

就这样，剩下的四个人，孙胖子和熊万毅一组，西门链和米荣亨一组。

走进甬路之前，吴仁荻向邵一一低声嘱咐了几句。

自打进到地洞之后，邵一一的表现出乎我的意料，虽然刚下来的时候，她也有些紧张害怕，但是和她的同龄人相比，邵一一算得上相当有胆色的了。她对吴仁荻的态度也有了很大的变化，已经开始有些依赖他的感觉了。刚才分组的时候，最不满意的就是邵一一同学了，吴仁荻低声和她说了几句，邵一一才勉强同意跟杨枭一组。

进了甬路一直向前走，等走到尽头时，才明白为什么杨枭给我们分了四组——甬路的尽头竟然出现了四个分叉路口。

“老杨，不是说身后路只有善恶两条路吗？现在这四条路算什么？善善恶恶路？”孙胖子是民调局里少有的几个不太把杨枭当回事的人（他吃准了有吴仁荻在，杨枭不敢把他怎么样）。

杨枭根本没搭理孙胖子，倒是米荣亨替他解释道：“有人重新设计了身后路，这不是鬼道教的路子。”

杨枭在四个岔路口都转了一圈，然后又掏出了之前那个小酒盅，让酒盅里的黑气在四个岔路里都转了一圈，这四趟下来就是一个多小时。

“里面没什么大事。”说着，杨枭从怀里取出三支香，分别给了我们这三组人，接着说道，“点上香进去，香只能烧半个小时，不过半个小时足够你们过去了。出去之后，千万不要乱走，我会去接你们。”

杨枭嘱咐完之后，带着邵一一进了左边第一个岔路。邵一一进去之前，还依依不舍地看了吴仁荻一眼。

米荣亨和西门链点上香，进了杨枭旁边的岔路。

第二十九章　吴仁荻的乱象

见孙胖子和熊万毅也要进去，我过去叮嘱了一下：“大圣，老熊，你们俩小心一点，我们到时见。”

“还不一定能不能出来。”孙胖子又胡说八道起来，“辣子，你守着吴仁荻吴主任，万事不愁。我呢？就这么一个熊玩意儿……”

“我才倒霉呢，摊上你这么一个孙胖子，要是真有什么事，跑都跑不起来，我他妈招谁惹谁了？”熊万毅对孙胖子也很有意见。

我看了他俩一眼：“要不……咱们换换？你们俩谁过来，咱们换一下？和吴主任一组，剩下的人和我一组，怎么样？”

这两个货心有灵犀，几乎同时说道：“算了，这样也挺好，就不用惊动吴主任了。”

“我就知道你们俩讲义气。”我打了个哈哈，从腰后掏出手枪和弹夹，还给孙胖子。没想到这胖子改了常性，竟然死活都不肯要。最后看我急眼了，他从腰里又掏出一把手枪，正是我丢的那把民调局特制的九二式。

我和熊万毅都愣住了。孙胖子觍着脸笑了笑：“你的枪藏在储物柜里，我不放心，就替你收着了。你看，我收对了吧。”

没等我说话，熊万毅先说道：“我们的枪呢？”

“你以为我有那个闲工夫？”孙胖子嘴一撇，“谁偷的，你们向谁要去。”

孙胖子和熊万毅磨磨叽叽地进了第三个分岔路。我掏出打火机，准备点上香进岔路时，旁边一直没有说话的吴仁荻终于开口了：“等一下。”

“嗯？”我抬头看着他，等着他下面的话。

“邵一一，”吴主任终于说了这个我很好奇的名字，他接着说道，“出了身后路，如果她有什么事，你要尽力保护她。”

“我？邵一一？”我听不懂吴仁荻话里的意思，“吴主任，有你在，还有杨枭，最不济米荣亨也比我强，怎么算也轮不到我吧？”

吴仁荻看着我没有说话，他抬起双手在自己头发上来回拢了几下。经他这么一拢，这才发现他原本银白的头发黑了大半。我一下子想起来吴主任在麒麟市时的模样，就因为当时他是黑头发，杨枭才没把他当成吴仁荻。

“我自身难保！本来还有个杨枭，可惜这个地方和他相冲，他了不起能落个自保。”吴仁荻说话时的语气和平常变化不大，只是少了他独有的那种目空一切的语调，同时很明显的，他的话也比之前多了不少。

“那我们干吗下来？”我开始觉得头皮发麻了，本来以为守着吴仁荻和杨枭是很安全的，现在看来，守着吴仁荻反而是最不安全的了。

“有些事，由不得你选择做不做。”吴仁荻这句话说得决绝，他那目空一切的气质好像瞬间又回来了。

很难想象这样的话会从吴仁荻嘴里说出来，我一直认为以他的脾气只会说：“干不干是我的事，你管我？”

沉默了一会儿，吴仁荻掏出来一个小瓷瓶。他拧开瓶盖后，冷不丁将小瓷瓶递到了我鼻子下面，说：“闻一下。”

我没有防备，陡然间闻到了一股无与伦比的恶臭。这股恶臭直冲我的脑仁儿，竟然熏得我天灵盖生疼。

我以前闻过最臭的东西和这种臭气相比也是一个天上一个地下。这种感觉，就好像把上百只死耗子憋在一个容器里，腐烂发酵一年后才能发出的气味。

“呕——”我扶着墙壁一顿狂吐。说来也怪，我吐了一阵之后，好像把体内的晦气也吐走了，慢慢开始觉得眼前黑乎乎的景象明亮了许多。天眼回来了？我向黑暗深处看了一眼，失望得很，也只能看到不远处的景象。

我擦了擦嘴角，向吴仁荻问道：“这臭东西是什么？”

“臭东西？一会儿你就要说它香了。”

我知道吴仁荻不说，再怎么问也没有用。看他好像再没有什么事嘱咐，于是也不再磨叽，点着了香，和吴仁荻进了最后一个岔路口。

里面的道路和刚才的甬路完全不同，地面就像刚下完雪一样，铺着一层厚厚的白灰，走在上面，就像踩在棉花上一样。

我小心翼翼地走着，边走边警惕地看着四周。

“把心放肚子里吧，这是善路。”吴仁荻在我身旁说道。可能是怕我不相信，吴主任又接着说道，“你脚底下踩着的叫作‘阳灰’，是石棉和石灰的混合体。这种阳灰的混合体有很强的吸附阴气的作用，鬼道教有一种理论，适量吸走人身上的阴气，那么人身上的邪气就没有了。”

我突然间有了一种感觉，黑头发的吴仁荻话开始多了，换到以前，他是绝对不会和我解释这样的事情的。

趁吴仁荻话多，我又问道：“要是恶路呢？是什么样子？”

吴主任说道：“鬼道教的恶路就是水路。水主阴，恶路就是一个大的聚阴池。一会儿出去的时候，看谁的裤腿湿了，就说明谁走的是恶路。”

再往前走了一百多米，脚下的路越走越红，走到后面已经是通红一片。这个我认了出来：“朱砂？”

这次吴仁荻点了点头："嗯，不过还不能算是上乘的朱砂，撑场面的。"

再往前走是一个拐角，我和吴仁荻转过拐角，出现在眼前的是另外一番景象。刚才的阳灰朱砂路看不见了，眼前是一片湿漉漉的水泥地，两侧的墙壁上都长满了青苔，几十只叫不出名字的虫子在地上爬来爬去，看着就有些瘆人。

这时吴仁荻面色马上凝重起来："恶路！善一半，恶一半，倒是不会无聊。"

"吴主任，你说的什么意思？再往前走就是恶路了？"我看着面前这条水淋淋的水泥路说道。

吴仁荻说道："以前没听过鬼道教有这样的路。"他这句话说的声音很低。

"那么现在怎么办？"我问吴主任。

"退不了了，继续走吧。"吴仁荻说着，脚已经踏上了满是水渍的地面。

现在这个场面，就算没有天眼，我也感觉到前面的路开始凶险起来。本来我已经打开了手枪的保险，但是犹豫了一下，还是放弃了手枪，转而抽出了甩棍，跟在吴仁荻的身后。

刚才闻了吴仁荻瓶子里的臭气之后，我脑仁一直疼到现在。踏进恶路之后，我脑袋突然一阵眩晕，接着眼前一黑，就要一头栽倒。就在即将摔倒的一瞬间，我猛地惊醒。幸好以前有特种部队的底子，条件反射性地，我双手在地面一撑，借这个力道，才没有整个人摔在地上。

人虽然没有摔倒，可杨枭给的那炷香已经掉到了地面上。等我再捡起来时，那炷香已经被地面上的水渍浸透，还断成了几节。

我满怀期待地喊了一声："吴主任！杨枭是你们六室的人，他的东西你也应该有吧？”说着，将几节断香给他看了一眼。

“那是杨枭的私货，我没有。”说话的时候，吴仁荻已经走了过来，从上到下看了我一阵。把我给看毛了，问：“吴主任，我身上是不是有什么东西？”

吴仁荻看着我说道：“有东西……”我就知道是这样！一咬牙，我已经把甩棍举到脑后，准备拍我的后背了。眼看我就要吃自己一棍时，吴主任才说出后半句，“我也看不见。”

我急忙收了甩棍，“你看不见？是什么意思？”

吴仁荻突然笑了一下，笑容里掺杂了几分无可奈何的苦涩：“我现在和你一样，天眼已经闭合了。”

“你的天眼也会闭合？”我知道吴仁荻的身体起了变化，但是没想到他的天眼也闭合了。也就是说吴仁荻和我也没什么两样了。现在不是女子学院的危机了，已经演变成了民调局的最大危机。我问了一句：“谁干的？”

吴仁荻叹了口气，说道：“我，我自己干的。”

我已经不知道说什么好了，只能瞪着眼睛听他继续说下去。

果然，吴仁荻又开口了，不过他再说话时语速特别慢，就像是怕我听不清楚一样：“现在，告诉你一个我最大的秘密。”说到这儿，吴仁荻顿了一下，又说道，“每三年里，我都会有十三天丧失全部能力。十天后，我的能力才会慢慢恢复。”

“你不是想说你和天山童姥是一个门派的吧？”鉴于吴仁荻以往的风格，他的话我只能半信半疑（半信三成，半疑七成）。

“天山童姥？没听说过，干什么的？”吴仁荻皱了皱眉头，“没听过天山出了一个童姥。”

见吴仁荻的表情实在不像说谎，我心里的尺度又向半信移了几分：

“童姥的事以后再说吧。吴主任，那你为什么不找个地方藏起来，神不知鬼不觉的，等十三天之后风平浪静了再出来？”

吴仁荻没有正面回答我，只说出了一个人名字：“邵一一。”

其实我心里已经猜到了六七分，不过吴仁荻亲口说出来，我还是有点意外。不知道这个十六七岁的小姑娘有什么魅力，能迷得吴主任连自己的命都不要了，要守在她的身边。

吴仁荻接着说道：“邵一一的八字特殊，每过两年就会出一个劫数。她之前的七次劫数都是我帮她度过去的，没想到今年这么巧，正好和我的十三天重叠了。”

“等一下！”我听出了一点问题，打断了吴仁荻的话，“吴主任，你说邵一一之前的七次劫数是你帮她度过的，也就是说，她小时候你就认识她？你是邵一一的……”最后两个字呼之欲出的时候，我故意闭上了嘴巴。

“邵一一是我的后代，怎么了？”吴仁荻说这话的时候，没好气地看了我一眼，继续说道，“当初我让你和孙德胜给她们母女俩送钱的时候，你们不知道？”

你没说，我们上哪儿知道去？再说了，你们俩看上去差不了几岁，长得又不像。一个姓邵，一个姓吴，谁能知道她是你的后代？嗯？我猛然间意识到了一个问题。后代，吴仁荻刚才说了后代，没有说女儿？

我开始有点不淡定了，吴仁荻没说女儿、孙女、重孙女，他说的是后代！是他的语法问题还是我听错了？

我咳嗽了一声，试探着问道：“我们都没往那方面想，没想到邵一一会是你的女儿。”

“你刚才没听见吗？”吴仁荻说道，“邵一一是我的后代，不是女儿。”

看吴仁荻的样子不像是在开玩笑，回想起第一次在云南水帘洞里和吴主任碰面时的场景，我还记得他在对付干尸的时候，暗示那些干尸还是人的时候，吴仁荻就认识他们。水帘洞是滇国的祭坛，滇国是汉朝时期的国家，汉朝距离现在……

我平静了一下，又说道："我打听一下，吴主任你高寿了？"

"我高不高寿和你有一毛钱关系吗？"吴仁荻又恢复了他常有几分嘲弄的语气，看了我一眼，换了稍微平和一点的语气说道，"总之，你记住了，要是邵一一有什么事，你要豁出命去保护她。"

他的后代出事，要我豁出性命？难得吴主任还说得这么心安理得，就仿佛别人拼出一死去救他的后代，是天经地义的事情一样。

"您太给面子了，"我叹了口气，说道，"不过为什么豁出性命的是我，不是孙大圣、熊万毅和西门链他们？"

听我这么一说，吴仁荻先是沉默了一会儿。他盯着我的眼睛，害得我不敢和他有眼神的接触，眼睛眨来眨去，一直东躲西闪。

吴仁荻终于说话了，不过我没有防备，却是被他的话吓了一跳："因为你和我可能是同样的人。"

第三十章　万能油

我和你什么地方一样？我心里喊道，脸上还不敢露出来。等一下！我和吴仁荻是一样的人，这句话我好像还听谁说过。是杨枭！我想起来了，在大清河的河道下面。杨枭伪装成孙胖子，被我识破之后说的。原话我记不住了，但是他说的就是这个意思。

“我不明白你的意思，”我终于和吴仁荻接触了一下目光，“我和你……好像相似的地方并不多。”

没想到吴仁荻结束了这个话题：“不说了，今天说的够多了，继续往前走吧。”

正当我还想再试探地问几句时，前面不远处突然响起了一个声音：“这是哪儿？我怎么在这里？有人吗？”说话的声音离我们并不远，不过我没有听出来说话的人是男是女。

我的第一个反应是握紧了手上的甩棍，另一只手向腰后的手枪摸去。这时，一个人从黑暗中走了出来。

这人一脸的惊恐，看见我和吴仁荻时她也吓了一跳，不过马上将我们认出来："是吴老师吗？你是沈辣！我是林思涵！三班的林思涵，你们班邵一一的朋友。"

小平头，看不出来是男是女，不是林思涵是谁？老丈人终于和"女婿"见面了。吴仁荻不可能不知道林思涵的存在。我偷眼看向吴主任，果然，他的脸色变得有点发青。可能是被吴仁荻压抑得太久，我心里突然生出了一种恶作剧的期待，吴仁荻会怎么对待自己的这位姑爷？我期待着。

林思涵踉跄地走过来，她的脚好像受了什么伤，扶着墙壁一步一步走得很慢。我本来想过去扶她一把，正准备过去的时候，身旁的吴仁荻一把拉住了我的胳膊。他也不说话，两只眼睛直勾勾地盯着他未来的"女婿"。

我愣了一下，看了一眼面无表情的吴主任，再看向林思涵时，才猛地发现她那边已经有了变化。

她后面还有一个林思涵！两个林思涵一前一后地走过来，不过后面的林思涵目标却不是我和吴仁荻，她直勾勾地盯着前面的"自己"，想要靠近却又好像特别忌惮前面的"自己"，只能犹犹豫豫地保持一定的距离徘徊。

竟然有两个林思涵！而且这两个都不是人！这感觉太熟悉了。一瞬间我明白过来，我的天眼又打开了。什么时候打开的？我竟然没有一点察觉。

再看吴仁荻，他还是冷冰冰地看着正慢慢靠近的林思涵，根本没有看我一眼的意思。

不过我还是发现了一点迹象，吴仁荻一手抓住我，另一只手已经缩回了衣袖里。

"沈辣，你过来扶我一把，我的脚好像断了。"前面的林思涵又说道，她的演技还算不错。要不是被吴仁荻拉了一把，加上天眼又回来了，我八成能着了她的道。

"你的腿没事吧？"没想到吴仁荻迎着她走了过去，"腿伤了别乱动，我来背你走。"吴主任说着已经到了林思涵的跟前，伸出手来扶林思涵。

就在吴仁荻伸手的一刹那，一支微型的弓弩从他的衣袖里伸了出来，对准林思涵的头部就是一弩箭。这个距离太短，林思涵又没有防备，弩箭直接射进了她的脑门。

就听见林思涵“嗷”的一声鬼叫，一股黑烟从创口里冒了出来。这股黑烟遇风消散，很快就化作了虚无。

后面的林思涵好像没见过这个场面，当场就吓呆了，足足一秒钟后才反应过来。等我拔出手枪时已经晚了，这个林思涵一闪身从原地消失。

“嗯？”吴仁荻皱着眉头看向我枪口对准的方向，“还有东西？”

吴仁荻看不见？我已经愣了，那他怎么识破林思涵的？

“你看见什么了？”吴仁荻向我问道。

“那吴主任你呢？什么都没看见？”我向他反问道。

“废话，不是和你说了吗，我的天眼已经闭合了。”吴仁荻有些不满地说道，吴仁荻这样的反应让我有点怀疑他是故意干掉林思涵了，这也符合吴主任一贯的性格，为了自己的后代，真是什么都干得出来。

不过眼前还有一件事让我更上心：“吴主任，你怎么知道我能‘看见’？还有，刚才你给我闻的到底是什么东西？”

吴仁荻淡淡地看了我一眼，只说了一句：“现在不觉得臭了？”说着再不理我，径直向里面走去。

我在后面快走了几步，跟了上去：“那孙胖子他们呢？为什么不让他们也闻一下那个‘香东西’？”

可能是被我说得烦了，吴仁荻哼了一声，突然停住了脚步，回头打量了我一眼：“你以为天眼都是一样的吗？你那是天生天眼。像你这样的民调局里一共才三个人，就算暂时被蒙蔽了，只要受到适量的刺激，天眼就能重新被打开。”

适当的刺激？我想起小时候遇到的那只水鬼，还有水帘洞里的干尸，那两次我也是突然间就重开了天眼，不过那两次差一点就要了我的命，这样也算是“适当”的刺激?

吴仁荻看着我一脸不解的样子，他叹了口气：“说，还有什么要知道的，我捡能说的告诉你。”

这个机会可是不常有，我还没能想起来要问什么，吴主任又说了一句：“就给你五分钟的时间。”

五分钟？无所谓了，我第一个问题已经出口了：“吴主任，你的能力是真的暂时消失了还是使的什么障眼法？”说实话，这个问题很困扰我，吴主任也是有前科的，还不止一次。

“这也算问题？你是不是觉得五分钟太长了？”吴仁荻向我一扬下巴，“第二个问题。”

这也算回答？我喘了口粗气，说道：“那刚才我闻的是什么东西？这个能说吧？”

“嗯。”吴仁荻答应了一声，接着又掏出了那个小瓷瓶抛给我，“你自己先看看吧。”

我屏住呼吸打开小瓷瓶，里面是一堆黏糊糊的黑色液体，虽然我屏住了呼吸，但那一股臭气还是往我鼻子里面钻。看清了里面的东西后，我马上将瓶盖盖好，确定臭气散开之后，我才敢深深地吸了口气说道：“这里面到底是什么？”

吴仁荻终于给出了答案，就两个字：“尸油。”

“尸油？哪个尸油？”我以为我听错了。吴仁荻说道：“就是淋你一头一脸的那种东西，只是气味没有这么冲——尸油的邪气足够把你的天眼冲开。”

我又感到一阵恶心：“怎么什么都是尸油？闭天眼的是尸油，现在开天眼又靠尸油。这到底是尸油，还是万金油？吴主任，除了尸油，你就没有别的办法了吗？”

“也可以不用尸油，再往前走一阵，前面的阴邪之气只要够重，你的天眼自己就会打开。”吴仁荻若无其事地说道。

要不是眼前的这个人是吴仁荻（怕打不过他），我早就一拳打在他鼻子上了。就这样看着没事人一样的吴仁荻，我还是气得牙根直痒痒。

我努力地稳定了一下情绪，问：“吴主任，你没事儿带这个不恶心吗？”

“不是我的，也不是你的——你操的什么心？”吴仁荻说道。

“不是你的？”我好像听出来了点什么。

吴仁荻看了看手表，说道：“杨枭的，我借着用用。”

“杨枭的？”我心里动了一下，“他好像也是鬼道教那一路的吧？前面还有他的众神像。”

“你别瞎想了，这里的事和杨枭没有关系。”吴仁荻又说道，“最想把幕后设局的人揪出来的，就是杨枭了。可惜，他和鬼道教的人相冲相克。”说着，吴主任还叹了口气。

见吴仁荻说得直摇头叹气，我忍不住又问道：“杨枭到底和鬼道教是什么关系？他的像摆在神坛里，本人却和鬼道教相克。吴主任，说不过去吧？”

“你真的想知道？”吴仁荻似笑非笑地看着我，“告诉你也没问题，不过要是说明白，怎么也要十几二十分钟。别说我没提醒你，你还有一分三十秒，不是，是一分……二十八秒。”

时间过得这么快？我开始后悔了，应该一开始就问吴仁荻，女子学院这里到底是怎么回事。不过以我对他的了解，吴主任八成会这么回答我：“我不知道，问下一个问题吧。”

两秒钟后，我问出了下一个问题：“这个时候，让我重开天眼，不是单纯满足你的恶趣味吧，吴主任？”

吴仁荻听了之后，很难得地笑了一下。“这个问题你应该早点问。”他顿了一下，接着说道，“你现在开了天眼，除了你，只有我知道。鬼道教是以控神纵鬼出名的，幕后的那个人做梦也不会想到，你的天眼这么快就又重开了。只要你能坚持到那个人出面，不管是纵鬼术还是什么幻术，对你来说都是假的，剩下的就是你一颗子弹的事了。”

看不出来，吴仁荻还有这一肚子心机。趁还有几秒钟，我快速问道：“林思涵呢？你是怎么看出来她不对的，还是因为你看她不爽，所以才干掉她的？”

吴主任看着我，又咧了下嘴（也算是笑了一下）：“时间到了，五分钟结束。”

“还有二三十秒的！”我看着吴仁荻说道。说到底，我还是低估了他翻脸不认账的能力。

吴仁荻伸手将手表给我看了一眼，说：“你自己看。”

我知道你是从哪儿算的时间？我心里恨恨的，但对上吴仁荻，脸上还不能露出来。算了，这也符合他的一贯作风了，不这么干也就不是吴仁荻了。

“该问的你也问完了，”吴仁荻向我说道，“再往前走，就不要啰唆了。”说到这儿时，他突然问了一句，“沈辣，你的天眼开了吗？”

“没有，还闭着呢。”我低着头回了一句。蒙小孩子的游戏，我怎么可能会上当。

再往前走，越走越潮湿，不光地面，就连墙壁上也渗出了积水。一些已经腐烂得看不出来是什么动物的尸体，散落在各个角落，腐烂的气息越来越浓。好在我刚才已经被尸油熏过一次，这点气味对我来说，已经算不了什么。

吴仁荻走在前面，他走得很快，几乎是小跑一样。吴主任那不可思议的能力虽然暂时消失了，但他的体力比起一般人还是要强上一些，而且他的动作也很怪异，在积水中快速移动，竟然没有溅起什么水花。他快归快，不过以我前特种兵的实力，跟上他还算不上是什么难事。

说是恶路，除了刚才的林思涵之外，再没遇到过别的什么异常情况。就这么往前又走了五六百米，前面出现了一个亮点，出口终于出现了。

不知为什么，看见了出口，我却高兴不起来，就像有一块大石头压在我的胸口，压得我透不过来气，眼皮就像抽筋一样，跳个不停。再看出口方向那个亮点，在一瞬间竟然扭曲了一下。

有问题！那不是出口，我咳嗽了一声想提醒吴仁荻。没想到吴主任压低了声音说道："别说话，我知道，你跟着我跑。"

说完，吴仁荻脚下加速朝那道光亮跑去。虽然不知道吴主任要干什么，我还是硬着头皮跟在他的后面，但始终和他保持着一段距离。

那道亮光越来越大，出口也越来越明显。不过在我的眼里，这个出口已经扭曲得不成样子，一股股黑气从外面窜了进来。

就在距离"出口"还有五六十米远的地方，吴仁荻突然一个急停，转身拽住我的胳膊，拉着我向右侧的墙壁撞去。

我被吴仁荻死死地抓住，想挣脱已经来不及了。当我们撞到墙壁的一刹那，我才感觉出来，这哪是墙壁，其实是一块涂抹得黑漆漆的门帘，门帘里面才是真正的出口。

我的天眼能看见扭曲的出口，却看不见这个隐藏的真正出口。而吴仁荻像是早就知道这个暗门一样，拉着我一头冲了进去。

进了暗门之后，是一条狭长的小道。到了这里，吴仁荻的速度才重新慢了下来，我也有工夫向他说道："吴主任，别说你没看见里面的变化。"怕他不认账，我又加了一句，"刚才你自己可是亲口承认的。"

吴仁荻说道："我说的是我知道了，没说我看见了。"

我对着他说道："你没看到怎么会知道？"

吴仁荻和我对视了一眼，我还是受不了他的压力，有意无意地躲开了他的目光。就听吴仁荻说道："刚才给你机会问了，现在还有问题，等下次吧。"说着，不再理会我，向小路深处走去。无奈之下，我只能紧紧跟在他的后面。

这一次走了没多久，也就是几十米的距离，就看见前方又出现一个亮点。我的神经又开始紧张起来，不过这次倒没有什么异常的感觉。吴仁荻也没有什么异常的举动，只是步伐要比刚才略快了一点。

越往前走，亮点就越清晰——是一个出口。外面还传来了孙胖子的声音："不是我说，这都多长时间了。老吴和辣子是不是遇到什么事了，老杨，你是不是进去看看？"

第三十一章　陶项空

又听见杨枭的声音说道："出不了事儿，怎么说吴主任也在里面。再说了，孙大圣，你以为里面是什么地方？想进就进，想出就出？身后路只要有人进去了，里面是什么状况，就连设局的人都控制不了。要是我重新回去，未必就是刚才走的那条道。"

就在这时，我和吴仁荻已经从出口里一前一后走了出来。外面的人已经齐了，看见我们出来，都纷纷围拢过来，就连邵一一也走过来，看了吴仁荻几眼。

孙胖子说道："辣子，你们在里面干什么了？怎么这么长的时间，我差一点就进去找你们了。"旁边熊万毅也帮腔道："是啊是啊，我也不放心。你们再不出来，我就拉着孙胖子进去了。"

我看了一眼熊万毅和孙胖子说道："让你们费心了。下次要是你们困在什么地方，我也让老杨去找你们。"

熊万毅的脸顿时红了起来，向我讪笑了几声。倒是孙胖子，他也笑了几声，道："都是自己兄弟，怎么那么见外。辣子，说说，你和吴主任怎么这么长时间才出来？”

我苦笑了一声，看了一眼吴仁荻，他正和杨枭在一旁小声地耳语着，完全没有心思搭理我们。这时，西门链和米荣亨也走过来，他们四个一起向我问长问短。最后我推说是因为杨枭给的香断了，我和我吴仁荻才会在里面耽误了一会儿。里面无关紧要的我都说了，只是我和吴仁荻的问答游戏还有林思涵的事情，那自然是不会说的。

我偷偷看了邵一一一眼，这小丫头可能是吓的，脸色已经煞白，不过就这样还是一直看着吴仁荻。她对吴主任的态度已经起了变化，不再是冷冰冰爱搭不理的，眼角眉梢里还多了一种我无法形容的感觉。我心里咯噔一下，不会吧，不是由恨生爱了吧！你可千万别有那种想法。

我正胡思乱想的时候，吴仁荻和杨枭那边有了结果。还是杨枭出头，他倒是没废话：“人齐了，继续向前走吧。”

向前走？我这才反应过来，出来就被孙胖子他们几个围住了，周围是什么状况，我竟然一无所知。这就有点说不过去了，再怎么我也是特种部队出身。

好在天眼也重新打开了，周围虽说黑漆漆的，对我也没有什么影响。我大概看了一圈，这里是刚才那四个分岔路的汇总处，前方是一个类似仓库的地方，不过里面的东西好像已经被人搬走了，只留下几十个空木箱子散落在各个角落。

我正看着，冷不防身边的孙胖子凑过来了。他压低了声音说道：“辣子，不是我说，乌漆麻黑的，你这是看什么呢？”

孙胖子他看出来了？我吓了一跳，吴仁荻嘱咐过我，天眼重新打开的事，先不要泄露。我只能嘴上敷衍道：“天眼都没有了，我能看什么？谁知道这前后左右什么时候，能跳出来个什么东西？盯紧了，一旦出事不至于手忙脚乱。”

"哦！"孙胖子答应了一声，再没有说话，从他的语气里能听出来他还是将信将疑。

和下来时的队形一样，杨枭打头，米荣亨殿后，吴仁荻在中间。

杨枭二话不说，直奔仓库的底部，一直走到了墙根处才停住脚步。和之前一样，杨枭又在墙壁上摸索起来，不过这次我终于看清楚了，一张碧绿的人脸出现在墙壁的中央。

看着杨枭打开墙壁上的机关，现在再说这里和他一点关系都没有，打死我都不信。墙壁打开的时候，我们各自都退了几步，尽量找了几个能藏身掩护的地方。随着墙壁缓缓落下，里面的景象出现在眼前。

和外面一团漆黑不一样，墙壁里面灯火通明。我看得清楚，里面是一个祭坛，和云南水帘洞里的滇国祭坛一样，在中心处竖立着一个人头塔。

我偷看了杨枭一眼，对这一切他没有感到丝毫意外，他一脚跨进祭坛时，嘴里突然放声喊道："里面的是姓赵的，还是姓陶的？出来！"

"老杨疯了！"孙胖子掏出了手枪。我还以为他要冲过去，没想到他回头对我说道："辣子，你不上吗？"

我翻了翻白眼，说道："大圣，你要是不敢上就别摆姿势。"

还没等我有所行动，米荣亨已经抽出甩棍，跟在了杨枭的身后。到底是做过几天的同学，他和杨枭的关系比熊万毅他们要近一些。

接着吴仁荻竟然扶着邵一一也进了祭坛，见吴主任也进去了，我和孙胖子，还有熊万毅和西门链哥俩都不再犹豫，也跟了进去。

进到祭坛里面，立刻有一种回到了水帘洞祭坛的感觉。这两个祭坛不论是布局还是细节，几乎是一模一样，唯独缺少了滇国祭坛中那几具干尸。

"辣子，这到底是鬼道教，还是云南的那个什么祭坛？"孙胖子向我问道。

我也拿不准了，女子学院地底下怎么还会有这样的地方？看这规模和架势，绝对不可能是这几年才建起来的。当年女子学院是怎么建起来的？建校挖地基时不可能看不见地下这么大的一个工程，我好像闻出来某种阴谋的味道。

那边孙胖子还在不依不饶："辣子，你倒是给个说法啊，怎么说你也知道一点鬼道教的东西，说说。"

我转回头看了他一眼，说道："杨枭知道得比我清楚，你去问他吧。"

孙胖子撇了撇嘴："你这不是废话吗？你自己看看，杨枭在干什么？就差骂大街了。"

这时的杨枭还在喊着，不停地让姓赵或姓陶的人出来。听他话里的意思是这里的一切都和这两个人有着莫大的关系。不过吴仁荻的反应，我有点看不透。他没有制止杨枭的意思，只背着手看着前方，他看的方向正好是水帘洞里暗室的位置（如果这里有的话）。

就在杨枭喊完一轮时，前方密室的门突然打开了，一个男人走了出来。这人看上去二十多不到三十岁的年纪，一脸的倦容。我看着眼熟，这不是我们班上那位数学老师的男朋友吗？

"就知道鬼道教这点微末伎俩难不住您。"男人出来之后，做了一个我们匪夷所思的动作——他竟然跪在地上给杨枭磕了一个头，道，"鬼道教不肖十四代弟子——陶项空，见过开山祖师爷。"

开山祖师爷？也就是说鬼道教是杨枭一手创办的？不过联想到他在麒麟市十五层大楼说的话，他活了这么大的岁数，依杨枭的性格，担任过个把邪教教主也不是没有可能的事；但是走身后路时，吴仁荻曾经说过，杨枭和这里相冲相克，这就有点搞不清到底怎么回事了。

想到吴仁荻，我扭头看了他一眼。吴主任好像并不意外，只是向旁边退了几步，避开了陶项空磕头的方向，脸上流露出一丝厌恶的神情。这表情我看着眼熟，当初在水帘洞里第一次见到吴仁荻，他瞧着地上的干尸时，流露出来的也是这种神情。

再看地上的陶项空，他磕起头来还没完没了，而且磕的还是长头。一个头磕下去整个人都要趴在地上五体投地，五六个头磕下来，整个人灰头土脸的。现在，他的额头上已经磕出了血，正顺着脸颊往下流淌。

杨枭大大咧咧地站在原地，心安理得地受了陶项空的叩拜。直到陶项空磕了二三十个头，杨枭才说道："算了，剩下的先欠着，以后再说。"说到这儿，杨枭顿了一下，盯着陶项空说道，"其他人在哪儿？"

"没了。"陶项空擦了擦额头上的鲜血，低着头说道。

"没了？"杨枭盯着陶项空，他的眼神一个劲儿地发狠，"宣统元年，我离开时陶姓和赵姓两支还有将近一千号人，不过两百年，就剩下你一个了？"

陶项空还是不敢抬头，怯怯地说道："我小时候听父亲和几位族叔说起过，清末民初的时候，我们鬼道教还有几分实力，后来被当时民国政府的宗教事务处理委员会剿过几次，最后一次伤了元气，和您一起建教的赵、陶两位祖师爷，先后殉教。至此我们鬼道教实力大损，只能苟延残喘。解放后，又经历了几次运动，我们残存的人马几乎消耗殆尽。最近这些年，我父亲和几位族叔故去后，鬼道教就剩下我一个人了。"

杨枭听了，脸上多了一分凄然之色，呆呆地看着地面发愣。吴仁荻在他后面突然咳嗽了一声，这一声咳嗽把杨枭拉了回来。

杨枭看了一眼吴仁荻，回头对陶项空说道："上边的女子学院是怎么回事？还有，这里是谁建的？"两句话终于问到了正点上。

陶项空先回答了第二个问题："这个地宫是民国时期建造的，本来是用来躲避当时的宗教事务处理委员会的。建造的初期，赵德君祖师爷参考您以前总坛的设计建造的，只是在细节上加了一点他个人的想法。"

"想法？他想的怎么都是针对我的方法？"杨枭冷笑一声，打断了陶项空的话，“只是他没想到，我也在防着他。”看着有点尴尬的陶项空，杨枭哼了一声，“你接着说。”

“至于上面的女子学院嘛，”陶项空叹了口气，犹豫了一下，才说道，“当时我们也不想这样，只是箭在弦上，不得不发。刚才我说我的父亲和族叔相继故去，说得并不准确。具体是怎么样，您自己看吧。”说着陶项空走到前面的墙壁边，在墙上不知道按动了什么机关，整个密室的墙壁都慢慢地缩进了地下，整座密室都展现在众人面前。

密室里面是一层一层的格子，格子里面躺着百十来具干尸——和在云南水帘洞里遇到的干尸一模一样。

我和孙胖子面面相觑，水帘洞之后的一段时间，我们俩几乎天天都在做噩梦，最近一段时间总算消停了，没想到这里又开始了。

杨枭见到干尸的吃惊程度比我和孙胖子有过之而无不及。干尸出现的一刹那，杨枭的面色变得煞白，他快速地后退了几步，差一点撞到站在后面的米荣亨。

杨枭稳了一下心神，几乎声嘶力竭地对陶项空喊叫道：“这干尸是怎么回事？”

陶项空说道：“六十年代刚开始运动的时候，我们鬼道教散落在全国各地还有一百多人，我父亲和几位族叔想要重整鬼道教，便联系了各地的教友，不过当时已经没有什么人还对鬼道教有期待。无奈之下，我父亲认为重整鬼道教的关键是请创教祖师爷再次出山。根据教义上面的记载，我父亲和叔叔们去了云南您的故乡，找寻您的下落。虽然没有找到您，但他们却带回来了一个长生不死的仙方。”

“他们用了那个仙方，就变成了这个德行？”杨枭的眼角一个劲儿地抽搐。他对这些干尸的厌恶，并不比吴仁荻少多少。

“是。”陶项空说道，“我父亲把全国的教友聚集到了这里，本来想一起长生不死的，没想到最后全部成了这个模样。”

“那么你呢？”杨枭对着陶项空说道，“他们都用了那个仙方，你怎么没用？”

陶项空解释道：“我当时大病了一场，刚刚痊愈。怕我身子骨弱，承受不了仙方药性，我父亲打算让我先静养一阵，然后再使用仙方的，没想到我就靠一场大病躲过了一劫。”

他二人一问一答，我们几个都没有上前插话的意思。

第三十二章　前因

就听见陶项空又说道：“他们使用了那个仙方之后的三天里，逐渐有人死亡，到了第四天头上，活的人已经不到一半了。我开始还以为仙方有问题，正当我准备给他们收殓的时候，死的那些人慢慢地开始活了。

“先死后生，我又以为仙方是对的，问我父亲要仙方时，被他一口回绝。这时我父亲也经历了死后重生的过程，重生之后和我说了他的感觉，他感觉出这个仙方有个致命的缺陷，不过具体什么缺陷他又说不出来。

“死后复生的人已经没有了饮食的需求，开始我以为和道家的辟谷差不多，不过看他们的样子又不像。到了年底，这些人不吃不喝的后遗症显现出来了，他们的皮肤、脂肪和肌肉慢慢地开始萎缩，看起来就像风干的腊肉一样，我看得直恶心。不过即便如此，他们仍然有生命体征，起码还有心跳和脉搏，虽然很弱，但还是能感受得到。而我父亲所说的致命缺陷也凸显出来，这些变成干尸的教友，开始变得异常的嗜血。”

杨枭好像对干尸的事很是抵触，听陶项空越说越兴奋，他终于忍不住说道：“可以了，干尸的事情，我比你清楚，你讲女子学院的事就行了。”

陶项空点点头，继续说道："这个地宫在女子学院建校之前就存在了，当年女子学院建校时，我父亲他们还没有去云南找您。我的一位族叔混进了学院筹建办公室，学校的建筑图纸是他画的，就是通过他的设计将学院的地基避开了地宫。

"后来建体育馆时，是我动了点手脚，用钱财买通了建筑工程师和包工头，把体育馆建在地宫的入口上面。不过知道这件事的人都被我逮到这里来，当作活食献祭给了各位教友。"

他说到这件事的时候，语气非常平淡，仿佛死在他手里的不是和他一样的人，而是蝼蚁猪狗一样的存在。

陶项空接着说道："本来这些教友对人血的需求十分有限，一两个活人的鲜血就足够他们消耗两年的，但是我没有想到，他们的'饭量'慢慢开始增加，现在十来个人的鲜血才够他们半年的消耗。

"我以前没敢打学院的主意，只在学校周围给他们寻找血源，但是人越来越难找，而教友们的食量却越来越大，而且当血供不上的时候，还有过攻击我的记录。"说着陶项空把头一歪，露出他脖子上的两排牙印。

"实在没有办法，我只能临时抓了两个女学生，没想到最后把祖师爷您招了过来，只能说是因祸得福了。"

陶项空还是低着头，他根本不敢直视杨枭，只唯唯诺诺地说道："祖师爷进到学院时，我就发现您和神像上的祖师爷一模一样，后来又打听了您和祖师爷是同一个名字，在旧楼仓库门前又看见了您的玄妙术法，确实是我们鬼道教的神技，再加上您能找到进到这里来的机关，我才敢肯定就是您。"

杨枭哼了一声，说道："你也是个人物，我的术法再精妙，在旧楼也还是着了你的道儿。"

陶项空连忙解释道："我只是侥幸。当时我还不敢确定您就是祖师爷，而且鬼道教只剩下我一个人了，如果我死了，整个鬼道教就消亡了，不敢不慎重，还请祖师爷见谅。”

见杨枭和陶项空唠起来没完没了，熊万毅终于沉不住气了，问：“刚才上面失踪的女学生呢？”

陶项空淡淡地看了熊万毅一眼，并没有回答他的问题。从陶项空的眼神能看出来，除了杨枭之外，他不屑于和其他任何人说话。

“上面的人呢？”这次是杨枭问的。要是搁在以前，失踪个百八十人，对他来讲都不算事儿，不过现在进了民调局，尤其是在吴仁荻的眼皮子底下，杨枭像是彻底改了脾气。我怀疑除了老婆投胎的事之外，他还有什么别的把柄握在吴仁荻的手上。

“他们倒也在这里。”陶项空说到这里，他变了一个腔调，嘴里开始念出来一串生涩的音符。随着这串音符出口，密室的后门打开了，门外走进来一个个只穿着睡衣睡裤的女学生。几分钟之后，祭坛中央已经聚集了百十个女学生。除了徐渺渺、白安琪她们也在人群里之外，那位美丽的数学老师也摇摇晃晃地走了进来。

这些女学生（还有少数女教师）进来之后，一个个目光都有些呆滞，上百双眼睛只盯着杨枭一个人。

邵一一在人群里反反复复地看了几遍，没有找到她的朋友。情急之下，她喊道：“林思涵！林思涵呢？她怎么不在这里面？”

杨枭知道邵一一的底细，碍着吴仁荻的情面，他才又向陶项空问道：“还有一个叫林思涵的女孩呢？”

陶项空说道：“我摄了她的魂魄，连同其他几个人一起，用纵鬼术控制她们去了身后路那边。别人都没有事，只是刚才我感应到林思涵已经魂飞魄散了，而且肉身也毁了，刚才我还以为是祖师爷您下的手。”

听了这个消息，邵一一的身体晃了几晃，差点就要晕倒，幸好吴仁荻及时扶了一把。邵一一在地宫下面和我们走了一路，要不是她的定力强，早就吓蒙了，现在听到女朋友可能已经惨死，再也经受不了打击，哇的一声哭了出来。

“杨枭，是不是……你！”邵一一哭了几声后，咬牙切齿地对杨枭说道。

杨枭看了一眼吴仁荻，吴主任抬眼看向天棚没有吭声。杨枭回头苦笑着对邵一一说道：“走身后路时，你和我在一起，我干了什么你能不知道吗？”

邵一一瞪着眼睛回忆了一下，刚才杨枭是陪在她身边的，确实不曾离开过。她又回头朝孙胖子他们喊道：“是你们谁干的？是爷们儿的，要敢作敢当！”

孙胖子瞥了一眼邵一一，说道：“我们是不是老爷们儿，你说了不算。不是我说，这位同学，你好像找错对象了。摄走你女朋友魂魄的不是我们，那个人就在你前面，要报仇麻烦你找他去。”

邵一一刚才有点哭蒙了，把林思涵的事情想岔了，经孙胖子这一提醒，她才反应过来，不过对于陶项空，她的底气可不是像对杨枭、孙胖子那么足。

不过邵一一也听出来，陶项空好像是杨枭的徒子徒孙，刚才还趴在地上给他磕头。想给林思涵报仇，八成要落在杨枭的身上了。

下来到地宫的这一路上，邵一一感觉到了杨枭好像有点忌惮自己，这个人不用白不用。于是，她回头说道：“杨枭，你帮我……”

她的话刚说了一半，身边的吴仁荻突然说道：“他帮不了你！”说完回头又对杨枭说道：“继续你的事。”

陶项空愣了一下，翻起眼皮看了吴仁荻一眼。他没想到在这里还有人能对杨枭发号施令。陶项空脑子转了好几圈，还是想不起来眼前这个头发花白的人是什么来路。

杨枭答应了吴仁荻一声，随后对陶项空说道："这些人你打算怎么处理？"

陶项空说道："我已经摄了她们的魂魄，留着他们的肉身只是为了给教友们苏醒时提供血食，不过既然祖师爷您到了，那他们就任凭祖师爷您发落。"

杨枭对陶项空的这番话感到很满意，他说道："那就给这些人留一条活路吧，他们的魂魄还在吗？"

陶项空说道："祖师爷，放了他们也不是不可以，只是再有两天就是教友们苏醒的日子了。到时候没有血食祭祀，我就怕压制不住教友们的戾气。"

"这个你不用操心，"杨枭说道，"他们当初用的那个什么狗屁仙方是假的，现在你的这些教友已经进了恶鬼道了。"

陶项空愣了一下，抬头看着杨枭，嘴中喃喃自语："恶鬼道……您的意思他们都成了恶鬼？"

杨枭没有看他，而是将目光转向了密室里面躺着的干尸："恶鬼道中的活鬼！妈的，这个噩梦做起来没完了！"

陶项空有点急了："那现在怎么办？我父亲他们还能恢复原状吗？"

"恢复原状？"杨枭一声冷笑，"也不算太难，但比死人复生就难一点。"

陶项空的声音有些颤了："您也做不到？"这一次，杨枭都没有回答，而是把头一转，躲过了陶项空的眼神，算是默认了。

有些话依着杨枭的性格，也不能说得太清楚，不过我却多少知道一些。在麒麟市的十五层大楼，吴仁荻和杨枭第一次见面的时候，吴主任就点破了杨枭的身份，他和水帘洞的林火有着千丝万缕的联系，陶项空的父亲他们八成就是着了林火的道儿了。

陶项空有点控制不住情绪，他对杨枭已经顾不上用敬语了：“你可是杨枭！你是鬼道教的开山鼻祖。”说着，手一指暗室里的百十来具干尸，有点颤抖地说道，“他们都是你的徒子徒孙，你是不是该做点什么？”

陶项空最后一句话好像提醒了杨枭，他回头看了陶项空一眼：“做点什么？好！我就做点什么。”

说着，杨枭转身就向密室内走去，他的这个举动让吴仁荻的脸色变得有些难看，再想制止已经来不及了。

杨枭走得飞快，话音落时不久，他人已经走到那一百多个被摄走魂魄的女学生中间，再走上十几步，就能到达干尸跟前。杨枭眼睛瞪着，手里面不知什么时候多了一根巨大的铜钉，正是当日十五层大楼顶上，钉在吴仁荻身上那七根铜钉中的一根。

陶项空看着杨枭的背影，他的表情突然变了，嘴角竟然多了一丝瘆人的笑意：“祖师爷，林火您还记得吗？他请您回大祭坛。”

他这句话一出口，不光是杨枭，就连我和孙胖子都是浑身一颤。陶项空提到林火是什么意思？林火都死了好几个月了，理论上还是我亲手打死他的。看样子，陶项空好像并不知道林火已经不在人世了。

不过陶项空的目的好像已经达到了！杨枭停住了脚步，但是他没有回头，眼睛一直盯着前面十几米开外的干尸。我在后面看得清楚，这时干尸们已经有了变化，几乎他们所有“人”的脖子已经动了，几百只眼睛正同时盯着杨枭。

杨枭已经明白过来，他盯着开始异动的干尸们，嘴上对着陶项空说道：“你设这个局，不是就为了引我来吧？”

陶项空淡淡地说道：“凑巧而已。他们变成干尸之后，为了让教众恢复过来，我去了一趟云南的大祭坛，在祭坛外面的水潭前，我见到了林火。

他给我指了条明路。只要把你带到祭坛里，林火说他就有办法让我们的教友恢复正常。

“我找了你好几年，都没有找到你的下落，没想到你自己却跑出来了。真神保佑！祖师爷，鬼道教是你亲手所创，为了我们这些教众，你还是去云南见见林火吧。”

“林火？”杨枭冷笑一声，说道，“已经死了半年多了，就算他没死，你以为他真的能让干尸恢复正常？”他刚说到这儿，前面的干尸突然有了大的动作，所有的干尸几乎在同一时间，一起跳到地上，冲杨枭扑了过来。

杨枭也不慌张，手一甩，铜钉笔直地飞出去，“噗”的一声响，铜钉击穿了那具干尸的头骨，干尸瞬间倒地。紧接着，杨枭右手虚抓，那根即将落地的钢钉颤了几下，就像被一股强大的吸力吸住一样，重新飞回到杨枭的手里。

杨枭冷笑一声，对着第二具干尸，要像刚才一样如法炮制。就在这时，他意想不到的事情发生了，本来还在学生堆里摇摇晃晃的赵敏敏老师，不知什么时候站到了杨枭的身后，而杨枭没有丝毫察觉。

就当杨枭准备对付第二具干尸的时候，赵敏敏突然对着杨枭，哇的一口，喷出一大口墨汁一样的黑血。杨枭没有防备，被浇了一个满头满脸。

第三十三章　灭祖

“当”的一声，杨枭两眼一黑，手里的铜钉掉到地上，随后仰面栽倒。前面百十来具干尸一起扑上来，就要开始撕咬杨枭。

杨枭就像被人点了穴道一样，别说动作，就连眼神都一动不能动。只一眨眼的工夫，他就被上百具干尸叠罗汉一样，压在了身体底下。

几秒钟之前，我还以为杨枭已经控制住了局面，在水帘洞里，我见过吴仁荻是怎么对付干尸的。干尸在他的面前没有丝毫的反抗能力，除了哀求之外，就只能逃跑。杨枭虽然不如吴仁荻，但对付百八十具年限不长的干尸，应该问题不大。

没想到转瞬之间，形势就逆转了。熊万毅、西门链和米荣亨抽出甩棍已经冲了上去。我和孙胖子也拔出了手枪，“砰砰砰”先是一梭子，打翻了压在最上面的几具干尸。

干尸的反应也不慢，我和孙胖子的枪声一响起，众干尸就以飞快的速度四下散开。熊万毅他们几个冲过去之后，地上只躺着杨枭和几具干尸的尸体。

孙胖子掉转枪口，向四周看去，疑惑地问道：“辣子，姓陶的呢？”

我这才注意到本来还站在不远处的陶项空，这时已经不见了踪影。

“人哪儿去了？”我举着手枪转了一圈，也没看见他的影子。孙胖子举着手枪，站在了我的背后，我们背靠背，也算是一种防御的姿态了。他在我背后说道：“那孙子刚才还在，一眨眼，人就不见了。”不光陶项空，就连刚才吐了杨枭一脸黑血的赵敏敏也消失不见了。

不过这时我们也顾不上陶项空了，熊万毅和西门链已经把杨枭抬了回来。

这时再看杨枭，他脸上的黑血就像墨汁一样，和尸油不同，这黑血擦都擦不掉，就像长在杨枭脸上一样，有些已经渗进了肉里。杨枭双目紧闭已经失去了知觉，我扒开他的眼皮，他眼窝里立刻涌出来一股鲜血。我吓了一跳，紧接着杨枭的嘴巴、鼻孔和耳朵里都流出了一股鲜血，原来这就是传说中的七窍流血。

杨枭的七窍流出来的鲜血血量大得惊人，转眼间，地上已经流了一大摊鲜血。

“捂住，辣子，把他的嘴巴捂住！”西门链在旁边叫道。

“捂住个屁！现在捂他的嘴，能把杨枭活活呛死。没办法，只能让他把血流出来。”孙胖子说着已经蹲下来，想要给杨枭侧侧身，方便他嘴里的血流出来。

“别动他！那是巫祖的血。”吴仁荻过来拦住了孙胖子。刚才出事的时候完全感觉不到他的存在，现在陶项空和干尸都无影无踪了，他和邵一一才又出现在我们的面前。

吴仁荻说道：“你们看好四周，沈辣，你来帮忙；邵一一，你就在我旁边待着。”虽然都能看出来吴主任实力大跌，不过他说的话，我们几个还是不敢装作没听见。

孙胖子他们几个向外走了几步，给我们留出了一块空地。吴仁荻扶着杨枭的头，然后他咬破了自己的食指，将自己的鲜血涂抹到杨枭脸上。我眼睁睁看着杨枭脸上的黑血一沾到吴仁荻的鲜血，立刻就变得稀薄起来，这情形像极了油污遇到了清洁剂。吴主任随随便便擦了几下，杨枭脸上的血污就被擦得一片狼藉。

现在杨枭脸上就像画了个小花脸，不过自打那层黑血被擦掉以后，他的七窍也不再流血了。见杨枭基本上脱离了危险，我才对吴仁荻说道："你刚才说，杨枭脸上的血是巫祖的血？就是云南水帘洞的巫祖？"

吴仁荻没理我，他将那个装着尸油的小瓷瓶掏了出来，拧开盖子，接着做了一个让我差点当场吐出来的动作，只见吴主任将瓷瓶里的尸油倒进了杨枭的嘴里。

熊万毅已经捂上鼻子，他大叫道："什么味？是尸臭味。这么大的尸臭味，来头肯定不小！都小心点，有状况，这次是个大 boss！"熊万毅他们都闻到了那股臭味。他比我强点，马上就闻出了那是尸臭的味道，只是他没有闻出来臭的来源在哪儿。

这边，杨枭被灌下半瓶尸油之后，已经睁开了眼睛。他眼神有点迷离地看了吴仁荻一眼，咂巴咂巴嘴，又看见了吴仁荻手里的小瓷瓶，问："你刚才把什么东西灌进我嘴里了？"

吴仁荻的脸上没有任何表情，自顾自将小瓷瓶拧好盖子，道："你非要打听清楚吗？"

杨枭心里已经有点明白，他支撑着从地上站了起来。刚起来他就忍受不住，哇的一口，将肚子里的存货连同刚才的半瓶尸油一起吐了出来。

孙胖子在一旁看得莫名其妙，还以为杨枭吐是排毒的正常反应。他距离我最近，走过来捂着鼻子说道："吴主任，不是我说，你喂杨枭喝的是什么东西？那么重的伤，一喝就管用，灵丹妙药啊！还有吗？能不能也给我几瓶以防万一？这个东西提前含着管不管用？”

我听得再也忍不住，一低头，哇的一声，蹲在杨枭旁边也跟着吐了起来。

我将苦胆水都吐出来之后，孙胖子还一脸诧异地看着我：“辣子，没事吧？那个东西你也喝了？味儿不好？”

“闭嘴！”

熊万毅在后面踢了孙胖子一脚：“孙胖子，别瞎打听。”看样子他八成猜到了小瓷瓶里是什么东西。

杨枭终于吐完了，他坐在地上缓了半天，才喘着粗气回头对吴仁荻说道：“你是怎么知道……那个油，能解巫祖血毒的？”

“能解毒？不知道。”吴仁荻将小瓷瓶抛给了他，“我身边就这么一个能往你嘴里灌的，怎么也要试试吧？”

杨枭听了并没有动气，反而向吴仁荻苦笑了一下，接着将装着尸油的小瓷瓶揣进了自己的口袋里。

米荣亨说道：“干尸都躲进暗室的后门了，刚才一阵忙乱，那一百多个女学生也不见了。现在怎么办？是向前走，还是回去等局里的后援？”他说话的对象模棱两可，像是对吴仁荻说的，眼睛却有意无意地看向杨枭。

杨枭和吴仁荻都犹豫了一下，他俩都没有轻易表态。熊万毅在一旁嘀咕道：“还有一百多个女学生在里面……”

“继续往前走吧。”最后还是杨枭说道，“陶项空的底牌已经露出来了，他剩下的东西，我也没放在眼里。还剩几十具干尸，你们都有手枪和甩棍，应该应付得来。”

“你还行吗？”米荣亨皱着眉头看了杨枭一眼。杨枭说话的时候还直打晃，他的脸色还是苍白的，刚才从七窍里冒出来那么多的血，够杨枭受的。

“没问题。”杨枭咬牙说道。说完他掏出一个长方形的小木盒，从里面拿出来一炷灰色的香递给米荣亨，“帮我点上。”

等米荣亨点上香之后，杨枭并没有接过来，他也咬破了自己的食指，将一滴鲜血（刚才血流得太多，现在挤了半天才挤出来一滴血）滴在那炷香的火头之上。吱的一声轻响，香头被鲜血滴灭，没想到的是香虽然灭了，但是香头处冒出了一线轻烟。

这一股青烟就像有意识一样，慢慢悠悠地朝密室里面飘去。这一幕我看着眼熟，好像萧和尚在大清河下的地洞里也用过类似的方法，只是杨枭的更像模像样一点。

过了大概一袋烟的工夫，也没见密室里有什么动静。杨枭才说道：“进去吧，里面应该没什么事了。沈辣，你和孙大圣先进去。”

“凭什么？”孙胖子一听就急了，“凭什么我们俩先进去？要进也是……大家一起嘛，不是我说，人多力量大。”

杨枭说道：“里面就是一条小道，进去那么多人，都挤在一起，出了事，都出不来。”

孙胖子还是不甘心：“那为什么是我和辣子，就不能是……熊玩意儿和大官人？要不就是亨少和熊玩意儿？”

杨枭说的理由让孙胖子很纠结：“因为你们俩有枪。”

孙胖子满脸郁闷地思考了一下，随后把他的那支手枪递了过来给我：“辣子，你……双枪没有问题吧？”

我瞪了他一眼：“你什么意思？”

孙胖子愁眉苦脸地对我说道：“辣子，不是我说，上次从水帘洞里出来，我天天晚上做噩梦，都留下阴影了。再让我走一次，我就直接崩溃了。”

要是不了解孙胖子，我可能就着了他的道了。不过已经和他接触了这么长的时间，他屁股随便晃一晃，我就知道他拉的什么屎：“别来那一套，上刀山，下油锅，我们俩一起去！”说罢，我推着孙胖子朝密室那边走去。

孙胖子虽然是一百二十个不情愿，还是被我推着慢慢朝密室走去。走到密室门口的时候，里面黑洞洞的，孙胖子看不清里面的状况，不敢贸然进去。

他看不见，我却看得一清二楚，里面空空荡荡的没有什么埋伏。孙胖子想拦我时已经晚了，我一脚跨了进去，转动枪口四下观察了一下，没发现什么不对劲的地方，这才回头对孙胖子说道：“进来吧，里面安全。”

孙胖子先探进来半个头，拿着手电把密室的各个角落都照了个遍，确定没有危险之后，才小心翼翼地走了进来。他进来后又四处照了一通，突然压低了声音对我说道：“辣子，你的天眼又开了？”

我愣了一下，一时没有想到用什么话来回答他。孙胖子呵呵一笑，又说道：“放心，就我看出来了。不是我说，外面那些人更关心杨枭。对了，杨枭可能也看出来了。”

说实话，要不是吴仁荻再三叮嘱，我就没想过连孙胖子也要瞒。现在被他看出来了，一时之间，我有点尴尬：“大圣，也不瞒你了，刚才和吴仁荻走身后路的时候，他给我重开的天眼。他千叮万嘱的，不让我的天眼暴露出来。”

“没事，当时我就猜到了。”孙胖子呵呵一笑，显得满不在乎。忽然，他话锋一转，又说道，“不过话说回来，辣子，吴仁荻到底是怎么回事？他是真被打回原形了，还是在故意装蒜？不是我说，他算计对头可不是一次两次了。”

我苦笑了一声，说道：“这个我真不知道，你还是自己去问他吧，他要是心情好准能告诉你。”

“算了吧。”孙胖子没有丝毫犹豫地摇摇头，“他就是真的打回原形了，我也惹不起他。再问你一句，那个邵一一到底和他什么关系？这个总能说吧？”

我犹豫了一下，依着孙胖子的机灵劲儿，吴仁荻和邵一一的关系，他早晚也会知道。现在早一点知道，应该没有什么关系。我刚想开口，就听见吴仁荻在外面大声喊道：“你们俩别废话，快点向前走！”

我和孙胖子同时一激灵，就听他呵斥人这口气，被打回原形也弱不到哪儿去。

孙胖子向前走了几步，回头向我做了个鬼脸，用极低的声音向我说道：“他八成是装的，这次不知道又要谁倒霉了。”

我和孙胖子继续向前走着，一直到了密室的后门。我能感觉到门后面危机重重，不知道会有多少干尸埋伏在那里。

孙胖子好像从我的脸上看出了点什么，他拽了我一把，回头喊道：“进来吧，里面安……”全字还没有出口，密室的后门“嘭”的一声被撞开，三四十具干尸争先恐后地从外面冲了进来，迎着我和孙胖子就扑过来。

还好那道门窄了点，众干尸出来的时候卡了一下。就这么半秒钟的时间，我和孙胖子已经退了半步，手中的枪也响了起来。

“砰砰砰砰……”一梭子子弹打出去之后，撂倒了十几具干尸。民调局特制的子弹对付干尸，威力还真是惊人，只要打中了要害当场就彻底死亡。

有一具干尸被孙胖子的子弹击中后，没有打中要害，就见这具干尸肚子上的伤口正以极快的速度往四周扩大，转眼之间，一个小枪眼变成了一个海碗大小的伤口。再看那具干尸，在地上哀号了几声就不动了。

第三十四章　赵敏敏

和水帘洞里的干尸一样，这些干尸也有心智。看见前面同伴倒了一大片，后面的干尸不敢再向我们冲过来，齐刷刷地向后面逃去。

我换好弹夹时，后门的通道里已经空空如也，除了倒地的干尸之外，再没有什么东西了。

这时，熊万毅和西门链他们也冲过来了。见我和孙胖子没有出事，他们才松了一口气。从“义气”上面来看，他俩要强过孙胖子不止一星半点。

“孙胖子，你刚才不是说安全吗？这就是安全了？”熊万毅检查了所有的干尸都彻底死绝了，才对孙胖子说道。

孙胖子惊魂初定，稳定了一下心神，才回嘴道：“熊玩意儿，不是我说，我说安全了吗？我说的是安不安全？”说着，孙胖子踢了一脚一具干尸的脑袋，“这不，他们出来回答了。”

吴仁荻和杨枭他们这时也进来了。杨枭看了一眼情况，说道：“他们能老实一会儿了，不再敢轻易露头，我们继续往前走吧。”说着又看了看我和孙胖子，“你们俩继续开路去。”

可能是刚才手枪的威力大得出乎孙胖子的想象了，有枪在手，孙胖子的胆子也大了起来，他竟然敢率先进入后门的通道了。正在我惊讶他的胆子怎么突然间变大的时候，孙胖子回头对我喊道："辣子，你还发什么愣，往前面走啊。不是我说，来，你走最前面。"刚才的想法收回，孙胖子就是孙胖子，一点没变。

这条路几乎就是水帘洞里密室后面那条甬路的翻版。只是那条路通向地下河边，这条路不会是通向下水道吧？

顺着甬路一直向下走去，也没有发生意外的情况。孙胖子在我的身后，他是个闲不住的人，嘴里一直唠唠叨叨的："辣子，你说从这里出去了，能是什么地方？不可能还有地下河吧？要真是地下河的话，我就该考虑我是不是在做梦了。"

"嗯，你是在做梦。"我实在忍不住了，回头对孙胖子说道，"出了这里就是你大喜的日子了，马依依，她在床上等你呢，恭喜恭喜！"

孙胖子的脸难得地红了一下："别闹了，不是我说，我怎么可能看上她？"

我笑了一下，刚想再调侃他几句，突然之间，脑子里猛地想起来一件事："我刚才在上面没看见马依依，她不会……"

孙胖子向我点了点头，说道："她不在上面，你和吴仁荻在身后路还没出来的时候，熊玩意和大官人和我说了，你的那两个同学，徐渺渺和白安琪也不在上面。加上邵一一和那个叫赵敏敏的老师，你们班里的一大半人都能在下面相聚了。"

赵敏敏？刚才乱糟糟的，我一直没有想起来这位赵老师，被孙胖子这么一提醒，我才想起来。陶项空是她的男朋友，这里面的事，她会一点都不知道吗？刚才又吐了杨枭满头满脸的巫祖毒血，她是被陶项空控制的，还是她本身就是和陶项空一路的？

我正在胡思乱想的时候，心中突然紧了一下，感觉到有人在远处注视着我。我抬头看去，在甬路的最尽头，一个身穿白衣的女人，正披头散发地看向我。

我吓了一跳，再看白衣女子，正是教了我几天数学的赵敏敏老师。

赵老师做了一个令我匪夷所思的动作，她跪在地上，朝我的方向拜了几拜。我正莫名其妙的时候，突然感到一阵眩晕，整个人不由自主地倒在了地上。

孙胖子的反应不慢，在我倒地的瞬间，将我扶了起来，急问："辣子，你怎么了？"

我这时已经说不出话来，不过意识还是非常清楚，但就是控制不住身体和发不出声音。孙胖子有点慌了，不停地喊我的名字。我用尽了全身的力气，伸手指了指赵敏敏的方向。孙胖子马上明白过来，二话不说，对着我指的方向，抬手就是一梭子。

"辣子，你看见什么了？打中了吗？"孙胖子换上了最后一梭子子弹，向我问道。

我的脑子十分清醒，可身体却像一摊烂泥一样，要不是孙胖子扶着，早就一头栽到地上了。我还说不出来话，只能指着孙胖子开枪的地方，轻微地摇摇头。孙胖子握着手枪，只剩最后一个弹夹，他再不敢轻易开枪。这时孙胖子的脸上开始见汗了："辣子，给句话啊，到底打没打中！"

我还是没有反应，原本抬起来给孙胖子指方向的那只手也耷拉下去了。孙胖子见势不对，扯开嗓子喊道："吴主任，杨枭！你们快过来，辣子好像不行了！"

后面闪过几束手电光的光亮，吴仁荻和杨枭他们已经全都进来了。杨枭看见我的样子后，并没有露出什么太吃惊的表情。他扒开我的眼皮看了看，又号了号脉搏，回头对着孙胖子问道："刚才怎么了？"

我已经感到自己浑身开始僵硬了，就连活动眼珠都费劲起来。孙胖子看了我一眼，说道："刚才前面好像有个人影飘过去了，我打了他几枪，不过好像没打着。再回头时，辣子就已经这样了。不是我说，辣子这是怎么了？"

杨枭又看了我一眼后，说道："沈辣的魂魄被人困住了。"

米荣亨听了就是一愣，他瞪着眼睛说道："缚魂术？是缚魂术吗？就是鬼道教的生离术之一？"

"嗯。"杨枭答应了一声，不过他没有继续顺着这个话题说下去，杨枭好像有点避讳这个鬼道教的术法。孙胖子不管什么缚魂术还是缚鬼术，他对杨枭说道："都是你们鬼道教的事儿，你是开山祖师爷，这个应该难不倒你吧？"

"大圣，"米荣亨在后面拽了拽孙胖子的衣襟，小声说道，"缚魂术没你想的那么简单，中了缚魂术的人想醒过来不能依靠外力。要是强行用外力破开辣子身上的缚魂术，就会伤到辣子的魂魄。辣子想要醒来，就只有靠他自己的精神力了。"

"那怎么办？就这么干耗着？辣子什么时候醒过来，什么时候算完？"孙胖子对米荣亨的这个解释不是很满意。

杨枭眯缝着眼睛看着我，心里在盘算怎么让我恢复过来。这时，吴仁荻靠了过来："杨枭，把我刚才还你的东西再借我用用。"

"什么东西？哦，你说这个啊。"杨枭愣了一下后，马上就听明白了吴仁荻要的是什么东西。

杨枭说着，从衣服口袋里将那半瓶尸油又拿了出来。

他想干什么？我的眼睛瞪得快要凸出眼眶了。以我对吴仁荻的了解，我开始有了一种不祥的预感。

果然，吴仁荻将装着尸油的小瓷瓶递给了孙胖子："胖子，你把这半瓶‘药’给沈辣灌下去。”

孙胖子接过来，他看出来小瓶里黏黏糊糊，散发着恶臭的液体来路不正。犹豫了一下，他还是没敢动手，抬头向吴仁荻问道：“吴主任，这到底是什么东西？不是我说，靠谱吗？”

吴仁荻抬起上眼皮看了孙胖子一眼：“你是不相信我，还是不相信这药？”

孙胖子讪笑了一下，他也经不住吴主任无形之中的压力：“哪有不相信？不是我说，吴主任，这样的好东西要是还有，给我也弄几瓶。”

吴仁荻哼了一声，说道：“别废话，快点给沈辣灌进去。”

孙胖子答应了一声，在我面前打开了小瓷瓶，没等递过来，他先受不了这股臭味了：“这药味还真他奶奶的独特！辣子，来吧，良药苦口，你喝下去就好了。”

说着他已经把小瓷瓶向我的嘴边送过来。这是良药苦口吗？这分明是灵药臭口！眼看尸油已经递到我嘴边了，眼看就要碰到嘴唇了，要我把尸油吞进肚子里，我宁可去死！突然我不由自主地大喝了一声：“把这个臭东西拿开！”

我能说话了！我这才反应过来，又试试活动一下四肢，我竟然从地上站了起来，刚才眩晕无力的感觉荡然无存。好了，我恢复到看见赵敏敏拜我之前的状态了。

“辣子，你好了？这药还真管用。”孙胖子又把瓷瓶递了过来，“来，辣子，把里面的药喝了，光是闻闻你就能跳起来，喝下去估计立马就能把病根去了。可别留下什么后遗症，来，把药喝了。”

“别过来，孙胖子，你别拿这个东西碰我。”我对孙胖子喊道，“那不是药，那是……”话说了一半，我才想起不对，偷着扫了一眼，吴仁荻正冷冰冰地盯着我。

这边孙胖子还在向我追问："不是药是什么？"

我捂着鼻子说道："你先把瓶盖拧上。"看着他拧上了瓶盖，我才说道，"我的意思是，那药是外敷的，不能往嘴里送。"

杨枭看见我恢复了意识，过来从孙胖子的手里拿走了小瓷瓶，才对我说道："你刚才看见什么了？"

我回忆了一下，说道："刚才在里面，看见有人向我磕头，我脑袋里一迷糊，就成了这样。"杨枭说道："磕头的是谁？"我说道："之前吐你一身的赵敏敏。"

第三十五章　追踪

“姓赵？”杨枭低着头眼睛眯缝了起来。过了片刻，他回头对我说道，“她是怎么拜你的？辣子，你学一遍，别漏了细节。”

“怎么拜我的……”我向没人的方向跪了下去，照着刚才赵敏敏的姿势，左右手交叠平端与眼前……我按着刚才的记忆做了一遍，杨枭看见后，眼角的肌肉微微地颤了几下。

孙胖子也凑了过来，向杨枭问道：“老杨，这又是你们鬼道教的什么招式？”

杨枭好像有什么事情没有想明白，也不看他，不过嘴里还是给了回答：“不是鬼道教的。”

孙胖子愣了一下：“不是鬼道教的？刚才亨少不是说辣子中了什么缚魂术吗？这个缚魂术不是你们鬼道教的术法吗？”

杨枭抬头看了孙胖子一眼：“缚魂术是鬼道教的生离术之一，不过刚才那个赵敏敏拜人的术法不是鬼道教的东西……”说到这儿，杨枭顿了一下，又说道，“起码我离开鬼道教的时候，还没有这个术法。”

熊万毅也说话了："老杨，鬼道教的事以后再说，我们现在还走不走了？"

杨枭喘了口粗气，说道："继续向前走吧。沈辣、孙大圣，你们两个也不用开路了，这次我在前面，看看他们还有什么本事。"

看着杨枭的脸色还是惨白惨白的，精神也有点萎靡，孙胖子说道："老杨，你还行吗？不是我说，你刚才流了那么多的血，还行吗？"

杨枭看了他一眼，叹了口气，说道："要不你来？我可以跟在你的后面。"

孙胖子说道："那还是算了，你已经定好的事了，就别改了。"

见杨枭走在前面，我故意慢走几步，向吴仁荻靠近了一些，我小声向他说道："老杨能撑得住吗？你不是说过，他和这里相冲相克吗？"

很难得地吴仁荻回答了我的问题。他说道："杨枭离开鬼道教的时候，发过重誓，他以后都不能踏进鬼道教一步。"

我说道："不是说鬼道教是他创建的吗？自己的家还不能回去？"

吴仁荻看了我一眼，说道："这个你自己去问他。"

我突然想起一件事，硬着头皮说道："有件事我忘了和你说，刚才那个赵敏敏好像看出我的天眼已经重新打开了。"

吴仁荻停下了脚步，和前面的人拉开了一点距离，才低声说道："她未必是看穿你重开了天眼，只是想束缚你的魂魄，给我们制造一点麻烦。"

我还是不相信他："吴主任，你能肯定吗？"

吴仁荻瞅了我一眼："你不信我的话？"

就是你的话才信不过！当然这样的话我只能在心里喊出来过过瘾，嘴里还是说道："怎么会？吴主任你的话我怎么能不信？"

吴仁荻看了我一眼，不再说话，径自向前走去。

看见吴仁荻走了，孙胖子才凑过来说道："辣子，你和吴仁荻说什么了？”

我看着他说道：“他想调你去六室，在征求我的意见。我说你早就向往去六室工作了，你还是他的粉丝，做梦都想和吴主任一起工作。”

我话说完的时候，孙胖子的脸色已经变了：“你大爷的，沈辣，你才想去六室，你才是他的粉丝，你们全家都是他的粉……你在开玩笑？不带你这样的，辣子，你是在开玩笑吧？你一定是在开玩笑。”

见孙胖子惊慌失措的样子，极大地满足了我的恶趣味，刚才被吴仁荻弄得压抑的心情一扫而空。突然之间，我有了一种感觉，最近我说话的方式开始走吴仁荻的风格了，我这真是堕落了。

调笑了一会儿孙胖子，我才发觉人已经向前走得差不多了，身边就剩下孙胖子了，我们俩孤零零地站着，一时间觉得后背直发凉。说不得，我和孙胖子一路小跑，跑到前面的队伍里。

再向前走，一路无惊无险。杨枭走在最前面，他的脸色好了一点，只是眉头还紧锁着，好像还有什么事情没有想明白。往前又走了四五百米，终于看见这条甬路的终点。

距离出口还有一百多米的地方，逐渐响起有水流的声音。不会和水帘洞那边一模一样吧？我的心里开始没底了，再看吴仁荻，他就像没事人一样，注意力主要集中在邵一一身上，仿佛没有看出来这里的古怪。

熊万毅听了听水声，说道：“是不是到了地下河的附近了？当初这房子是怎么盖的？有座这么大的地宫没看见不说，还盖在地下水源的顶上，这地基早就泡烂了吧？”

“不是地下水。”杨枭也在竖着耳朵听水流的声音。他听了一会儿，摇摇头说，“是下水道。上面应该是女子学院下水管道的位置。”

经杨枭这么一说，再听起来，倒真像下水道流水的声音。孙胖子顾不上下水道了，他冲杨枭说道：“老杨，出了前面的出口，外面是什么？”杨枭看了他一眼，说道："我怎么知道，这里又不是我修的。"

"想知道外面的情况？容易啊，"熊万毅笑嘻嘻地说道，"胖子，你出去看一眼，不就什么都知道了吗？"

孙胖子一瞪眼："凭什么又是我去！"说着他手指着熊万毅、西门链和米荣亨画了个圈，说道，"轮也轮到你们三个了吧？"

熊万毅嬉皮笑脸的还要说话，却被杨枭拦住了："你们都不用出去，后面的事情我来办。"

孙胖子眨巴眨巴眼睛看着杨枭，说道："老杨，你别硬撑了，现在你能站着就不错了，不能让你出血又出力。熊玩意儿，你上！"

"都别斗嘴了！"杨枭说着，从怀里掏出一张羊皮纸。他将羊皮纸在地上展开，又取出四块不知是什么动物的骨头，压住了羊皮纸的四角。这时我才看清，羊皮纸上面画着一道符文，和在民调局里我看惯的符咒不一样，这张羊皮纸符文四周各画着一个死人，分别是一男一女一老一幼。

跟着杨枭又掏出来一摞小纸人，他将小纸人按顺序摆在羊皮纸的各个位置，一切都摆好之后，回头对我们几个说道："你们把自己的生辰八字报一遍，嗯，吴主任和邵一一不用。"

虽然不知他要干吗，但我们还是将自己的出生年月报了一次，最后到孙胖子报完的时候，杨枭很是惊讶地看向孙胖子，说："没看出来，你还能有这命？"

孙胖子说道："老杨，你这叫什么话？是不是我的命出现转折了，还有六十年的大运？"

杨枭看着孙胖子说道："以前没有算命的给你算过？说你是天煞孤星的命格？"

听到这儿，孙胖子的目光有点暗淡下去，他撇了撇嘴说道："是有人说过我，说我是克父克母克亲友，克子克女克四邻……"孙胖子话没说完，熊玩意儿他们就向后退了几步，和孙胖子拉开了距离。

杨枭等孙胖子说完，才对他说道："孙大圣，把手伸过来。"

虽然孙胖子不知道他要干吗，但还是将手伸了过去："老杨，你不是要给我看手相吧。"

杨枭也不说话，等孙胖子的手掌完全放开之后，他的手上突然多了一把锋利的小刀，迅速在孙胖子手掌划了一刀。就这一下子，孙胖子的手掌就多了一条四五厘米长的血槽，鲜血一下子就冒了出来。

孙胖子反应过来的时候，已经来不及缩手。他忍住疼痛，对杨枭喊道："老杨！你干什么！"

杨枭一声不吭，他紧闭着嘴，好像在憋着一口气。他抓过孙胖子还在冒血的手掌，按在了羊皮纸上和一些小纸人的身上。羊皮纸是特别处理过的，一沾上孙胖子的鲜血，映出来的却是黑色的印记。转眼间，羊皮纸的中央出现了一个黑紫色的血手印。

"杨枭，你他妈的想干什么？"孙胖子捂着还在汩汩冒血的手掌，冲着杨枭大喊道，"要我点血没问题，你好歹提前知会我一声，让我有点思想准备不行吗？"

米荣亨身上带着纱布，他赶紧给孙胖子包扎起了伤口。孙胖子还在不依不饶地嚷嚷着，不过这时候没什么人理他，几乎所有人的目光都被杨枭吸引住了。

就见杨枭嘴里憋着的那口气朝羊皮纸上的小纸人喷了出去。他这口气也够猛的，几十张纸人被吹到了半空中，杨枭咬破舌尖，又是一口鲜血喷在半空中的小纸人上面。这口血喷的，连我都是一哆嗦。加上之前流掉的血，就这一会儿工夫，杨枭至少耗掉身体里面一小半的血。也就是杨枭，要换成一般人，死两个来回都有富余。

小纸人被杨枭的鲜血喷中，瞬间着起了火，也就是一眨眼的工夫，就烧成了飞灰。就在纸人着火的同时，甬道外面突然响起了一声惨叫："啊！"我听得清楚这叫声是陶项空的声音。紧接着，里面又传出来一阵嘈杂的声音。我和孙胖子都举起了手枪，熊万毅他们也面朝出口的位置摆好了架势。

里面的声音越来越大，听这声音的动静，好像是一群人在追陶项空。米荣亨有点沉不住气了，他向杨枭问道："现在怎么办？进不进去？"

杨枭刚才吐了血之后，就萎靡地坐到了地上，听见米荣亨问他，杨枭才抬起头来。瞧见杨枭的脸色我吓了一大跳，他刚才苍白的脸色现在已经变得死灰死灰了。杨枭喘了几口粗气，说道："再等等，等里面彻底没有声音了再说。"说着，眼睛眯缝着向出口的方向看去。

又过了十五六分钟，里面的声音突然消失了，连一点动静都没有，不过这个感觉并不舒服，安静得出奇。刚才还有点萎靡不振的杨枭突然眼睛一瞪，从地上站了起来。他又拿出那根大铜钉，第一个向出口走去，"你们跟着我，都小心……"

他话还没说完，吴仁荻突然插了一嘴："杨枭，再等等……"

杨枭愣了一下，原地站住扭头看向吴仁荻，看样子想开口问吴仁荻什么，不过犹豫了一下，还是忍住了没有言语。大家听了吴仁荻的话等着，又过了两三分钟，就听见里面突然"嗷"的一声，跟着又是一声闷响，好像有什么东西从高处掉了下来。之后，又是一片寂静。

吴仁荻这才似笑非笑地说道："差不多了，进吧。"

到出口处向外面看去，还是漆黑一片，熊万毅他们拿着手电一个劲儿地猛照，外面的景象吓了我一跳。就在出口前面不远的三四米处，密密麻麻站着失踪的女子学院的师生们。要是走得急了点，保不齐都能撞到一起。

这些人老老实实地站着，看上去就像站着睡着了一样。不过在这样的场合，这么多站着的睡美人看上去有点瘆人。

“奶奶的，吓我一跳。”熊万毅缓了口气。吴仁荻说道：“先把这些人抬到里面去。”

我们听了吴仁荻的话都愣了一下，孙胖子先说道：“现在？”

吴仁荻“嗯”了一声，杨枭在旁边说道：“现在不会有事，不把人抬进去，要是有事更碍手碍脚。”

米荣亨收起了甩棍：“辣子，大圣，你们警戒！”说着，他和西门链、熊万毅一起，将上百个睡美人抬到了甬路里面（现在没有时间救治她们，只能先把她们抬到安全的地方）。最后，我和孙胖子也上去，将这些睡美人抬了进去。

吴仁荻看到清理得差不多的时候，对邵一一说道：“你到外面守着她们。”邵一一脸色有点发白，一个劲儿地摇头。吴仁荻对邵一一说话的时候，语气明显要比对我们好得多。他和邵一一又耳语了几句，还在她手里塞了个什么东西，邵一一这才勉勉强强地回到了甬路里。

第三十六章　乱斗

门口清理出来，我们几个也累得呼呼直喘气。这些小姑娘差不多都得九十斤往上，抬到最后一个的时候，我的胳膊已经有肌肉痉挛的迹象。

前面是什么？孙胖子抬到一半的时候，就气喘吁吁地坐到地上休息。现在他最早缓过来，发现远处的地上有一堆白花花的东西，他用手电照了一下，看清了之后，马上就掏出了手枪，对准了那个位置："是陶项空！"

孙胖子这一声喊得太突然，我和熊万毅几个立刻从地上蹦了起来，掏枪的掏枪，抽甩棍的抽甩棍，把所有的注意力都集中在"那一堆东西"上。

"那一堆东西"的脸朝着我们，我看得清楚，一张惨白的脸，不是陶项空还能是谁？他还有轻微的呼吸，不过只有出的气，没有进的气。这么看上去，他也坚持不了多久了。

孙胖子他们的天眼指望不上，只靠肉眼看，陶项空就像死了一样，躺在地上。孙胖子这才松了口气，回头看向杨枭问道："老杨，那个家伙死了吗？"

杨枭对陶项空这样的出场方式并不意外，他哼了一声，说道："没死，不过也差不多了。"

我看着陶项空在一口一口地捯气儿，他的胸口有一个血窟窿，还在汩汩地冒血——这差不多就是他的致命伤了。

"老杨，不是我说，你干的？用我的血干的？"孙胖子有点兴奋了，刚才杨枭在他手掌上的那一刀，他也忘了。

"也是也不是。"杨枭就这么模棱两可地回答了一句。他的目光离开了陶项空，开始注意陶项空周围的动静。

我顺着杨枭的目光看去，远处黑洞洞的一片是一块还没有完工的工地，一排脚手架搭在墙上，看起来很像是在仿建水帘洞里面的布局，可惜不知道为什么，到这里就停工了，再往里面走就到底了。

"老杨，那些干尸呢？"我向杨枭问道。

杨枭还是目不转睛地盯着前面，说道："应该藏在陶项空的附近。"我听了有点紧张，有意无意地向上抬了抬枪口。杨枭扭头看了我一眼，似有似无地翘了翘嘴角，"这些干尸现在还不会露头，只要守在孙大圣的身边，他们就不敢过来。"

"嗯？"我没听明白，孙胖子什么时候成了门神？他有这能耐？

杨枭好像看出来我的心思，在大清河河底时，他对我的印象就不算坏，对我说的话能详尽一些。果然，他接着说道："刚才我在外面借了孙大圣的鲜血做引，设了一个无生引魂局，让这些干尸去攻击陶项空。本来这里只要有活人，那些干尸就会冲出来，不过无生局用的是孙大圣的血，那些干尸现在最忌讳的就是孙大圣了。"

孙胖子什么时候变得这么牛了？我突然间又想到一件事："还有一个人，赵敏敏！"

杨枭点了点头，没有说话。刚才赵敏敏的那一口黑血差点要了他的老命，他好像对赵老师还是有点心有余悸。不过就眼前这点地方，她能藏到哪儿去?

“老杨，我们是不是过去把陶项……”西门链本来想说把陶项空给抬过来，活见人死见尸嘛，他话刚说了一半，外面甬路那边突然响起了连声尖叫:“啊! ”“这里是哪儿? ”“我要出去! ”外面那一百多个睡美人竟然在同一时间苏醒了。

“坏了! ”杨枭咬着牙一跺脚，大吼道，“快出去! 这里待不住了! ”再看旁边的吴仁荻，他的表情也有些难看。

看着杨枭和吴仁荻的样子，我知道是出了大事，不敢犹豫，向着进来的方向跑去。

只跑了几步，就听见后面有破风之声。我不敢回头，凭着以前的经验，我把手枪伸到腋下，对着侧后面就是三枪，随着枪响，后面追我的那个“人”轰然倒地。我扫了一眼，倒地的是一具干尸，不是说守在孙胖子的旁边，干尸就不会攻来吗?

再看孙胖子，他跑在最前面，右边也有一具干尸在追他。

孙胖子的手枪握在手里，可是干尸距离他实在太近，他根本没有时间回头开枪。眼见干尸的爪子就要抓到孙胖子的脖子，我抬手一枪，“啪! ”打中了干尸的脑门，红白之物溅了一地，干尸应声倒地。

孙胖子惊魂未定，看着我大叫道:“辣子! 你后面! ”

孙胖子说得晚了，一双冰冷干枯的手（爪子）已经掐住了我的脖子。都来不及反抗，我被一股巨大的力量按到了地上。孙胖子想要朝这具干尸开枪，无奈又有几具干尸向他冲过去，孙胖子保命要紧，只能先开枪射杀了冲到他身边的几具干尸。

掐住我脖子的手一紧，随后一张干瘪的人脸张开大嘴向我的脖子咬过来，我已经能闻到他（她）嘴里那股恶臭的味道。

完了，我还记得在水帘洞里，干尸咬死人时的景象。想不到水帘洞过后这么久，我还是逃不过这一劫。眼看我的脖子上就要多出一个血窟窿，就在这时，按住我脖子的那只手（爪子）力量突然卸了，随后那具干尸向后倒在地上，一支小小的弩箭正好射中了他的脑门，再看弩箭来的方向，吴仁荻正在给他的小号弓弩换弩箭。

“都回去！”杨枭大喊道，“干尸已经发狂了，这里守不住！”

我们使了吃奶的劲儿，赶在干尸大部队冲过来之前，跑进了甬路里。杨枭是最后一个进甬路的，在他进来的同时，杨枭将手里的一个小瓷瓶摔到了地上，小瓷瓶摔得粉碎。刹那间，甬路里弥漫着一股腐败恶臭无比的味道。

刚才还追着杨枭跑的十几具干尸闻到这个味道，竟然放弃了杨枭，开始漫无目的地走来走去，好像在找什么东西。

看见干尸进不来，我们已经跳到嗓子眼的心才慢慢跳得安稳了一点。我喘着粗气向杨枭问道：“老杨，你不是说，有孙大圣在，干尸不敢过来吗？”

“有我在，它们不敢过来？可拉倒吧。不是我说，第一个就冲我来的！”孙胖子听了我的话后，有点愤愤然。

杨枭没有回答我，他只是眯缝着眼睛看向后面那百十来个已经恢复正常的女学生。我又问了一遍，他才回了回神，嘴角露出一丝冷笑，说道：“这些小姑娘突然回魂，多了一百多人的生气，那些干尸闻到这么多生气，就开始暴躁了，不过仅仅因为这些的话，还不足以让他们来攻击我们。”说到这儿，杨枭顿了一下，缓了口气，接着说道，“干尸来攻击我们是因为那个！”说完，他的下巴向不远处的角落一扬。

杨枭指的角落里，原本摆在地上的那张羊皮纸已经被人用利器割得七零八落。

这时再没有人说话了，事情已经明摆着了，有人破坏了杨枭摆的阵法（无生引魂局），之后又施展手段，使这一百多个女生回了魂。用这一百多个女生的生气去刺激外面的干尸，始作俑者就在这些已经吓得脸色发白的女生中间。

说实话，要不是邵一一和吴仁荻的特殊关系，我第一个怀疑的就是邵一一。她一直守在这里，要是出了什么意外，她应该第一个知道。可是现在，邵一一正一脸迷糊地看着杨枭，好像没有听懂杨枭话里的意思。

“邵一一，刚才有异常的事情吗？”杨枭向邵一一问道。看样子，他也没有怀疑邵一一，只是想把事情搞清楚。可惜邵一一还是摇了摇头：“没有。我进来不一会儿，大家就都醒了，之后，你们就回来了。”听了邵一一的话，我们几乎都是一皱眉。

而那些女学生虽然恢复了神志，看见我们手里的家伙时，她们却都不敢靠前，显得唯唯诺诺的。不过，还是有人看见了熟人就忍不住了。

“熊玩意儿，趁我们睡着了，你们把我们弄过来是什么意思？”说话的是徐渺渺，她正瞪着熊万毅，嘴里又说道，“最近学院里失踪的案子是不是你们干的？你们想把我们卖到哪儿？”说着，好像没有站稳，脚下一个趔趄，还好及时扶住了墙壁，才没有当场摔倒。

熊万毅迎着徐渺渺走过去，边走边说道：“姑奶奶，火上房了，你就别添乱了。谁敢卖你？”

“别过去！”两个人一起出声喊住了熊万毅，一个是我，还有一个是杨枭。他一脸冷笑地看着徐渺渺，对熊万毅又多说了一句：“不想死就别过去！”

刚才徐渺渺说话的时候，我心里就感到不对，不过一直没有想到不对在哪儿。直到熊万毅要过去搀扶徐渺渺，我才猛地想起来是哪里不对——是徐渺渺给我的感觉！太熟悉了，就像是杨枭在大清河地下，装扮成孙胖子来诈我的那次——这徐渺渺是假的！

熊万毅的反应也不慢，瞬间把迈出去的腿又收了回来，一转身，两三步就站到了杨枭和吴仁荻的身边。

杨枭有些诧异地瞟了我一眼，不过马上就把注意力转向了徐渺渺："你是姓赵还是姓陶？"

徐渺渺绷住了脸没有说话。杨枭又说道："你是自己变回来，还是我把你这张脸撕下来？"

徐渺渺叹了口气，幽幽地说道："祖师爷就是祖师爷，这点小把戏还是蒙骗不了您。"她说着，脸上的皮肤已经起了变化，整个头部鼓起了一个一个的肿块。这些肿块蠕动着，和在大清河地下时，由孙胖子变回杨枭的场景一样。一会儿的工夫，"徐渺渺"脸上肿块蠕动完了，露出了她的本来面容——教我们数学的老师——赵敏敏老师。

赵老师身边的女学生已经看呆了，她们还搞不清状况，有些犹豫是留在赵老师的身边，还是跑过来我们这边。

"还看什么？过来！我看着像坏人吗？"孙胖子向女学生们大喊道。可惜，他不喊还好，有几个本打算往我们这边跑的女生，被孙胖子这么一喊，又犹豫了起来，反而向赵老师靠拢了。

"孙胖子，以后没事少说话。"西门链恨得牙根痒痒，对着孙胖子说道。

"我再问你一遍，姓赵还是姓陶？"杨枭看着赵敏敏，冷冷地说道。

"我姓赵，赵敏敏是我的真名，赵子达是我的父亲，我爷爷是赵德君。"赵敏敏被拆穿后，并不打算骗人了。

"赵德君！"杨枭重复了一遍这个名字，他哼了一声，说道，"就算赵德君还活着，吓死他也不敢打我的主意，没想到他的孙女倒比他有出息。"说完杨枭又是一阵冷笑。

赵敏敏一言不发，直到杨枭说完，她才说道：“要是我爷爷还活着，他也会这么干。鬼道教早就名存实亡，教主离教百年，教众又成了活死人，要是换作您，您又会怎么办？”

杨枭听了这话，沉默了片刻，换了话题说道：“林火怎么跟你说的？杀了我，就能让这些教众恢复正常？”

赵敏敏摇了摇头：“他倒是没这么说。”她说出这么一句话，杨枭的眼角反而抖动了几下，说道：“他……要活的？”

赵敏敏说道：“是。林火说在您的身上，藏着他的一个什么东西，只要把您带回去，他拿回东西，就会把您放了，不会再为难您。”

“不会为难我？嘿嘿！”杨枭一阵冷笑之后，又说道，“你信吗？”赵敏敏把头低下了，算是给了一个不是答案的答案。

杨枭看着赵敏敏，叹了口气说道：“算了，我也不难为你了，送你上路之前，告诉你最后一件事，林火死了，巫祖也死了，滇国祭坛也完了。”

赵敏敏摇了摇头，说道：“不可能，我亲眼见过林火的本事，也见过巫祖。我看过教义中关于您的生平，最多也就是和林火斗个平手。至于巫祖……”赵敏敏说到这儿，停了一下，能听出来，她不相信林火和巫祖会死在杨枭的手上。

“不是死在我的手上，”杨枭说这句话的时候，多少有点泄气，“不过他们的确死了，还有，你们都被林火骗了。干尸是不可逆转的，云南滇国的总坛有几百具干尸，要是能变回来，林火早就把他们重新变成人了。”

“不可能！”赵敏敏还是不信，她说话时有点激动，“不用骗我，林火和巫祖是不会死的。”

杨枭看了一眼吴仁荻，看见他没什么反应，才对着我说道：“沈辣，你和她说！”

你们俩掰扯，有我什么事儿？虽然不情愿，但我还是说道：“林火死在我手上。”然后我又描述了一番林火老实巴交护林警的相貌，这次说得赵敏敏有点动容了，她的声音有点颤抖：“那么巫祖呢？”

我看了看吴仁荻，他给了个眼色，不想暴露出来。我叹了口气，指着孙胖子道：“是他把巫祖的头砍下来的！”

第三十七章　重演

孙胖子回头看了左右一眼，确定我是在说他之后，孙胖子向赵敏敏一瞪眼："就是我砍的，怎么地吧！"

"你？砍了巫祖的头？"赵敏敏哼了一声，"不是我小看你，你真不像有那个本事。"

"有没有本事不是靠嘴说的。"孙胖子也学着赵敏敏的样子哼了一声，"不是我说，巫祖而已，像这样的，我哪年不砍他十个八个的？很稀罕吗？再说了，他不人不鬼的，还在水里面伏击我。孙爷我也不是吃素的，直接捅瞎了他的眼睛，然后一刀下去，砍了他的头。"

孙胖子讲故事的水平一流，加上他当时就在现场，吴仁荻是怎么将半个巫祖的身子从水里提出来的，他看得一清二楚，说得有模有样的，将水帘洞里吴仁荻杀死巫祖的事情搬了出来，只是男主角换成了他。

赵敏敏脸上更加动容，冷冷地看着孙胖子没有再说话——她已经开始半信半疑了。

米荣亨趁这个机会，向赵敏敏的位置靠近了几步说道："陶项空已经死了，你的那些教众也已经回不来了，这件事就到此结束吧。你跟我们上去，我能保你活命。”

米荣亨说完，杨枭和吴仁荻没有再说话，算是都默许了。

想想也是，我们看着人多，但真要是动手也不见得能占到什么便宜。赵敏敏一直深藏不露，除了喷杨枭一脸血之外，剩下的我们对她一无所知。刚才在干尸堆里，陶项空被咬得支离破碎，可是她赵敏敏就像没事人一样，还能从容易容，我们抬她进来的时候都没发觉。她这心机和杨枭是一个路子的，就算差了几个等级，也不是我能对付得了的，而且赵敏敏八成还有什么撒手锏没使出来。

再看我们这边，吴仁荻是指望不上了，他自废武功十三天，能力已经向我们小调查员看齐了。杨枭比他强点但有限，连续大出血一千几百 CC，小脸煞白不说，就连站着都直打晃，真要动手就得指望我和孙胖子他们了。

“你保我的命？真是可笑。”赵敏敏冲米荣亨冷笑了一下，接着说道，“那么谁又来保你们的命？你不会是指望我这位祖师爷还能回光返照，再把你们都带出去吧？”

赵敏敏转头又看向杨枭，说道：“祖师爷，我从懂事的时候，就知道鬼道教者，以血为本，血溢则强，血亏则弱。您现在的气血是小亏呢？还是大亏呢？”说完又是呵呵一笑。

“赵老师，您怎么了？”有几个和赵敏敏要好的女学生怯怯说道，她们看出来赵老师已经有点不对劲了。

“没事，你过来，到老师这儿来，帮老师个忙。”赵敏敏向离自己身边最近的女学生招了招手，我和孙胖子他们几个人同时喊道：“别过去！她不是你们老师了！”

“别听他们的，学院里的失踪案件就是他们干的。”赵敏敏说道，“到老师这儿来，老师能保护你。”

那个女学生犹豫了一下，还是走到了赵敏敏身边。有了一个，就有第二个，一转眼，几乎所有女学生都跑到赵敏敏身边了。甚至还有胆子大的站到赵敏敏身前，给她做了一道人肉屏障。

说什么都没用了，这样的场合，和只相处了几天的我们相比，赵老师的话显然更有说服力。

眼睁睁看着赵敏敏的身边人越来越多，我有点沉不住气了，她守着这么多的人有什么用?

就在我胡思乱想瞎猜赵敏敏的用意时，脑袋里突然响起了一个声音："沈辣，这个距离，一枪干掉她，有没有问题?" 我吓了一跳，这是杨枭的声音。

再看杨枭，他正一动不动地盯着赵敏敏，完全看不出来刚才是他对我说的话，难不成刚才我听错了?说话的是吴仁荻?我又向吴仁荻的方向看去，脑袋里面又响起了那个人说话的声音："别瞎看了，是我！听懂了就点点头！"

是杨枭，他正假装擦汗，趁机向我瞪了一眼。他还有这本事?我微微地点了点头。脑袋里的杨枭说道："一会儿我给你一个信号，你只管开枪，记住，打要害，要一枪毙命，她不会给你第二枪的机会。"

我又轻轻点点头，杨枭转过头冲赵敏敏说道："我现在是气血亏虚，不过对付你这个孙子辈足够用了。小丫头，今天我就替你爷爷教训教训你……沈辣！开枪！"

杨枭是学会孙胖子这一手了，我举起手枪，对着赵敏敏的脑袋扣动了扳机。

咔吧一声，枪声没有响起来，一颗子弹卡在弹仓里。开什么玩笑，这个时候子弹卡壳?！

我的枪声没有响起来，倒是提醒了孙胖子，他也抽出了手枪，对着赵敏敏就是一枪。由于前后左右全都是女学生，孙胖子怕失手，最后选择了赵敏敏的胸口扣动了扳机。

啪！一声枪响，赵敏敏应声倒地。周围的女学生乱成一片，这时我连连拉动套筒，已经将卡壳的子弹吐了出来。

“打中了！”孙胖子高呼，就要过去查看赵敏敏的尸体，心脏部位中枪，九成九是死了。后面杨枭和吴仁荻同时喊道：“别过去！”“待着！”

孙胖子刚走了几步，听到他俩的话，硬生生停住了脚步。我也看出了不对劲，赵敏敏虽然一动不动地躺在地上，可她胸口中枪的部位连一滴血都没有流出来。

“赵老师死了！他们杀了赵老师！”刚才第一个走到赵敏敏身边的女同学哭着向赵老师的身前走去，到了赵敏敏的身边，哭声戛然而止，她发现倒在地上的赵老师完全不像是中枪身亡的样子。

赵敏敏虽然躺在地上，但是她的身体正慢慢地抖动着，而且抖动的频率也越来越快。

“赵老师没死，快过来救……”她的话还没有喊完，赵敏敏猛地从地上跳起来，将喊话的女学生按在地上，张嘴对着她脖子上的颈动脉咬了下去。

就知道她没有那么容易死！我和孙胖子一起向赵敏敏开了十多枪，中枪的赵敏敏只是被子弹的冲击力打得顿了几顿，之后继续咬着那个女学生的脖子，一口一口地吞咽着女学生伤口处冒出来的鲜血。直到我和孙胖子的子弹打完，也没能对赵敏敏造成任何实质性的伤害。

我们的手枪可是民调局特制的，无论是人是鬼，中枪必亡。林火就是死在我的枪下，不可能连一个赵敏敏都解决不了。我换上最后一个备用弹夹，枪口对着赵敏敏，却在犹豫要不要开枪。

孙胖子的子弹已经全部打光，他收了手枪，抽出甩棍，不过没有上前的意思，反倒是后退了几步，问："吴主任，老杨，枪打不死她！现在怎么整？"

吴仁荻这时已经到了我的身后，他从腰后面抽出了一把长匕首，和三叔给我的那把一模一样——不知道他还有多少把这样的短刀。吴主任手握短刀对准赵敏敏的头，一刀劈了下去。这一刀虽然劈得呼呼带风，但平心而论，和当初在水帘洞时，何止天渊之别。

眼见赵敏敏的脑袋就要分成两半，她好像察觉到了，放开了女学生的身体，双脚一蹬地，身子借力后退了十多米远。

那名女学生当场气绝身亡，周围的女同学已经乱成了一锅粥，有哭的，有喊的，有叫的。有机灵点的已经跑到了杨枭的身后，其他女生纷纷效仿，转眼间，赵敏敏周围就只剩下我和吴仁荻两个活人。

我抬枪还要射击，被吴仁荻拦住："她是半尸，你现在打不死她。"

半尸？我有点头大了，之前郝文明就和我说过，民调局这种特制的枪弹并不是万能的，弹头上面的符咒对于一些横跨阴阳两界的生物起不到任何作用。我让他举一个例子的时候，郝主任的原话是："不是我说，见到半尸就绕着走。"

半尸，顾名思义就是半人半尸的生物。民调局的资料室里是这么记录的：半尸，是人在死前，通过特殊的方法，将魂魄禁锢在自己的体内，死后，魂魄不离自身。肉身不腐，体内不生尸气，行动坐卧与常人无异（曾经在一个时期内，半尸被认为是长生不老的一种形式）。

半尸很巧妙地维持了体内的阴阳平衡，民调局的一般制式装备很难对半尸形成杀伤力。但是半尸的弱点也十分明显，三年之后，半尸体内会慢慢产生尸气，皮肤和肌肉也会逐渐萎缩，阴阳平衡被打破，半尸也就会变成类似僵尸的物体。此时，民调局的制式装备会对第二阶段的半尸产生杀伤力。我突然反应过来，这不就是干尸吗？

这就是为什么吴仁荻刚才会说，我“现在”打不死她。

赵敏敏退到了十多米远的墙角，她的嘴角还滴滴答答淌着别人的鲜血。看着我和吴仁荻，她嘿嘿一笑，“就这么点本事吗？我有点失望了。哼哼！”

我观察到，赵敏敏说话的时候，眼睛有意无意地瞟向吴仁荻手中的短刀。她似乎已经看出来这把短刀不是凡品，眼神里无意中流露出忌惮的表情。

吴仁荻也在面无表情地看着赵敏敏。他说道：“我说嘛，外面的干尸怎么可能放过你，原来你们是同类，那个陶项空呢？他不会真的死了吧？”

吴仁荻说话的时候，女学生的人群里突然有人尖叫了一声。我回头看去，就见一个女学生倒在地上，她的左胸和肚脐的位置插了两根巨大的铜钉。她身边站着杨枭，正手握着第三根铜钉，插进了女学生的咽喉。

这名女学生浑身不停地颤抖，她脸上的模样也发生了变化，原本一张清秀可人的女人脸，正慢慢变成一个年轻男子的模样，正是陶项空无疑——他之前不是已经死了吗？

三根铜钉钉在陶项空的身上，他算彻底丧失了反抗能力。整个人直挺挺地躺在地上，就连眼神也像被定住一样，没有一点生气，直勾勾地望着甬路的顶棚。

赵敏敏见到这个场景，哀号了一声，不顾吴仁荻的短刀，直冲向陶项空。没想到，吴仁荻另外一只手抬了起来，手上握着的是那支小小的弓弩，对准赵敏敏的大腿一箭射了过去。不知道这个弩箭是什么材料做的，离弦之后，竟然没有一点风声，电闪一般射进了赵敏敏的大腿。

第三支弩箭射出来，射中了赵敏敏的手背，箭身穿过手背，钉在了地面上。赵敏敏这才放弃了前行，她的头无力地栽倒在地面上。

我、孙胖子和熊万毅他们目瞪口呆地看着，没有我们插手的地方，就这么一分钟多一点的时间，形势就彻底逆转了。

“你们俩想得不错，胆子也够大，可惜了，对手找错了。”杨枭说话的语气就像是一位老师在教育他那两个顽劣的学生，“今天的事情，当年你们的祖父辈就曾经干过，想不到过了一百多年，事情重演了，只不过结局都一样。”

赵敏敏和陶项空躺在地上，就像没听见一样，一语不发。

杨枭看着他们俩，轻轻叹了口气，说道：“除了你们，鬼道教还有活人吗？”

“没有了。”陶项空的眼神多了一点生气，他又说道，“从今天起，鬼道教就算彻底散教了。我们死撑了这么多年，也算是对得起你了。”

杨枭还想说什么，被吴仁荻拦住了。吴主任对赵敏敏和陶项空说道：“把整件事原原本本再说一遍。”

陶项空和赵敏敏没理吴仁荻，一副情愿等死的表情。他俩的态度，吴仁荻并没有感到意外。吴主任又说道：“如果说得我满意了，我会考虑留下你们当中的一个人。”

“我说！”陶项空先一步，抢在了赵敏敏的前面，“之前我说的，大部分都是真的。一直到我父亲他们从云南回来，带回了所谓的‘不老仙方’。我和敏敏因为是刚成的亲，我父亲特准我们有了子嗣之后，再开始修炼不老仙方，因此我和敏敏才逃过了一劫。”

陶项空的脸色死灰死灰的，眼神有点空洞，好像是在回忆当时的场面，他接着说道：“修炼了‘不死仙方’之后，他们变成了现在这个样子，而且还开始疯狂地嗜血，有的时候相互攻击，将实力更弱的咬死，啃食其血肉。我无奈之下，只能抓几个活人，供养教众。不过只要有血食供养，他们就会恢复一段时间神志。

“我当时还怀疑他们是练错了‘不老仙方’，走火入魔了。为此，我和赵敏敏特地按照我父亲当年得到的地址，去了趟云南，费了一番周章之后，终于找到了这一切的始作俑者——林火。

“林火好像猜到了我们会去找他一样。他把我和赵敏敏带到了死人潭瀑布里面的山洞，我在里面又见到了无数和我父亲他们一样的行尸，也见到了一个像神一样存在的巫祖。林火和巫祖对我们还算客气，林火说我父亲他们算不上真正的‘长生者’（干尸），他们还可以重新变回正常人。但我向他恳求时，林火又微笑不语，后来，我再三恳求，他才给了我三条路。”

陶项空说得有点急了，他喘了几口粗气，平静了一下，才接着说道：“第一，放任不管，我父亲和教众们就会变成真正的长生者。第二，让我去寻找一个叫作吴勉的人，只要知道了这个人的下落，林火就会把我父亲和其他人恢复到正常。第三……”

说到这儿，陶项空顿了一下，看了杨枭一眼，犹豫了几秒钟后继续说道：“第三，带祖师爷回去，他也会让我父亲他们恢复正常。我们当时就说，不知道祖师爷的行踪，就算知道，也远不是祖师爷的对手。

“没想到林火就像早有准备似的，给了我们一小瓶巫祖的血浆，说只要祖师爷沾上巫祖的血，就会失去神志，任由我们摆布。之后，不再理会我们的哀求，将我和赵敏敏赶出了祭坛。

“出了祭坛时，我们俩万念俱灰。先不说那个姓吴的我们能不能找到，就连祖师爷也离教百年，凭我们的本事也不可能找得到。我和赵敏敏当时就死心了，但是这些教众和血亲又不能不管，我们只能先回来，走一步算一步了。

“为了方便照料这些不人不鬼的教众，我和赵敏敏一直守在这附近。由于我们俩修炼鬼道教，衰老得要比正常人缓慢，怕生意外枝节，我和赵敏敏每过一段时间，就要变换身份和容貌，继续守在这里。”

第三十八章　陶赵双亡

“本来我们一直不敢轻易动女子学院的人，每次都是在学院之外，施术摄了活人供养地宫里面的教众。不过前些日子，下面的教众突然发狂，我才摄了两个学生来应急。没有想到，因为那次的无心之失，会把祖师爷引了过来。”

陶项空朝赵敏敏的方向望了一眼，又说道：“你们进学院的时候，赵敏敏就认出了祖师爷，但是当时还拿不准你们到底是来干什么的。为了试探你们，我让赵敏敏做了点手脚。由于祖师爷在场，我们没敢使用术法，只是用了点药物，让一个小姑娘因为低血糖昏迷。

“我猜想的不错，你们的人出来之后，就设了探查阴阳之气的阵法。而且用的还不是鬼道教的手段，手法相当高明。

“我猜到你们八成是为了之前被我摄走的那两个小姑娘来的。为了不让你们失望，趁着祖师爷不在，我施法惊了你们当中的一个人（好像在说我），让你们知道这个学院里有类似鬼魅的存在。

“之后，我就再没有动手，直到你们大部分人离开了学院，我才真正地开始谋划设局。先在学院的废置仓库里做了点手脚，没想到比我预期的还好，你们几乎所有人都中了我的计，被尸油封了天目。在你们进仓库的时候，我去了宿舍，收走了你们那些古怪的手枪。

“和我想象的一样，没了手枪，你们开始慌张了，完全按着我的布局走了。你们把学院所有的人集中在体育馆里，想要集中保护。我知道吴老师对邵一一很感兴趣。就在你们的眼皮底下，赵敏敏冲了邵一一的魂魄，让你们为了邵一一疲于奔命。

“在你们追邵一一的时候，我打开了地宫的大门。作为诱饵，我摄走了一百多个学生。本来我的局设得很完美，只是没有想到我们最大的依仗——林火给我的巫祖血竟然没起到作用，祖师爷能醒过来。祖师爷醒了，我就知道我们算完了。但是无论如何，也要再拼一拼。”

“拼？”杨枭哼了一声，说道，“你们成了半尸就算拼了吗？现在你们算是半个人，再过几年就和外面的干尸一模一样了！”

陶项空无奈地苦笑了一下：“从知道祖师爷进了学院的那一天起，我和赵敏敏就开始修炼‘不老仙方’，反正这么干，我们也不吃亏。这件事只有正反两面，成了，带祖师爷去云南见林火，他会让我们恢复正常；不成，就直接死在祖师爷的手里。会不会和外面的教众一样，也不用担心了。”

吴仁荻听他说完了，点了点头道：“好了，按着说好的，你说完了，你就活，她死。”说着将小弓弩抬了起来，对准了赵敏敏的脑袋，不承想陶项空突然大喊道：“别动她！”

吴仁荻回头看着陶项空，冷声说道：“你什么意思？”

陶项空悲声说道：“刚才说好的，我把事情的原委告诉你，你会留下一个人。我死，她留下！”

“你胡说什么！你死了，我还活什么！”一直没有言语的赵敏敏，突然向陶项空哭喊道。

陶项空不看赵敏敏，只是瞪着吴仁荻一字一句地说道："说好的……我死，她留下！"

赵敏敏哭着向陶项空喊道："我……留下干什么！你死了……我留下来干什么……"

陶项空不敢看已经崩溃的赵敏敏，他还是盯着吴仁荻，不停地说道："我死，她留下，我死，她留下，我……"

吴仁荻也在看着他，突然收起已经对准赵敏敏脑袋的小弓弩，对着杨枭说道："送他上路。"

杨枭面沉似水，手中第三根铜钉对准陶项空的心口就要插下去。陶项空已经闭上了眼睛，黯然等死。就听见嗷的一声尖叫，赵敏敏突然从地上跳了起来，原本钉在她手上的弩箭扯掉了赵敏敏的半个手掌还依旧钉在地上。

这个场面吴仁荻也没有想到，还好他反应快，举起小弓弩对着赵敏敏的胸口射了出去。弩箭钉在赵敏敏的右胸口，赵敏敏就像没有知觉一样，弩箭射在她胸口时，她也抓住了吴仁荻脖子。令我们惊恐的一幕出现了，赵敏敏掐着吴仁荻的脖子将他提了起来，吴主任的脸已经憋得通红。赵敏敏没有心思纠缠，将吴仁荻朝墙壁摔了过去。

咚的一声，吴主任结结实实地砸到了墙上又摔到了地上。吴仁荻在地上翻滚了几下，面部朝下昏倒，人事不知。

瞬间我都惊呆了，吴仁荻……也有今天？虽然之前吴主任亲口对我说过，他那种令人发指的能力会消失十三天。但他刚才箭射赵敏敏，陶项空在他面前只想快点求死的样子，让我一直有种错觉，现在的吴仁荻还是以前的吴仁荻。在他晕倒的时候，我才明白过来，吴仁荻的本事虽然没有了，但是他的范儿还在，只是他的范儿和本事不成正比。

在我愣神的时候，赵敏敏已经冲到了杨枭的面前。可惜杨枭不是现在的吴仁荻，他本来要钉进陶项空胸口的铜钉已经撤了回来，赵敏敏抓向他时，杨枭已经把铜钉递了上去，铜钉在赵敏敏手臂上划出了一道惊人的伤口。她胳膊上的血肉外翻着，已经露出了白森森的臂骨。

啊！赵敏敏一声惨叫。吴仁荻的弩箭她都忍过来了，杨枭的铜钉她却再也忍受不了。赵敏敏后退几步，还是不甘心扔下躺在地上的陶项空独自逃生。这时，熊万毅他们几个手握甩棍已经冲了上来。

和子弹一样，甩棍打在赵敏敏的身上几乎没有任何作用，反倒是他们几个，一个一个被赵敏敏打得昏倒在地上。

陶项空向赵敏敏大喊道："快走！他们拦不住你，快走！"赵敏敏就像没听见一样，她是铁了心要救陶项空。最后陶项空急得以头撞地，不停地大叫："走，快走！快走！"

赵敏敏不敢再靠向杨枭，杨枭也不能主动攻击赵敏敏。他大出血的后遗症已经开始显现了，杨枭的脸色煞白煞白的，豆大的汗珠水流一样流下来。他上衣已经湿透，看东西都是重影儿的。

趁他俩僵持的时候，我捡起吴仁荻丢下的弓弩，箭槽上是空的。想去吴仁荻身上找几根弩箭时，才看见孙胖子已经在吴仁荻身上找到了什么，接着他扔过来一支弩箭："就这一支了，照头上打！"

我上好弩箭时，赵敏敏那边又起了变化。

杨枭身后的女学生已经乱成了一团，赵敏敏不敢靠近杨枭，便改了主意，冲进了学生堆里，找准了一个人，把她抓了出来。

"一个换一个！"赵敏敏掐着那个人的脖子，对着杨枭说道。

杨枭沉着脸，没有说话。赵敏敏抓的人他也很头疼——那个人是邵一一。

赵敏敏用她的没受伤的手，搂住了邵一一的脖子，咬牙继续对杨枭说道："活的不换，我就给你死的。"说着手掌顺势向邵一一的胸口探去。

邵一一胸口挂着一块玉牌，一下被赵敏敏抓住。就见一股浓烟从赵敏敏的手上冒出来，接着，赵敏敏大叫一声，推开了邵一一。她的那只没有受伤的手已经血肉模糊，甬路里顿时充斥着一股焦煳的味道。

这块玉牌正是几天前，邵一一让我转交给吴仁荻的那块。没想到这块看起来连地摊货都赶不上的玉牌竟有这么大的杀伤力，开挂的赵敏敏竟然连碰都不能碰。

赵敏敏没有了邵一一做筹码，反倒给了杨枭要尽快了结她的决心。趁赵敏敏双手都受了伤，杨枭向前跨了两步，左右手两只铜钉同时插向赵敏敏的前胸。眼见铜钉已经接触到她的胸口，赵敏敏猛地张开了嘴巴，对准杨枭的面门喷出了一道黑紫色血箭。

杨枭发觉时已经来不及躲闪，只能猛地将双臂挡在面门前阻挡，就这样，还是有不少黑血喷在了杨枭的脸上。

杨枭一声不吭，仰面栽倒。同时，这一口血箭也耗尽了赵敏敏最后一点精力。血箭喷了出来，赵敏敏也萎靡地瘫倒在地上。看到杨枭倒地，她嘿嘿笑了起来："祖师爷，你不会以为巫祖那么宝贵的血，我会只用一次吧？"

说完，她慢慢起身，走到陶项空的身边，看着他身上插着的三根铜钉直咬牙。陶项空没让她替自己拔出铜钉，反而盯着赵敏敏已经接近残废的双手，颤声说道："我都让你走了，你干吗救我！你的手怎么办？"

赵敏敏没有说话，她现在全部的注意力都在陶项空身上。陶项空就像木头人一样，浑身僵硬，除了眼睛和嘴巴能动几下之外，其他部位都动不了。赵敏敏用两只手（一只半，好的那只也基本上烧焦了，理论上还算一只半）同时握住了插在陶项空肚脐上的那根铜钉。

铜钉露在外面的部分也雕刻着镇邪伏魔的符文，赵敏敏的双手握在上面，浑身就像过电一样，抖个不停。就这样，她还是咬牙将这根铜钉拔了出来。就在这时，我已经将弩箭对准了赵敏敏的后脑。以前从来没有使用过弓弩，眼下只剩下这一支弩箭，一时之间，我有点犹豫，不敢贸然发射。

肚脐上的铜钉被拔掉之后，陶项空的身体开始松动起来。他抬起头看向赵敏敏的时候，也看见了正举着弓弩，瞄准着赵敏敏后脑的我。

陶项空双眼直勾勾地盯着我，被他发现了，我不再犹豫，食指一钩扳机，弩箭朝赵敏敏后脑射了过去。在我发射弩箭的一刹那，陶项空猛地撞开了赵敏敏，弩箭一下射进了他的左眼里。陶项空吭都没吭，仰面倒地，一摊暗红色的鲜血从他脑后流出来，陶项空这次真正死了。

赵敏敏原本盘算好了，只要再让她缓个几分钟，她就能拔出陶项空身上剩下的两根铜钉，这里也再没有人能困住他俩。到时候，外面的干尸也不管了，和陶项空找一个深山老林隐居起来，过几年好日子就行了。管他什么巫祖林火杨枭吴勉，就算过几年变成了干尸也无所谓了。

然而天不遂人愿，她拼了命才把陶项空抢了出来，转眼就成了一场空。赵敏敏背对着我，看着陶项空，看得呆了。

唯一的一支弩箭没有射中她，我开始有点紧张了，丢了弓弩，我又把手枪拔了出来。虽然知道手枪没什么用，但是拿在手里壮胆也好。

过了十几秒，赵敏敏才算明白过来，她慢慢把头转向了我这边的方向。我这才看清，赵敏敏双眼里流出来两道鲜红的血迹。她对我喃喃道："都别活着了，一起死吧，我们陪陶项空，一起死吧！"

"你自己死吧！"孙胖子在我身后，朝赵敏敏大喊一声，话音刚落，他手中一把明晃晃的短刀已经直奔赵敏敏的面门飞了过去——是吴仁荻的短剑，我说他刚才在吴仁荻的身上翻什么东西呢。

被短剑射中面门前，赵敏敏用她那只尚能发力的手掌，往面前一抓，只见眼前一花，赵敏敏已经抓住了短剑的剑柄。她好像看出来这把短剑不一般，只敢反手轻轻握住剑柄，不敢触碰到一点点剑刃，保持着短剑飞过去的姿势。

“辣子，你摆姿势呢！开枪！”孙胖子好像早就猜到了不能一击即中，短剑出手的时候同时向我大吼道。我再没有犹豫，第一时间扣动了扳机。

“啪”的一枪，子弹击中了赵敏敏手中的剑柄。借着子弹的冲击力，短剑径直向前，一下射进了赵敏敏的嘴里。一阵血雾过后，短剑又从她脑后钻了出去。

赵敏敏晃了两晃，随后倒在了陶项空的身上。赵敏敏嘴里的创口火花一现，紧接着，火焰在赵敏敏的全身蔓延开来。赵敏敏使出最后一分力气，抱住了陶项空的尸体，火焰也将陶项空裹了进来。

这火烧得也邪，也就是十几分钟的工夫，诡异的火焰便将赵敏敏和陶项空烧成了两道人形的灰烬。外面一阵怪风吹来，将两人的骨灰吹得一干二净。

我看着这番景象，心里面有点酸楚。就在这时，我的脑袋里好像有什么东西突然动了一下，紧接着一阵剧痛，眼前一黑，之后就什么都不知道了。

第三十九章　七五年

不知道过了多久，我才重新睁开眼睛。眼前的一切都变了，已经不在女子学院下的地宫里了。我躺在一辆老式北京吉普的后座上，这车老掉牙了，跑起来一直晃不说，车厢里还弥漫着一股汽油的味道。

这是在哪儿？我看了看车外的景色，外面一片漆黑，不知道开到什么地方了。开车的司机是一个十七八岁的年轻人，他看起来很面熟，却想不起来他是谁。这年轻人身上穿的衣服也很古怪，都什么年代了，他还穿着一身老式的蓝色中山装，头发是标准的三七开，看上去要多别扭就有多别扭。

见我醒了，司机回头望了我一眼，说道："还以为您能多睡一会儿，我还想等到了地儿再叫您。不是我说，要不您再睡一会儿？还有将近一个小时才能到。"

不是我说？我听他的话当时就愣住了："你是……郝文明？"

司机从后视镜里朝我笑了一下："不是我还能是谁？肖科长您怎么了？不是我说，是不是没睡好，睡蒙了？"

我透过后视镜里看了看自己，镜子里的是一个三十多岁的男子，衣着与年轻版的郝文明一模一样。不过一脸的疲倦，双眼还有些发肿。这个模样有几分面熟，依稀能看出些肖三达的影子。

肖科长？肖三达？我又做那个噩梦了？看这情况还是上次赤霄事件的续集。如果说上次是吴仁荻做的手脚，这回吴仁荻已经昏倒了，他的外挂还被封了十三天，再说是他就说不通了。

我摸了摸自己的脸颊，心中还是惊愕不已。幸好之前有过类似的经验，我很快就镇定下来。郝文明看见我脸色难看，还以为我出了什么状况，他看着后视镜里的“肖三达”问道：“肖科长，您没事吧？脸色这么难看。”

我搞不清现在的状况，只能走一步看一步了：“没事，可能是刚才没睡好，还是觉得很累。郝……文明，我现在脑子有点乱，我们这是去哪儿？”

郝文明在后视镜里向我一龇牙：“不是我说，这么大的事儿，您也能忘了？”话一出口郝文明感觉自己说错话了，见我的表情没有变化，才接着说道，“我们去南山墓地，高科长和萧科长已经在那边等你了。”

南山墓地？我在心里反复琢磨这四个字，终于想起来了，在资料室里见过这四个字！不过这一段资料加了二级密码，只有主任级别的人有权限阅览。虽然不知道出了什么事，但是我还记得，南山墓地的资料被归类在一九七五年的时段里。

我偷眼看了看郝文明，他没发现我有什么问题，还在专心致志地开着车。我咳嗽了一声，扶着脑袋对郝文明说道：“郝文明，我脑子乱得像一摊糨糊，今年……是七五年吧？”

“当然是七五年了，不是我说，您没事吧？”郝文明皱了皱眉，“要不我停车，您出来透透气？”

“不用了。”我摆了摆手，“我再休息一会儿就好了。”说着，闭上了眼睛，装作开始闭目养神。郝文明见我没了动静，也不再说话，车厢里除了汽车行进震动的声音之外，再没有别的声音。

我闭上了眼睛，越想越乱，怎么也想不出一个头绪。最后在汽车发动机的轰鸣声，我竟然不知不觉又睡着了。

一阵剧烈的颠簸，将我重新颠醒了。我睁眼一看，还在郝文明的车上，他已经把吉普车停住了，回头看着我说道："到底还是把您吵醒了，不过醒了也好，肖科长，我们到地儿了，下来透透气吧。"

我看着车窗外的景象，这时天已经蒙蒙亮了，停车的地方好像是一个小山村。村子灰突突的，已经有几个早起的农民，正挑着水桶去水井边打水。看见我们这辆老掉牙的吉普，他们就像发现了新大陆一样，聚拢在一起，朝我们这边张望着。

我和郝文明下了车，他带着我走向村子里一座看起来稍微有点像样的瓦房。刚进了院子，就看见院子里、屋子里全都是人，满满当当的，粗略计算至少也有百八十号人。

我进到瓦房的堂屋里面，进去时，只见高亮和萧和尚已经在里面了，他们和上次赤霄事件时变化不大，那个一剑削掉赤霄半个脑袋的大个子也在，还有几个我没见过的人，他们人手一支香烟，围拢在一张桌子旁。借着桌上油灯的光亮，都在看着桌子上一张发黄的照片。

看见我进来，这些人几乎都和我打了招呼。当然，最热情的还是萧和尚，他扔给我一根香烟，我接过来，是一根没有过滤嘴的香烟。我犹豫了一下，还是点上抽了一口，就这一口，劣质的烟丝就把我呛得一阵咳嗽。

"三达，你没事吧？行不行，要不你干脆戒烟吧。"萧和尚冲我嘿嘿笑道。

旁边有人递给我一碗水，我喝了一口，感觉舒服了一点。我向那个人点头表示感谢，这个人我看着也很面熟，和郝文明相比，他长着一张娃娃脸。凭着这张娃娃脸，我想起来了，他就是以后的民调局四室主任——林枫。

林主任我接触不多，他总是神龙见首不见尾的，出镜的次数比吴仁荻还要少。而且他性格和吴主任有些相似，眼高过顶，民调局里他只听高亮一个人的，别人说话，他基本只当放屁。

不过江湖传闻林主任以前是跟肖三达混的，他现在能主动地端茶送水，看来传闻八成假不了。

“三达，就等你了。”高亮看见我笑了笑，把他屁股底下的那个长条凳子让了一半出来，“过来坐，我们刚才商量了方案，等你到了就动手。”

我看了看桌子上的照片，上面是一个五十多岁的老头。照片不知道是什么时候拍的，不过看他身上典型的民国衣着，应该是解放之前的事情了。

我拿起照片看了一阵，又放了回去，对高亮说道：“你先把事情再说一遍吧，最近我的事太多，几件事情都记串了，一会儿动手的时候别再有什么差错。”

“这你也能记岔？”萧和尚有点不信，不过看见我瞪了他一眼之后，他又说道，“再说一遍也好，可能三达能想出更好的方法。”

高亮倒无所谓，他指着照片里的人说道：“这个人叫陶何儒，表面上是南山墓地的看坟老头，实际上他是邪教鬼道教三位开山教主中的一个。半个月前，有人举报他是国民党的潜伏特务，在调查他的时候，才发现了他惊人的秘密。

“收集他资料的时候查出来，他在民国十五年（一九二六年），就被国民党的宗教事务处理委员会抓住处死了，没想到他竟然还活着，躲到这南山墓地里藏了这么多年。

“这个陶何儒是我们特别办（特别案件处理办公室，民调局的前身）成立以来碰到的最厉害的对手。这次我们特别办也算是倾巢而出了，除了主任留在首都坐镇，我们六个科的科长全部到齐了。陶何儒手上的人命不下几百人，今天绝不能让他再跑掉了。三达，你有什么想法？我想听听你的意见。”

鬼道教，又是鬼道教。它还真是阴魂不散了。还是姓陶的，不知道和陶项空有什么关系。我愣了下神，高亮又向我问了一遍。我这才回过神，想起来高亮是在问我怎样干掉陶何儒，我脱口而出：“吴仁荻呢？他什么意思？”

一剑削掉赤霄的大个子打了个哈哈，说道：“无人敌！谁的名字起得这么嚣张？”周围几个人也都没有听说过这个名字。就我注意到高亮和萧和尚的脸色变了变，萧和尚还向我挤眉弄眼，好像是提醒我说错了什么话了。

“咳咳！”高亮咳嗽了两声，他对我干笑了一声，说道：“三达，又给领导起外号，张主任（特别办主任，以前是公安部的司长，躲运动来的特别办）也不在，你奉承他他也听不见。”说完又是呵呵一笑。

高亮转移话题的本事有一套，几句话说完，他就指着照片说道：“还是按我们商量好的办，我、萧和尚和肖三达装成扫墓的，我们一搭上陶何儒，你们在外面就把至阳阵摆上，如果发现我们在里面情况不对，濮大个你就带人冲进来。这次我们特别办倾巢出动，里应外合，就不信这个陶何儒能翻了天。”

我来之前，他们已经研究好了细节。高亮说完，萧和尚又重复了一下各人的职责，屋内众人再没有异议，各自离开去了自己的岗位。转眼间，屋子里只剩下我、萧和尚和高亮三人。

高亮向萧和尚使了个眼色，萧和尚心领神会，走到门口，对院子里留守的几个人说道：“灯油烧完了，你们去村支书家借点。你们都去，村支书太抠，你们人去的多点，他不好意思不多给点。”

等院子里的人都走了，萧和尚才回到屋子里，关上门，转身就冲着我来了："三达，不是说好了吗？那个人的事只有我们三个人知道，暂时不向特别办报告的吗？我知道，你是不赞成把他招到我们特别办来，不过现在八字还没一撇，再说了，还不知道那个人愿不愿意来，就算他愿意来，张主任那关也未必能过去。"

萧和尚的话我听懂了一半，我看着他说道："你说的那个人是吴勉……吴仁荻？"

"小声点。"萧和尚的脸色已经变了。他有点紧张地转身推开屋门，确定门外没有人偷听之后，才回头对我说道，"三达，不是说好了，事情没成之前不提那个人的名字吗？你还一次把他两个名字都说了。"

高亮刚才一直没有说话，他只是静静地看着我，看得我心里有点毛毛的。等萧和尚说完，他才说道："三达，你到底是什么意思？"

现在是一九七五年，这时我想起来吴仁荻是八十年代初进的民调局。看现在的情形，吴仁荻好像是个禁语，连提都不能提，现在到底是什么情况？

高亮还在看着我，门口，萧和尚也在等我的答复。一时之间，我不知道如果我真是肖三达该怎么回答高亮的话。

就在这时，我突然感到一阵眩晕，接着，一个冷冷的声音从我嘴里发出来："我也是想试试他们的反应，毕竟姓吴的要是进来，他们也要面对。"

怎么回事？这话不是我说的！没等我想明白，那个冷冰冰的声音又从我嘴里发出来："不过话说回来，不管那个姓吴的能不能进特别办，我的立场都不会变，姓吴的应该被铲除，而不是放他进来。"

萧和尚和高亮互相看了一眼，听见"我"说出了和他们不一样的意见，这两个人反倒松了口气。萧和尚走过来，坐到了高亮的对面，向我说道："三达，这才是你说的话，刚才我和胖子（高亮）还以为有人假冒你呢。你要是再晚一点这么说，我可能就动手了。”

高亮对我呵呵一笑，说道：“我还以为你是陶何儒假扮的，你也知道，鬼道教的化影术都不能算是易容了，就跟变身差不多了。行了，那个人的事以后再说，先把今天的正事办了，还用我再说一遍行动的流程吗？”

“我”摇摇头：“不用了，这样的事又不是干过一回两回，一个鬼道教的余孽而已。还是那句话，逢魔必诛。”说完，不再理会高亮和萧和尚，“我”自己率先出了这间屋子，朝村口的方向走去。高亮和萧和尚站起来，慢悠悠地跟在我身后。

说话的是肖三达！我一下明白过来了，不管是不是在做梦，我都在经历一九七五年肖三达参与的南山墓地事件。可是我怎么会突然出现在肖三达的身体里？这就无论如何都想不通了。

第四十章　陶何儒

到了村口，郝文明和林枫他们站在一辆北京吉普旁边，见我们到了，他们几个迎了过来。

郝文明先对高亮说道：“高科长，东西都准备好了，用不用再检查一下？”

高亮点点头，说道：“看看也好，别到时候出了什么纰漏。”

郝文明从车厢里拿出来几样祭祀用的物品，这时是七五年，物资还很是匮乏，除了几摞烧纸之外，也就只有几个苹果和一瓶白酒了。

不过在供品的旁边还放着一个骨灰盒，不光是肖三达（我），就连萧和尚都是一愣，不是说好去扫墓吗？带着骨灰盒是什么路数？

“胖子，怎么还有一个骨灰坛子？”萧和尚向高亮问道。

“我将细节调整了一下，”高亮说道，“三个大老爷们儿一起扫墓，看起来不太像那么回事。于是我稍微改了一下，我和三达去扫墓，你去埋这个骨灰坛子。”

萧和尚看了高亮一眼：“凭什么你们扫墓，我去当孝子？有孝子大家一起当。"

高亮没理他，径直走到萧和尚跟前，将骨灰盒打开，摆到萧和尚的面前。看见骨灰盒里的东西，萧和尚的汗都出来了："用不用玩这么大？"刚说了一句话，他好像反应到了什么，脸色涨得通红，瞪着眼对高亮说道，"高胖子，你什么意思？我说嘛，怎么要我拿骨灰盒，你打算要我和那个陶什么的同归于尽？"

他们站得有点远，我看不到骨灰盒里面装的到底是什么，能让萧和尚反应这么大。

高亮盖上了骨灰盒，朝萧和尚翻了翻眼皮："就算要同归于尽，指望得上你吗？你就是负责拿着，看着不对，就往……三达的手上送。"他回头看了"我"一眼："三达，这个就麻烦你了。"

我在肖三达的体内，还是分不清现在是不是在做梦。可能是因为这个身体不是我的，加上有上一次的经验，我也没有太害怕，只是我已经完全失去了支配这个身体的能力，只能借着肖三达的眼睛和耳朵，眼睁睁地看着事态的发展。

肖三达似乎早就知道骨灰盒里装的是什么东西，眼神根本没有朝骨灰盒那边瞅。他也不理高亮，只对萧和尚说道："和尚，你自己小心一点。在里面要是有什么不对头的，什么都别管，把骨灰盒扔过来，你就跑。"

"不至于吧？还真能用得上骨灰盒里面的东西？"萧和尚打了个哈哈，"那个姓陶的活到现在，怎么算也有一百二十多岁了吧？我一直都没弄明白，我们特别办倾巢出动，就为了一个老棺材瓤子？太给他脸了吧？"

"老棺材瓤子？"高亮冷笑了一声，他说道，"你知道不知道，民国十五年那次的动静多大吗？当时的宗教事务处理委员会为了抓他，搬出了江西龙虎山六十四代天师张慈恩。就这，宗教事务处理委员会还有将近一半人马，都交代在你说的那个老棺材瓤子手里。"

高亮说完，萧和尚还是有些不服气："鬼道教的人之前我也抓到过几个，本事一般嘛，不像是你说的那么厉害。就算他是教主，本事大上十倍，也不见得有你说的那么玄乎。再说了，宗教事务处理委员会里都是些什么主儿？什么时候吃过亏？这个姓陶的有什么地方能吸引到宗教事务处理委员会的大爷们不惜血本去对付他？"

我借着肖三达的目光看了看萧和尚，他好像对这次的目标人物了解得并不多。

"这个陶何儒不简单，"高亮对于这类的事情，知道得不少，"当年杨、陶、赵三人建立鬼道教的时候，最难惹的是姓杨的，鬼道教的术法却是陶何儒传出来的。就连那个最难惹的杨教主也不敢说能把鬼道教的术法都练全了。据传说，陶何儒手里面还藏着当年天理教的《天理图》，就这一条，就够宗教事务处理委员会送陶何儒去奈何桥上走一回的。"

《天理图》？高亮这三个字一出口，我明显地感觉到肖三达的身子剧烈地颤了一下，随之而来的，是他越来越快的心跳声。

《天理图》？这三个字我没有任何印象，在资料室里也没有见过，也没听任何人和我说起过有关《天理图》的事情。这《天理图》到底是什么东西，能让肖三达这么激动？

"《天理图》。"萧和尚喃喃地重复了一遍，他的脸色变得有些难看，接着说道，"真的假的？不是说根本没有《天理图》这回事吗？"

"有没有，去了就知道了。"肖三达说道。我在他的身体里面，能感到自打听到了"天理图"这三个字，肖三达的内心已经开始蠢蠢欲动。我有一种强烈的感觉，现在肖三达的注意力已经从陶何儒身上转移到了《天理图》上面了。

"江湖传说，别太当真。《天理图》谁也没见过，是不是杜撰的也不好说。"高亮眯缝着眼睛看了一眼肖三达说道，"差不多了，该上路了。"

萧和尚白眼皮一翻："高胖子，你会不会说话？什么叫上路？说话注意点你能死啊？"

肖三达抬头望了一眼已经升起老高的太阳，说道："时候是差不多了，再晚就不像是上坟扫墓的了。"说着，他也不管高胖子和萧和尚，自己拉开了车门，第一个钻了进去。萧和尚和高亮互相看了一眼，都没有说话，跟在肖三达的后面，进到吉普车内，分别坐在肖三达的左右。

刚才这三人说话的时候，郝文明和林枫两个都很识趣地躲开了。现在见三位领导已经上车准备出发了，这两人才快步走过来。林枫坐到了副驾驶位置，郝文明发动了汽车。

二十多分钟以后，车子停了。郝文明指着远处一个小山包说道："到了，三位领导，那个山包的后面就是南山墓地。不是我说，车子不能再往前开了，只能走过去了。"

肖三达透过车窗玻璃看着郝文明手指的地方，我借着他的目光看见远处一个小山包的后面，袅袅地升起了一股白色的烟雾。

肖三达和高亮、萧和尚在车里又对了一下行动的细节，直至确认细节上没有什么纰漏。

萧和尚抱着骨灰盒最先出发，十多分钟之后，肖三达和高亮才慢慢向小山包走去。望山跑死马，看着小山包就在眼前，但实际上走了将近半个小时才走到小山包后面，眼前是一片好大的坟墓，一眼看过去，能有上千座土坟。

坟地的边上盖着两间坐东朝西的小瓦房，一个小老头正坐在瓦房边上呼噜噜地抽着水烟。他抽的不知道是什么烟，闻起来有种让人浑身麻麻的感觉。

萧和尚早就到了，他抱着骨灰盒正和这小老头磨叽："大爷，民政局的介绍信也给你看了，是他们让我三大爷埋这儿的，您就行行方便吧。"

小老头看了萧和尚一眼，他的嘴巴终于离开了水烟袋，说：“小娃娃，你懂不懂规矩？你见过谁家死人，直接拉到坟地，刨个坑埋上拉倒的？就说家里困难点，一摞烧纸总有吧？你倒好，直接把骨灰匣子抱过来了，连个碑都没准备，以后再想来看看都找不到地方。我也看出来了，你这就是一锤子买卖啊。告诉你，你想就这么埋也行，铁锹、镐头我这儿也有，不借！想埋自己用手去挖坑。”

“大爷，我拿手怎么挖？”萧和尚一脸的苦涩，还要继续磨叽，肖三达和高亮已经到了跟前，他俩先装模作样地看了会儿热闹。

小老头看着肖三达和高亮一皱眉：“你们俩又是干什么的？”

高亮微笑着说道：“来上坟的。大爷，南山村老贾家的老大是埋在哪儿？”

小老头有些警惕地看着肖三达和高亮：“你们俩是他什么人？”

肖三达和高亮愣了一下，细节都想了，就是把这个忘了。见小老头皱得越来越紧的眉头，他俩几乎同时说道：“我三姑父。”“我大舅。”

两人说完，沉寂了一秒钟，高亮的反应快，指着肖三达又说道：“我和他是亲戚，我三姑夫是他大舅。”

小老头还没有说话，萧和尚先凑过来了，指着肖三达和高亮嚷嚷道：“有没有先来后到的？我这事儿还没完，你们俩等等不行啊？”

高亮一把拉住萧和尚伸过来的手指，说道：“别动手动脚的，你瞎指谁呢？”两人话不投机，很快就当场厮打起来，肖三达在一旁装模作样地想拉开他俩。

他俩扭打的时候，萧和尚好像吃了点亏，被高亮推到小老头身边。小老头喊道：“要打出去打，别在这儿惹事。”

萧和尚一个踉跄，胳膊来回摆动好像想要保持身体平衡。胳膊落下来时，一团红色的粉末从他袖子里撒了出来，将他身旁的小老头撒了个满头满脸。

红色粉末撒出来的一瞬间，肖三达也动了，他从背后抽出来一把量天尺，对准小老头的脑袋就打了过去。“啪”的一声，小老头被这一尺子打翻在地，在地上抽搐成一团。

肖三达还要打第二下时，被高亮拦住了：“别打了！不对头！”肖三达没听高亮那一套，举起量天尺准备给小老头再来一下。量天尺还没有落下，就闻到一阵恶臭的气味，紧接着，小老头脸上、脖子和双手上，只要是接触到空气的皮肤，都以极快的速度起了一层密密麻麻的红色小水泡。

肖三达愣了一下，手上的量天尺没有落下，自己反倒紧退了两步。几个呼吸的工夫过后，小老头身上的小水泡已经连成了一片，最后连成了一个大水泡。

“三达，再退几步！”高亮好像是想起了什么，朝肖三达大喊了一声。这次肖三达听了高亮的话，就在他继续往后退时，“噗”的一声，小老头身上的水泡迸裂，一道黄色的脓水溅了出来，有几滴溅在肖三达脚边的地上，顿时地上升起了一缕青烟。

小老头脸上水泡的创口冒出一股黑烟，黑烟越冒越浓，最后火花一闪，以小老头身上的伤口为中心，着起了火来。高亮想要扑救时已经来不及了。火势越烧越旺，瞬间，小老头变成了一个大火球。

大火将小老头身上的皮肉烧掉，露出里面黑色的骨头，又过了一会儿，黑色的骨头也看不见了。十几分钟后，火焰熄灭掉，地上只剩下一摊黑色的骨灰。

“高胖子，这是怎么回事？”肖三达向高亮问道。高亮眯缝着眼睛说道：“这不是陶何儒。”

高亮话还没说完，已经有两辆大解放卡车开了过来，车刚停稳，濮大个第一个从车上面跳下来，紧接着，其他特别办的调查员也都从车上跳了下来。

濮大个手提着那把曾削掉过赤霄脑袋的宝剑跑了过来，看见满地黑色的骨灰他愣了一下："这是陶何儒？怎么烧成这样了？"

"这不是陶何儒，"高亮重复了一遍他刚才说的话，"这是陶何儒安排的替死鬼。"

"不可能！"濮大个听了直摇头，"他又不知道我们来抓他，平白无故的安排什么的替死鬼？"

"他真的不知道我们今天会来吗？"高亮眯缝着眼睛嘀咕道，"我看未必吧？"

"胖子，你什么意思？能不能一次说明白，别说一半藏一半的。"濮大个是个急脾气，他和高亮虽然同事很久，但还是不习惯高亮说话的方式。

高亮也不生气，嘴角略微翘了翘，说道："等着，给你看点好东西。"说着，直接走进小老头黑色的骨灰堆里，也不用工具，直接用脚在里面划拉。我借着肖三达的眼睛看得清楚，地上的骨灰有些还闪着火星，高亮也不在乎，最后直接动手，在骨灰堆里翻来翻去的。

也就两三分钟的工夫，高亮一声轻呼："有了！"再看他的手上，已经拿起来一根像针一样的物体，可惜肖三达距离太远，看不清高亮手里拿着的是什么东西。

第四十一章　傀儡

“什么东西？”濮大个、肖三达和萧和尚他们同时走过去，围拢在高亮身边。濮大个也不客气，直接从高亮手上拿走了那根类似针一样的物体，太阳光照在上面竟然能反射出惨白色的光芒。肖三达就站在濮大个旁边，距离近了，我才看清那到底是个什么东西。

濮大个手上的，是一根玉质的圆柱体，粗细跟礼仪专用的火柴差不多，上面还有一些花纹。濮大个看了一眼就认出来：“守魂簪。”他自己说完，又一阵摇头，“不对呀。陶何儒是活人，身体里面怎么会有这个东西？”

高亮叹了口气，说道：“谁说陶何儒死了？谁又说那堆灰就是陶何儒的？”

濮大个听得愣了一下，他的反应有点慢，但肖三达马上就明白过来了：“胖子，地上那堆不是陶何儒……是个死人，能说话，能活动，我们过来的时候，他抽的烟闻着让人发麻，像是尸魂草。骨头还是黑的，妈的！是傀儡，鬼道教的傀儡术！”

高亮点点头，又从濮大个手上拿回了守魂簪，迎着太阳光看了看，又放在鼻子底下闻了闻，说道："有尸气，却没有尸毒，这个傀儡不是精心炼成的，也就是临时拿来应付我们的半成品，这根守魂簪放在傀儡的身体里不会超过五个小时……"说着，高亮顿了一下，目光在周围这些人的脸上环视了一圈，才缓缓说道，"五个小时前，陶何儒就知道我们要来……"

高亮这几句话说完，再没有一个人说话。沉默了一会儿，萧和尚犹豫了一下，才第一个开口说道："会不会是陶何儒在我们逗留的村子里有眼线？"

"眼线？"高亮喃喃地重复了一遍，他好像想到了什么，突然朝萧和尚笑了一下，"和尚，你说的也不是没有道理，可能陶何儒在村子里还真有眼线。"

"眼线的事过会儿再说，先说陶何儒到底哪去了！"濮大个盯着高亮说道。

高亮还没等说话，肖三达先出声了："如果是精心炼就的成品傀儡，除了特别的情况，只用在傀儡的身体里种下魂魄，都不需要操控。现在这个是半成品，傀儡无法和魂魄相融合，需要有人在附近操控，而且操控的人不能距离太远……"说着，肖三达的眼睛朝不远处的一座小山包看去。听肖三达这么说，周围所有的人都顺着肖三达的目光朝小山包看去，只有高亮若有所思地看了肖三达一眼。

濮大个跟着也看了一眼，不知道他看出了什么，只是对高亮说道："胖子，你留两人在这儿守着，剩下的人跟着我过去看看。"说着，他带了一帮人，重新上车，朝肖三达看向的地方开去。

坟地上又只剩下肖三达、高亮和萧和尚三个人。三人谁都没有说话，萧和尚掏出来一根不带过滤嘴的香烟，他谁也没让，自顾自点上抽了几口。他边抽烟边看着肖三达和高亮。过了烟瘾之后，他才对肖三达说道："三达、高胖子，你们刚才好像都忘了说，操控这种傀儡，需要在视线范围之内吧？”

高亮笑了一下，对肖三达说道：“三达，你没说吗？”

肖三达哼了一声：“我以为你说了。”

萧和尚看着他俩，突然叹了口气，说道：“你们有什么事，能不能提前先和我说一下，那个陶什么的，就在附近。之前把他说得那么邪乎，感情这个骨灰盒不是你们拿着。”

高亮打了个哈哈说道：“和尚，看来陶何儒没有我们想的那么厉害，起码现在他很忌惮我们几个。”

萧和尚听了，眨巴眨巴眼睛，还是听不明白。肖三达又说道：“他应该是事先知道我们要过来，就马上准备了一个和他一模一样的半成品傀儡来糊弄我们，自己却藏了起来。陶何儒应该是想能把我们糊弄走最好，糊弄不走，就上演一出自燃的好戏，让我们以为他死了。”

说着，肖三达朝空旷的坟地喊道：“我说得对吗？陶何儒！别在地下面藏着了，上来透透气吧！”

肖三达的话让萧和尚吓了一跳，他回头看了看这一大片坟地，没发现什么异常的情况。“三达，你胡……”萧和尚话还没说完，就看见一处新坟的地下面突然伸出来一只人手，紧接着，一个人从坟堆下面爬了出来。看见这人现身，肖三达、萧和尚及高亮三人呈品字形站好，肖三达站在最前面，高亮和萧和尚一左一右站在两侧。三人六只眼睛直勾勾地盯着从坟下面爬出来的这个人。

这个人长相和刚才那个傀儡一模一样。他站起来后，也不着急，拍了拍身上的泥土后，才朝肖三达他们三个笑了一下：“你们……这是来上坟的？”

“是啊，来上坟的。”肖三达冷冷地说道，“不过有段时间没来了，那座坟我们忘了在哪儿了。不知道你看没看见过，墓碑上面的名字叫陶何儒。”

“呵呵！”小老头陶何儒并没有恼，反而笑了几声，“名字听得耳熟，我想想啊，陶何儒……想起来了，”他手指向身边不远处的一个坟墓，“在那儿！陶何儒！出来吧，有人来看你了！”他话音刚落，手指向的地方，坟堆上泥土开始抖动，坟堆里面还响起嘎巴嘎巴的声音。没一分钟的工夫，又一个一模一样的“陶何儒”从地下面钻了出来。

“错了错了！”第一个钻出来的陶何儒一拍脑门，说道，“看我这记性，又记错了，对不住啊，是在这儿！在这儿！在这儿！在这儿……”他的手不停地指向周围的坟堆。经他这一番“指点”，周围二三十个坟堆里陆陆续续有人爬出来，每个人都和陶何儒长得一模一样。

肖三达他们三个脸色有点发青，萧和尚已经将骨灰盒打开了一道缝，正要将手伸进去时，被高亮拦住了。高胖子按住了骨灰盒的盖子，冲萧和尚摇了摇头，小声嘀咕道：“再看看，还不到时候。”

第一个出来的“陶何儒”笑呵呵地对肖三达说道：“你看看这里面有没有你要找的人，要是没有，我再帮你找，多了没有，最多也就能帮你找到千八百个吧。”

肖三达没有说话，只是把手里的量天尺又紧紧地握住了。第一个出来的“陶何儒”还是笑嘻嘻的，冲肖三达一龇牙：“你手里的那把尺子我认得，是宗教委员会会长闽天宗的吧？上面的那个崩口你看见了吗？是我留下的——闽天宗好像还没死，听说去了台湾，唉，和我同时候的老家伙也没剩几个了。”

陶何儒说得有些伤感，叹了口气，又说道：“看在这把尺子的面子上，今天我不难为你们，你们回去就说没有找到我，这件事就拉倒吧。”

“拉倒？”肖三达冷哼了一声，“别开玩笑了，我说了我们是来给陶何儒上坟的，今天不管怎么样，坟地里一定要埋上这个叫陶何儒的。”

“这里这么多的陶何儒，你想要埋哪一个？”距离他们三个人最近的一个“陶何儒”笑嘻嘻地说道。

“埋我吧，我个子小，不占地方，你填土也省事儿。”旁边一个“陶何儒”嚷嚷道。

不远处另外一个“陶何儒”说道：“埋我吧，我们高矮胖瘦都一样，埋谁都一样，把我埋上吧。”

后面又一个“陶何儒”喊道：“先埋我，我自己填土……”他话没说完，前后左右几十个陶何儒都喊了起来，“埋我！先埋我！”说着喊着，几十个“陶何儒”一齐朝肖三达三人围过来，将三人逼得连连后退。

不过这三人怎么说也是见过一些世面的。见“陶何儒”们越逼越近，萧和尚朝它们一挥手，又是一团红色的粉末从他袖子里面撒出来。冲在最前面的四五个“陶何儒”被撒了个满头满脸。顿时这几个“陶何儒”哀号着倒在地上，它们脸上接触到红色粉末的地方，瞬间冒出密密麻麻的小水泡，小水泡连成了大水泡，几秒钟后大水泡破裂，和最先碰见的半成品傀儡“陶何儒”的结局一样，这四五个“陶何儒”在地上翻滚了一会儿，最后都变成了几堆飞灰。

萧和尚撒的红色粉末是什么东西？我在民调局没见过，也没听萧和尚说起过，如果能回去，我无论如何也要找他要一点防身。

可惜这红色的粉末并不多，萧和尚左右衣袖里都藏了一些，现在都已经用尽。他再挥衣袖的时候，什么也撒不出来了。

“陶何儒”们只是顿了一顿，见萧和尚衣袖空了的时候，他们又向这边靠拢。

就在这时，突然响起一声枪响，“啪”，一个“陶何儒”的脑门中枪，仰面栽倒。开枪的是高亮，他的手里面握着一把特殊的五四手枪（我看得清楚，这把手枪上面也有类似现在民调局武器的符文，应该算是民调局内，特制手枪的雏形）。接下来连续又是六枪，转眼间，七个“陶何儒”倒地，一摊黑血从七人脑门流了出来，这七人再也没有爬起来。

高亮换了一个弹夹，马上又是一梭子，转眼间，“陶何儒”们就倒了一大半。

“不错嘛，小看你们了。”最后面左边一个陶何儒突然拍起巴掌，他继续说道，“看来这点‘陶何儒’不够你们折腾的，这些傀儡制作不易，算了吧，还是我亲自来吧。”

“啪”，他话刚说了一半，高亮的枪就响了，说话的“陶何儒”应声倒地。见自己一枪命中，高亮的眉头反而皱得厉害了：“还以为他是正主，他奶奶的，没有一个是真的，陶何儒想玩什么？”

“都说了，这些傀儡制作得不容易了。”现在还站着的只剩下四五个“陶何儒”了，其中一个笑嘻嘻地说道。

高亮没有打算废话，抬手就是一枪。“陶何儒”头部中枪，仰面栽倒。高亮将弹夹里面最后几发子弹打光，枪声响起，地面上的“陶何儒”全部倒地。

“你们俩在这儿待着，我过去看看。”看着满地的“陶何儒”，肖三达走过去挨个看了看。走了一圈，他回头说道，“都是傀儡，陶何儒不在里面。”

萧和尚和高亮没有过去。萧和尚小心翼翼地抱着骨灰盒轻易不敢乱动，而高亮的子弹已经打光，他将手枪收了起来，看着那个骨灰盒犹豫了一下，还是站在原地，没有和肖三达一起过去。

肖三达越走越远，一个坟头接着一个坟头仔细地查看着。借着他的目光我看得清楚，肖三达只对一些阴气异常的坟头感兴趣。他查看的方式也很奇特，只是观察坟墓中阴气对流的变化，反而对异常阴气的源头不感兴趣。

走了百十来米，我能感觉出肖三达是在找什么东西，只是他越走心里越没底，已经开始生出向回走的念头，直到他看见一个十分破败的坟墓。

这个坟墓的年头不短了，墓碑上的碑文被风雨侵蚀得相当严重，已经看不清上面的字了。肖三达第一眼瞧见这个坟墓的时候也没有发现什么特别的地方，反倒是借住在他身体里面的我，一眼就瞧出不对来。

别的坟墓的阴气都是从内往外散发出来，这座坟墓的阴气虽然不强大，但运行的方向正好相反，是从外往内吸收阴气。由于它吸收阴气的速度相当缓慢，现在又是中午时分，阳盛阴衰，本来阴气就十分薄弱，就算肖三达没发现也没有什么稀奇。

本来肖三达已经走过了这个坟墓，不知道为什么他心里一动，回头又看了这坟墓一眼。这一次他看得仔细，终于发现了这个坟墓的问题。

“是这儿吗？”肖三达喃喃自语，用手中的量天尺在坟墓四周扒拉开来。

“三达！有什么不对的吗？”高亮向肖三达大喊道，看他这架势，是也想过来看一看。肖三达回头向高亮和萧和尚摆摆手：“没事，你们不用过来。”他话刚刚说完，从这个坟墓下面猛地爬出来一个人。肖三达正和萧和尚、高亮说话，等他反应过来，坟墓里爬出来的人已经站到了他眼前。

肖三达的反应极快，回头时已经将量天尺举起来砸到了这人的脑袋上。这一下就算砸到石板上，也能当场将石板砸得四分五裂。可砸到这人的脑袋上，只听“嘭”的一声，量天尺反而被震得飞出去十几米远，被砸的这个人却像没事人一样。

又是一个陶何儒！这个陶何儒冷笑了一声，说道：“我不是说了吗？这把尺子的豁口就是我弄的，它对我没用。”

这时肖三达再想掏枪已经来不及了，陶何儒一把将他的脖子掐住，拖到自己的嘴边。我听到他压低了声音说道：“你胆子倒是不小，应该不单单为了杀我吧？哼哼！”他又是一阵冷笑，压低了声音说道，“《天理图》？”

第四十二章　阴壁

肖三达这时已经说不出来话了，一张脸涨得通红，额头上已经暴起了青筋。陶何儒的脸几乎贴在了他的脸上，两双眼睛瞪在一起，算是真正的四目相对了。

陶何儒看着肖三达的眼睛，一字一句地说道："都是为了《天理图》。以前宗教委员会是这样，现在你们还是这样，你们以为只要我死了就能拿到《天理图》了吗？"肖三达满脸涨红，想说话却一个字也说不出来。

陶何儒掐着肖三达的脖子，只要手上加一把劲，就能掐断他的脖子。要不是在几十年后的河床底下，还碰见了活着的肖三达，我一准以为肖三达就要这么交待了。

陶何儒在肖三达的耳边说道："《天理图》就在这个南山墓地里，你死后变成鬼再来好好地找吧。"说着陶何儒眼中精光一闪，手上就要发力，就在这时，耳边一阵恶风声响起，陶何儒回头时，萧和尚已经举着一个墓碑砸了过来。

陶何儒来不及躲闪，"咚"的一声，脑袋被墓碑砸了个结结实实。萧和尚使了吃奶的劲，墓碑碎成了五六块，陶何儒则被砸得当场坐到了地上。他手一松，肖三达摔到了地上。

没等陶何儒明白过来，高亮抱着第二块石碑也到了，几乎和萧和尚刚才的动作一模一样，又是“咚”的一声，陶何儒被砸得躺到了地上。

“咳咳咳咳……”肖三达爬了起来，他好像伤到了气管，弯着腰一阵狂咳。高亮和萧和尚也不说话，拉起肖三达就向墓地外面跑去。片刻工夫，他们就跑出去了百十米远。

这时，陶何儒也摇摇晃晃地站了起来，看着三人的背影，他冷笑了一声，嘴里念出一串生涩的音符，随着这些音符出口，空气中突然多了一层寒气。以陶何儒为中心，这层寒气越来越浓。

念到一半的时候，陶何儒突然停住了，他眼睛盯着脚底下一个突然冒出来的骨灰盒子。这个骨灰盒是刚才用石碑砸他的人留下的，一丝青烟带着淡淡的硫黄味从骨灰盒里散发了出来。陶何儒心里突然一紧，一种不祥的预感在他心里涌现出来。

已经容不得陶何儒多想，“轰”的一声巨响，骨灰盒里爆发出一股巨大的力量，随即形成一个大火球将陶何儒卷了进去。

爆炸的威力实在太大，浓烟升起，陶何儒笼罩在烟火里面，爆发出的气浪甚至将二三百米外的肖三达三人掀了个跟头。见陶何儒待着的地方已经成了一片火海，萧和尚心有余悸，转头瞪着高亮说道：“高胖子，用得着这样吗？你加了多少炸药？你以为你是在做原子弹吗？下次再有这样的东西，你自己抱着！”

高亮没有理他，他似乎对爆炸的效果还不是很满意。他盯着眼前的一片火海嘀咕道：“差哪儿呢？怎么没有蘑菇云呢？”

肖三达看着陶何儒被吞噬在火海里，整个人都呆住了，随即他做出了一个惊人的举动，从地上跳起来，直接朝那一片火海跑了过去。萧和尚和高亮都吓了一跳，急忙连拉带拽地按住了肖三达。

开始还以为他是中了陶何儒的招，但是看肖三达的眼神又很正常，不像是被什么冲了体。

“你找死啊！肖三达，你就算活够了，也不用和陶何儒一起并骨吧。”萧和尚对肖三达吼道。肖三达就像没有听到一样，挣扎着还想冲过去，萧和尚火了，一巴掌扇在肖三达脸上。这一巴掌好像把他打醒了。肖三达愣愣地看着萧和尚，喘了几口粗气，这才恢复了正常。

我能感觉出肖三达的心里面，充斥了一种极度不甘心的情绪，仿佛一件已经得到手的东西，被别人抢走一样。

“肖三达，你……”萧和尚的气还没有顺，他还想对肖三达说点什么，却突然闭上了嘴。

原本被火球烤得炙热的空气突然冷却了下来，温度好像陡然间降了十几度，地面上开始慢慢结了一层白霜。萧和尚一口气没有提上来，冻得直打哆嗦：“怎……么……回……事？”

再看高亮，他的脸色也变得铁青。萧和尚知道又出了变化，顺着高亮的目光看去，刚才冲天的大火竟然无声无息地熄灭了，一个浑身赤裸的男人正站在那里，面无表情地看着他们三个人。

这人身上的衣裤已经被大火烧成了灰烬，不光是衣服，就连他身上所有的毛发都被烧得干干净净。不过即便如此，还是一眼就能认出来，正是应该葬身火海的陶何儒。

看清了是陶何儒的同时，萧和尚和高亮没有丝毫犹豫，转身就跑。肖三达稍微犹豫了一下，最后还是一咬牙，转身紧紧地跟在了萧和尚和高亮身后。

陶何儒没有做出任何举动，就眼睁睁地看着他们三人越跑越远。正当他们即将跑出墓地的范围时，突然从地下伸出无数只惨白的人手，高亮和萧和尚没有防备，这些人手突然抓住了他二人的脚脖子，一下就将他们拽倒。随后他们身边又伸出几十只手，将他俩按在地上。

肖三达跟在他们后边，看见这个场面，一狠心咬破了自己的舌尖，将一大口舌尖血对着抓住萧和尚和高亮的手喷了出去。这些人手溅到舌尖血后，就像是被硫酸泼到一样，泛起一阵白烟，高亮和萧和尚这才趁机挣脱束缚。

三人没敢耽搁，继续向墓地外面跑去，三人之中，萧和尚跑在最前面。眼见就要跑出了墓地，突然砰的一声，萧和尚像是撞到了什么，一下仰脸摔到地上。这一下子摔得不轻，萧和尚缓了好一会儿，才重新站了起来。

“前面是阴壁！出不去了。”萧和尚哭丧着脸说道。肖三达已经跑到萧和尚摔倒的地方，他伸手在空中划了一下，果然手伸到前面时，就被一面无形的墙壁挡住了。

“现在怎么办？”萧和尚看着高亮和肖三达问道。

高亮和肖三达还没说话，后面墓地里响起了一个人说话的声音：“怎么办？我告诉你们我会怎么办。将你们三个都留在这里，我亲手把你们的魂魄抽出来，然后再练成我的傀儡。”说话的人正是陶何儒。也没看见他嘴巴张开，但是整个墓地都响起来他说话的声音。

陶何儒慢慢地朝肖三达三人走过来。他走得并不快，只不过看他一丝不挂的样子有些滑稽，但是肖三达他们这时实在没有想笑的心情。

不过肖三达他们也不是第一次遇到这样的情况，看似紧张却不慌乱。看着陶何儒向他们走过来，三人同时向三个方向快速分散开。这三人好像之前排练过多少次一样，几乎同时将手指咬破，每经过一个坟墓，都会将指尖的鲜血涂抹在墓碑或者坟头上。

见他们三个分散开来，陶何儒倒是愣了一下，目光分别朝他们三人不断变化的位置瞟了几眼。这三人根本没有破阴壁的意思，虽然能感觉出他们这种看似毫无章法的行为并不简单，却偏偏就瞧不明白他们三人的意图。

除了陶何儒身周围几十米的地方及刚才着火的地方之外，肖三达他们几乎将整个墓地跑了个遍。陶何儒开始还只是冷冷地看着，并没有什么动作。鬼道教以血为本，刚才的大火虽然没有给他带来什么实质的伤害，但剧烈的高温还是将他体内的鲜血蒸发了相当一部分——这时的陶何儒已经伤了元气。

因为不知道肖三达他们还有没有类似的撒手锏，所以陶何儒看似胸有成竹，实际内心也很谨慎。

见肖三达三人跑来跑去，陶何儒的心里也越来越没有底，最后他冷冷地哼了一声，说道："猴子戏要完了吗？是不是到了敲锣收钱的时候了？"说完，陶何儒又看了一遍肖三达三人，最后将目光停留在肖三达脸上，说道，"你们是要钱呢？还是要《天理图》？"

萧和尚和高亮二人没有什么反应，只有肖三达听见"天理图"三个字，眼睛里面的瞳孔竟然缩小了一圈。

萧和尚倒是不在乎，朝陶何儒哼了一声，说道："你敢给，我们就敢要！"他说话的时候，没有人注意到，高亮正皱着眉头看着肖三达。

"好！我给你们，就看你们敢不敢拿。"陶何儒说着，还有意无意地看了肖三达一眼。

说完陶何儒一回身，也不担心肖三达他们会不会偷袭，径直回到他藏身的坟墓，从坟堆里扒拉出来一个皮质的口袋。瞧见陶何儒手中的皮口袋，肖三达心里一阵狂跳，竟然不由自主抬脚朝陶何儒的方向走去。

好在高亮早有准备，提前一步拉住了肖三达："看清楚，他是在戏耍你！"

果然，陶何儒并没有掏出来什么类似《天理图》的物件，他将皮口袋倒扣在地上，倒出来一堆杂草和一些线绒。

萧和尚讥笑了一声，说道："你管这堆草叫《天理图》？你以为我们眼睛都瞎了吗？"

陶何儒抬头看了他一眼，没有说话，又低下头将那堆杂草摆成了一个古怪的形状，随后对着杂草堆猛吹了一口气。不知道杂草里面是不是加了磷粉，陶何儒这一口气吹上去，杂草堆竟然呼的一声着起了火。

光是着火并不算什么，紧接着杂草火堆里又冒出了一股浓烟。这股浓烟浓得可怕，黑漆漆的直冲天空。诡异的是它在天上竟然不散，而且越聚越多，笼罩在坟地的上空，最后形成了一大块黑色的云彩。这片云彩遮住了南山墓地上空的阳光，墓地外面阳光明媚，可是墓地范围内就像突然变成了黑夜一般。

陶何儒抬头看了看天上这块"黑云彩"，说道："要《天理图》嘛，我刚才就说了，就在这里，你们死了变成鬼，再慢慢地找吧。"说着嘴里又念出了一串生涩的音符。

随着陶何儒这段音符念完，整个墓地里都响起了一阵"轰隆轰隆"的声音，一个一个的坟头都开始剧烈地晃动起来。紧接着坟包上面的泥土开始松动，地下的泥土向外面涌出，坟墓里面的死人就像有了生命一样，一个接一个地从坟堆里爬了出来。

这些死人一看就知道是经过特别处理的，它们都已经蜡化，即便是死了很久的，却一点都没有腐烂。不过就是因为这样，才更让人觉得恐怖。

转眼间，整个南山墓地里到处都是这种爬出来的活死人。看见这些活死人，陶何儒的脸上泛起了红光，就像看见了绝世美女一般，笑着对肖三达三人说道："你们现在知道，我为什么要藏身在这里了？墓地对于一般人来说忌讳，但对我们鬼道教的人来说就是天堂。"

不过，当他看见肖三达、高亮和萧和尚的脸上都没有任何表情，陶何儒小小地惊愕了一把。是他们三个人见多识广，还是已经吓呆了，他也弄不清楚了。

就在陶何儒想不通的时候，萧和尚说话了："你们家的亲戚都出来了，你到底想怎么样？"

陶何儒皱了皱眉，对着萧和尚说道："你就那么着急投胎吗？好，我成全你。"说完，他伸出左手食指对着萧和尚虚点了一下。不过这一下好像没什么用，这些活死人还是愣愣地站在原地。

这次轮到陶何儒愣住了，没有理由啊，这样的事情他从来没有遇到过。纵神遣鬼之术是鬼道教的看家本领，怎么说他也是鬼道教的三大教主之一，就算比不上杨枭，也不至于连这个小小的术法都运转不了。

陶何儒又试了几次，对着萧和尚连点了好几下，还是没有任何效果。萧和尚却有点不耐烦了："你有完没完？用不用再看看说明书总结一下经验？"

第四十三章　濮大个

陶何儒一咬牙，咬破了食指，想要将鲜血做饵，操纵活死人来对付肖三达三人。没想到刚咬破了食指，众活死人的目光就齐刷刷地看向了陶何儒，把他吓了一个激灵。没有时间让陶何儒多想，上千个活死人一起向他冲去，就一瞬间，他被上千个活死人压在了身下。

就在陶何儒被活死人压倒的同时，肖三达挣脱了高亮，第一时间飞奔到陶何儒藏身的坟墓里。他毫不犹豫地跳进了坟墓里，两只手在里面翻找着。

高亮本来还想过去把肖三达拉回来，但犹豫了一下之后，他拉着萧和尚跑到墓地外围有阴壁的地方，两人顺着阴壁向地下挖去。萧和尚边挖边回头冲肖三达喊道："三达！快回来，这些粽子撑不了多久！"

肖三达就像没有听见一样，仍然拼命地在陶何儒的坟墓里扒拉着。萧和尚叹了口气，不再理会肖三达，和高亮一起加快速度继续挖着。阴壁陷土下三尺，只要挖超过三尺，就能挖出一个地道直通墓地外面。不过高亮和肖三达没有工具，只能靠双手来挖，还没有到三尺，他二人的双手就已经血肉模糊了。

就在这时，活死人堆里响起一声怪叫："嗷！"这一声让正在两个地方疯狂挖地的三人同时哆嗦了一下，肖三达犹豫了一下，还是放不下坟墓里面的东西，就当没听见，继续在里面扒拉着。萧和尚和高亮顾不得手上传来的疼痛，加快速度继续往下挖。

"嗷"，又是一声怪叫，活死人堆开始出现松动的迹象。就在这时，距离萧和尚不远处的阴壁上突然透出来一把剑尖，与此同时，透明的阴壁起了一阵涟漪。

"咔嚓"，这一声巨响，就好像是一块巨大的玻璃碎了一样，一个两米多高的大个子突然现身走了进来，他后面还跟着二三十号人，正是濮大个和其他的调查员。看样子他们在阴壁外面待的时间不短，只是奇怪为什么看不见他们。

肖三达也被刚才的声音惊动了，然后就瞧见濮大个带人走了进来。濮大个点头示意，让几个人过去给肖科长搭把手。肖三达明白自己的图谋是没戏了，咬了咬牙，终于放弃了那块坟头。几个调查员向他打招呼，肖三达都没搭理，很不情愿地走到了高亮和萧和尚身旁。

就在阴壁碎掉的一瞬间，陶何儒那边也发生了变化。压住陶何儒的活死人们突然都发了狂，不再理会陶何儒，开始相互撕咬。他们互相好像有着解不了的深仇大恨一般，一口就撕咬下对方身上的一大块肉。

陶何儒从活死人堆里重新站了起来，踢开了挡在他身前的几名活死人。这时他已经狼狈不堪，活死人对他的攻击撕咬虽然没有给他造成太大伤害，但还是在他浑身上下留下了一串串的牙印。

陶何儒不理其他人，只盯着高亮，他似乎认定了眼前的这个胖子就是让活死人反扑攻击他的罪魁祸首。看了一阵，他突然拍起了巴掌："干得不错嘛，我们鬼道教是以纵鬼闻名的，我活了一百多岁，还是第一次被自己招出来的尸鬼伤到，今天鬼道教的招牌算是彻底砸了。”说着，他叹了口气，脸上突然多了一分疑惑的表情，又接着说道，“能让尸鬼反扑，你是怎么做的？”

高亮冲他笑了笑，没有回答。反倒是萧和尚嘴一撇，说道：“别着急，等你一会儿死了之后，我们再把你招出来，你自然就明白了。”

陶何儒没理会萧和尚的讥讽，他对着高亮又说道：“告诉我你也不会吃亏，现在你们的援兵也到了。现在就两种可能，一是你告诉我，然后你们再一起解决掉我，了不起就是告诉了一个死人。

“二，还是你告诉我，然后我把你们一个一个都解决掉，作为报答，我会让你死得痛快一点。”

“还有第三条！”论起斗嘴，萧和尚无论如何也不能吃亏，“你今天肯定是要死的，我们偏偏就不说，让你做不成明白鬼。”

一直没说话的濮大个终于忍不住了：“你们都废什么话！谁死谁活的，动手就明白了！”说着往前走了几步，手起剑落，将一个活死人齐刷刷地劈成了两半。

看见濮大个立威，陶何儒的目光终于离开了高亮。他看清楚了濮大个手中的宝剑后，冷笑了一声，说道：“你的剑我认识，”说着又看了濮大个一眼，接着说道，“家伙是好家伙，哼，可惜了。”说完，又瞟了一眼濮大个，眼神中充满了不屑。

濮大个哼了一声，论起斗嘴，他还是差一点。不过要论动手的能力，特别办还没有谁能超过他。濮大个将宝剑举了起来，对陶何儒说道：“你喜欢？拿去！”“去”字出口，他已经将宝剑对着陶何儒甩了过去。

陶何儒吓了一跳，没想到濮大个会将宝剑扔过来。眼见宝剑像闪电一样射过来，陶何儒知道这把宝剑的厉害，没敢硬碰，急忙闪身躲开。本来他还想趁这个机会抓住剑柄，这时让他胆寒的一幕出现了，宝剑到他身边时突然变了方向，剑尖一偏，又冲他脑袋去了。

陶何儒大骇之下，用尽全身的力气将脑袋又偏了几分。宝剑贴着他头皮飞过去，剑锋在他的眉骨处划了一道血槽，霎时之间，一道鲜血从陶何儒的眼眉处流了下来。

这还不算完，宝剑在陶何儒身后飞了一圈之后，又对准他后心飞了回来。飞剑！以前听说过但没见过，没想到今天见识到了。陶何儒肠子都悔青了，要是知道这个大个子会使飞剑，他早就咬破舌尖血遁了。

陶何儒躲避不及，宝剑在他的后腰上又留下了一道口子。这次宝剑终于回到了濮大个手中，没有再飞回来。但就这么几下，已经让陶何儒惊出一身冷汗。

濮大个将宝剑在手里擎了擎，看着陶何儒狼狈的模样，他哼了一声："你刚才说什么来着？可惜什么了？"

陶何儒的眼睛直勾勾地盯着濮大个手中的宝剑，他也不管身上的伤口。说来也怪，流了一会儿血，他身上那两道伤口竟然以肉眼可见的速度愈合了，只是伤口愈合之后，陶何儒的脸色显得苍白了许多。

"我说这把宝剑在你的手上可惜了！"陶何儒突然对濮大个冷笑道，他接着说道，"这把宝剑是叫诛邪吧？是个好东西，可惜你还不配使用它！"

濮大个气得乐出声来："呵呵，你就嘴硬吧。"

说完，他又是一扬手，将宝剑对着陶何儒甩了出去。就在他宝剑出手的一刹那，高亮突然喊了一声："先别动手！"高胖子这一声喊得晚了半拍，宝剑已经像闪电一样直奔陶何儒的面门。

这次陶何儒有了防备，侧身躲开了宝剑。宝剑过去的一刹那，陶何儒突然伸手在空气中抓了一把，然后一扯一带，原本已经飞过去的宝剑突然变了方向，剑尖朝下悬空在陶何儒的胳膊下面。

紧接着陶何儒向后使劲一带，就看见濮大个突然摔倒在地，他手上好像抓了个什么东西，而这东西另一头现在到了陶何儒手上。陶何儒使劲一扯，竟然将濮大个拽得整个身子拖了过去。可怜濮大个抓着的东西还缠在手腕上，一时挣脱不了，只能眼睁睁看着自己被陶何儒拖过去。

后面肖三达、高亮等人冲过去抢人时已经来不及了，陶何儒嘴里发出一种口哨一样的声音。本来那些还在互相撕咬的尸鬼突然好像有了意识，放下撕咬的对手，摇摇晃晃地朝肖三达众人围拢过来。

被这些尸鬼挡了一下，就更没有抢回濮大个的希望了，陶何儒没几下就将濮大个拽到了自己身边。

“我刚才还真以为你会使飞剑呢。”陶何儒冷笑着看着濮大个，“你也有点本事，能在我身上留下两道口子，你说我该怎么谢谢你呢？”

本来濮大个趴在地上，听陶何儒这么一说，他猛地翻过身来，手中已经掏出一把匕首，跳起来直插陶何儒的胸口。

他动手的时候，陶何儒也动手了。陶何儒伸出左手，五指并拢，插向濮大个的心脏位置。濮大个还是慢了一拍，陶何儒的手掌先一步插进了他身体里。濮大个瞪大了眼睛，仿佛不相信这个结果，挣扎了一会儿，倒地身亡。

确定了濮大个死掉了，陶何儒将那把诛邪宝剑提了起来，仔细看过去，原来剑柄的位置上绑了一根透明的细线。陶何儒试了几次，都不能将细线从宝剑上面解开。

就在这时，有几个跟着濮大个的调查员已经冲出了尸鬼的包围圈，看着地上濮大个的尸体，他们怒不可遏，抄家伙对着陶何儒冲了过去。

陶何儒没有出手的意思，只一脸冷笑地看着冲过来的这几个调查员，随手做了几个手势。眼看他们就要冲到陶何儒身边，躺在地上的濮大个突然直挺挺地站了起来，拦住了他们的去路。

这几个人惊得大骇，一时间竟然都没有反应过来。高亮在后面大喊道："控尸术！你们快……"他的话还没有说完，濮大个的手已经掐住了冲在最前面的调查员的脖子，将这个倒霉鬼提了起来。

"咔吧"一声，这名调查员的脑袋很诡异地扭到了后背上。濮大个面无表情地撒了手，这名调查员倒在地上抽搐了一阵，才彻底断了气。后面两个调查员已经反应过来，几乎同时咬破舌尖，两口舌尖血将濮大个喷了个满头满脸。

不过这两口舌尖血的效果并没有想象中那么好。濮大个只是短暂地停顿了一下，马上又恢复正常，一手一个，掐住了这两个调查员的脖子。他双手一发力，掐断了两人的脖子。转眼间，连同濮大个在内，已经有四人丧生。

濮大个身后的陶何儒一阵冷笑："还以为你们能有点新东西，没想到还是宗教委员会的老一套，几十年了，一点长进都没有。我鬼道教的控尸术，不是随便喷两口血就能解决的。"

"啪！"

陶何儒的话音刚落，就听到一声枪响，子弹打在濮大个的额头上，濮大个应声栽倒。开枪的是肖三达，他抢过旁边一个人的手枪，本来是想打陶何儒的，但在开枪前还是将目标换成了濮大个。

一枪命中，肖三达马上将枪口对准陶何儒"啪啪啪"连打数枪，将一梭子子弹都打在陶何儒的身上。陶何儒连退数步，背后一个墓碑抵住了他的后腰，这才不至于倒地。

肖三达开枪的时候，我已经注意到他手上的这把"五四"式手枪，枪身上虽然也雕刻着一些符文，但远不如几十年后民调局制式手枪符文的威力，更不用说民调局制式手枪还配备了浓缩朱砂的银制弹头了。所以，这样的子弹未必能给陶何儒造成多大的伤害。看得出来这样的手枪在特别办并不是很受欢迎，只有高亮等少数几人佩带，大多数人宁可选择自己趁手的家伙（比如肖三达和濮大个）。

果不其然，陶何儒并没有受到多大的伤害，子弹只是在他身上留下几道伤痕。他站稳脚步之后，盯着开枪的肖三达拍了拍巴掌，说道："这才像点话，比刚才的废物强一点了。"

肖三达踹翻身边一个冲过来的尸鬼，刚想要回嘴时，他身旁的高亮突然低声说了一句："陶何儒有问题。"萧和尚说道："废话！是人就知道他有问题。"高亮没理他，继续说道，"陶何儒被子弹打到的地方是两层皮肉。"

肖三达愣了一下，马上就明白过来。他们这些人都是有天眼的，仔细看陶何儒被子弹打中的地方，果然如同高亮说的一样，有几处伤口的皮肤已经外翻，但并没有露出血肉，往伤口里面看，竟然还有一层皮肤。

第四十四章　文身

看见了陶何儒的第二层皮肤，肖三达眉毛一挑，好像突然想明白了什么事情，不过容不得他多想，周围满满当当的都是尸鬼，刚解决掉一个，又有一个马上扑了上来。

“三达、胖子，不行就先撤吧。”萧和尚喊了一声，“今天把濮大个亏了，再不走我们就都要交待了。”肖三达没有表态，只是一个劲儿地盯着陶何儒直咬牙，看样子他还是对《天理图》割舍不下。

高亮眯缝着眼睛没有回答。不远处又有几个调查员被尸鬼扑倒，好在周围的同伴解救及时，才没有命丧尸鬼之口。这时陶何儒一直在远处冷眼旁观，一旦他再动手，真可能像萧和尚说的那样，他们这些人都要交待在这里了。幸好，阴壁已经被濮大个破了，实在不行，就只有先撤了。只不过真撤退的话，以后再想找到陶何儒，就难于上青天了。

“你们俩到底怎么个意思？”萧和尚连问了几遍，肖三达和高亮都没给个回话，他有些急了，急赤白脸地说道，“给个痛快话，要退咱们就一块退，要是不想活了，咱们就死一块！”

见萧和尚急眼了，高亮才叹了口气说道："算了，撤吧，我们三个殿后，让他们先……"说了一半时，四周突然响起了一阵突突突突的声音，接着只见一辆破旧的北京吉普车冲进了坟地，在尸鬼堆里横冲直撞。

"不是我说，我们来得不晚吧？"开车的正是郝文明。他和林枫一直在车上等着，听到墓地这边响起了爆炸的声音，郝文明才开车赶来，到墓地外面见到了濮大个，濮大个让他们待在外面做接应。见一直没有人出来，他俩越等越不放心，索性把心一横，将车开进了坟地。也是郝文明车技了得，在高低不平的坟地里来回穿梭碾压尸鬼，这辆老旧的吉普车竟然没有熄火。

他俩开着吉普车竟然撞开了一道口子，肖三达瞧见便宜，将不远处他的那把量天尺捡了回来，随即又向陶何儒冲了过去："和尚、高亮，一起上，给濮大个报仇！"

后面的高亮冷哼了一声，肖三达去找陶何儒拼命，只是借着给濮大个报仇的名义，九成九还是为了那张《天理图》。不过现在他把"给濮大个报仇"这句话喊出来了，高亮也只能硬着头皮上了。萧和尚跟在肖三达后面，也向陶何儒冲了过去。

肖三达、高亮和萧和尚三人动手的风格并不一样，肖三达冲在最前面，已经和陶何儒交上了手，举着量天尺朝陶何儒身上被子弹划开的伤口打过去。

陶何儒不躲不闪，任由量天尺打在身上，挨了五六下之后，他有些不耐烦了，突然伸手抓住正打过来的量天尺，对肖三达冷笑道："是我没说清楚，还是你没有记性？这把尺子对我没用。"说着将量天尺猛地向后一抽，肖三达手上一滑，量天尺已经到了陶何儒的手里。

陶何儒将量天尺在手上掂了掂，说道："四十年前，我给它留了个缺口。今天……"说到这儿，陶何儒顿了一下，双手握住量天尺的两头用力一掰，只听“咔嚓”一声，将量天尺掰成两截，这才接着说道，“我让这把尺子给你们陪葬……”

没等陶何儒说完，肖三达后面有人大喝道：“你留着自己在下面乐呵吧！三达，闪！”话音落时，后面萧和尚拿着濮大个那把宝剑已经刺了过来。

陶何儒大骇，这把宝剑已经在他身上留下几道血口，是少有的能给他制造出外伤的利器。鬼道教以血为本，最忌外伤。刚才濮大个身死的时候，他费了心思，又拉又扯还是没能解下剑柄上的透明细线，没想到这会儿宝剑又落到了萧和尚手里。

陶何儒到底已经活了一百多年，没白吃那么多咸盐。他大惊之下却不慌乱，迎着萧和尚的方向，一脚将肖三达踹了过去。萧和尚连忙收剑，只差一点，就把肖三达穿了葫芦。

陶何儒的这一口气还没有松下来，就觉得眼前突然一花，好像有一个什么东西从头顶飘下来，紧接着脖子猛地一紧，有人在他背后用钢丝一样的东西勒住了他的脖子。

是那个胖子！陶何儒瞬间就明白过来，这个死胖子是什么时候绕到自己身后的？他竟然一点都没有察觉。看走眼了，这个胖子不简单。早知道就先运用控尸术，让死掉的几个调查员先挡住他了。

勒住陶何儒脖子的是濮大个绑住宝剑的透明细线。这细线十分结实，高亮全力之下，细线越勒越紧，陶何儒的脖子已经开始汩汩冒血。

这还不算，萧和尚也再次举着宝剑朝陶何儒劈过来。高亮在陶何儒背后对萧和尚喊道：“和尚，看准了，别把我搭上！”前后都被制住，看起来陶何儒好像是死定了。

眼见陶何儒就要命丧当场，没想到他突然脚尖点地，用尽全身之力向后一仰，就听见咣的一声巨响，就好像几吨重的物体砸在地上发出的声音，高亮好端端被砸得眼前金星乱窜，心肝脾肺肾好像全被挤进了胃里，一口鲜血喷了出来。

高亮不由自主地松了手，脖子上的束缚没了，陶何儒翻身跃起，一把抓住高亮，将他举过头顶，朝萧和尚摔了过去。

又是“咣”的一声！事情发生得太快，萧和尚来不及反应，眼见高亮向自己飞过来，急忙撒手扔剑，两人的脑袋撞在一起，“咚”的一声，两人同时晕了过去。

陶何儒被高亮勒得也够呛，脖子上的一圈伤口已经血肉模糊，皮肉外翻。他半跪在地上喘息了一会儿，才又发现了一个致命的问题，他被细线勒出的伤口竟然不能自愈。虽然没有伤到动脉，可伤口还是在汩汩冒血，转眼之间，他赤裸的身上就像穿了一件血红色的外衣，看上去恐怖异常。

肖三达捡起萧和尚扔在地上的宝剑，慢慢朝陶何儒走去，到距离他七八米远的地方，才停住了脚步。他好像突然想起了什么事情，又走到濮大个和那三个调查员的尸体旁，用剑尖在每个尸体的眉心上挑了一下，一团黑气从他们的眉心里飘了出来。我在肖三达身体里看得清楚，肖三达这一手是泄掉尸体的阴气，以防陶何儒再用控尸术操纵他们。

陶何儒抬起头冷冷地盯着肖三达，肖三达也以同样的眼神瞪着陶何儒，说道：“我知道鬼道教是以血为本，以你现在的血量，还能坚持多久？”

陶何儒摇摇晃晃地从地上站了起来，他也不管脖子上的伤口还在流血，冷冷地对肖三达说道：“别得意，又不是你干的。要不是那个光头和胖子，你现在差不多都凉了。”说着，陶何儒又喘息了一阵，才继续说道，“算了，不和你废话了，看好你们自己的脑袋，我过几天再来取，哼哼哼！”

说着，陶何儒一阵怪笑，突然低头张嘴喷出一大口鲜血，鲜血遇气马上就化作了一团血雾。同时他身体前倾，就要向血雾的中心钻去。

就在陶何儒钻向血雾的瞬间，肖三达突然用尽全力将手中的宝剑对准陶何儒甩了过去。剑刃一下击中了陶何儒左腿的小腿位置。这剑实在太快，血光一闪，陶何儒左小腿便离开了他的身体，而这一剑的力量同时也将他推出了血雾的范围。

“啊！”陶何儒倒地后，捂住小腿处的伤口在地上哀号。肖三达走到他身边，举起宝剑对着陶何儒的右腿又是一剑。转眼间，陶何儒的两条腿都断在了肖三达的剑下。

见陶何儒彻底失去了反抗能力，肖三达才蹲在陶何儒的身旁，慢悠悠地说道：“《天理图》在哪儿？说出来让你死得痛快点。”

陶何儒的脸色煞白，他的血照这个流法，不管是不是鬼道教，都支撑不了多久。知道这回大限已到，陶何儒反而豁出去了，瞪着肖三达突然笑了起来：“你不用惦记《天理图》了，我就算投胎都会带着它一起。”

“是吗？”肖三达面无表情地看着陶何儒，突然伸手抓住陶何儒胸口的皮肤猛地向下一撕，“刺啦”一声，陶何儒胸口的一大块皮肤被撕了下来。皮肤被撕下的一瞬间，陶何儒的脸色就变了，十分的绝望。就见这层皮肤的下面还有一层皮肤，只不过下面的皮肤密密麻麻地文着一幅图画还有几百个小字，图画的正中央是一个小篆写的“天”字。

“呵呵！”看见这幅文身，肖三达笑了起来，也不再理会陶何儒到底死没死，直接用剑锋将这块文身图割了下来，贴身放进自己怀里。最后他又看了陶何儒一眼，这时的陶何儒已经气若游丝，肖三达不再废话，一剑将他的头砍了下来。

陶何儒死亡的同时，那些被他用邪术召唤出来的尸鬼也纷纷倒下，天上的黑云也散了，阳光照在尸鬼的身上，尸鬼转眼间变成了一具具枯尸，重归尘土。

郝文明、林枫一群人也向这边赶过来。肖三达突然想起一件事情，他掏出来一个小小的玻璃瓶，从玻璃瓶里倒出来几滴红色的液体滴在陶何儒尸体上。红色的液体遇风即着，转瞬间，陶何儒的尸体着起了大火。大火伴着黑烟，在空气中弥漫着一种独特的恶臭。这股味道我闻着很熟悉，正是尸油的味道。

我被这种味道熏得几番作呕，可这味道驱之不散，而且越来越重。困在肖三达身体里面的我突然眼前一黑，又晕了过去……